KB084275

이것은 어리석고 행복했던

—전생의 '죄'의 기억.

늑대 영주
의
아가씨

Princess
of The
wolf lord

「안녕, 헬트.」

「안녕히 계십시오, 아가씨.」

늑대 영주의 아가씨
Princess of The wolf lord

모리노 이온
일러스트 : SUZ

표지 · 본문 일러스트
SUZ

Princess
of The
Wolf lord

c o n t e n t s

재스민

영주 저택의 메이드.
셜리와 같은 방을 쓴다.

이자도르 기미

기미 령의 적자.
카이드의 친구.

사무아

영주 저택의 집사.

팀

영주 저택의 신입 견습 집사.

캐롤리나 폭스

영주 저택의 메이드장. 15년 전에는
'아가씨'를 수행하던 메이드.

아델 폭스

캐롤리나의 딸.
카이드를 좋아한다.

세실 폭스

캐롤리나의 남편, 화가.

조블린 다리히

다리히 영주. 유별난 거구.

The wolf lord

카이드 팔루아
라이우스 령 영주로,
통칭 늑대 영주.

셜리 힌스
영주 저택의
신입 메이드.

15년 전
헬트
악행을 폭로하기 위해 영주
일가에 하인으로 잠입한
첩자. 혁명의 기수.

전생
'아가씨'
라이우스에서 악정을 펼치
던 영주 일가의 외동딸.
그 미모 때문에 훗날 '라이우
스의 무성화'라고 불린다.

늑대 영주
의
아가씨
Princess
of The
wolf lord

c   t   e   r

서장 그리고 끝난 당신과 나

우리 집은 무공을 세운 선조에게 국왕이 넓은 토지를 하사한 영주 가문이었다.

선조님이 세운 공적으로 받은 토지. 그러나 모든 영주가 영지와 영지민을 위해 좋은 치세를 펼치지는 않았다. 특히 내 할아버님과 아버님은 지독했다. 자신들의 사치를 위해 영지민을 착취했고, 무리를 거듭한 대지는 메말랐으며, 풍요로웠던 영지는 순식간에 말라비틀어졌다.

당연히 영지민은 불만을 터뜨렸으나, 할아버님과 아버님은 불만을 표한 영지민을 죽이고 공포로 영지를 지배했다.

우리 가문은 피도 눈물도 없는 욕심쟁이 악마라고 불렸다.

그러니 이것은 당연한 결말이었다.

나는 불타는 저택을 멍하니 바라보았다.

겉모습이 마치 성처럼 아름다웠던 저택이 불타 허물어져 갔다. 시선을 살짝 내리자, 어머님이 꽃 색이 마음에 들지 않는다는 이유로 몇 번이나 갈아 치운 정원사가 정성을 다해……

아니, 살고자 하는 일념을 다하여 가꾸던 정원도 새하얀 연기를 피우며 저택의 새까만 연기와 뒤섞이고 있었다.

꽃 색. 요전에 그 사람에게 주려고 손수 심었던 씨앗이 꽃을 피웠다면 무슨 색이었을까? 그렇게 생각하니 두 번 다시 결실을 맺을 수 없는 씨앗이 가여웠다. 내가 심었기 때문에, 이런 저택 정원에 심었기 때문에 그 씨앗은 꽃 한 번 피우지 못한 채 죽은 것이다.

병사가 양옆에서 내 팔을 비틀어 눌렀다. 그대로 땅에 무릎을 꿇자, 눈앞에는 영지민에게 돼지라고 매도당하던 아버님과 어머님의 목이 있었다. 연기가 퍼져나가는 모습을 보자, 입구가 막힌 지하실로 도망친 할아버님과 할머님이 떠올랐다. 두 분은 그대로 불타 사라졌을 테니, 저 새까만 연기에는 두 영혼도 섞여 있겠지.

많은 사람들이 걸어 다녀 땅이 울리자 무거운 두 영혼이 작게 흔들렸다. 부모님의 목은 이미 몸에서 떨어져 나왔지만, 아직도 앙심과 원망이 섞인 표정을 담고 있었다. 하지만 영지민들은 그 이상의 증오를 띤 채 우리를 둘러싸서 내려다보고 있었다.

내 앞에 병사 몇 명이 모였다.

그중에서 혼자 다른 갑옷을 입은 남자는 반란군의…… 아니, 혁명군의 높은 위치에 있는 자이리라. 남자는 분명 내가 아는 누군가가 흘렸을 피를 뒤집어쓰고는 뺨을 대충 닦더니, 내 옆에 선 사람에게 말을 걸었다.

"오랫동안 고생하셨습니다."

아침에 단정하게 묶은 머리가 풀려서 내 시야를 가렸다. 차라리 연기와 머리카락 때문에 아무것도 안 보인다면 좋을 텐데.

그렇게 몇 번이고 바랐지만 결국 이루어지지 않았다.

"아니, 고생한 건 너희지."

그 목소리에 내 마음이 볼썽사납게 요동쳤다. 이미 내 마음은 망가질 대로 망가졌다고 생각했다. 그래서 더 이상 상처 받을 일은 없으리라 생각했는데, 그 목소리를 들으니 마음이 깨질 듯이 괴로웠다. 목소리가 나조차 몰랐던 내 마음의 커다란 조각을 꼼꼼히 찾아내 부수어 대는데도, 나는 미치기는커녕 정신이 또렷해졌다. 아니, 이런 수모를 겪고도 제정신이니 오히려 비정상인 거겠지.

"그래도 경께서 충견 노릇을 하실 필요는 없었습니다."

"그런 말 하지 마. 나이가 맞는 사람이 달리 없었잖아."

"그렇긴 합니다만……. 카이드 님의 말씀은 마치 저희 심장을 멎게 하시려는 것처럼 들립니다. 매일 가슴을 졸이느라 저희는 살아도 산 게 아니었습니다."

그 남자는 괴로움이 담긴 목소리로 말하며 기이드라는 사람을 보았다.

내가 아는 그 사람의 이름은 헬트였다. 나보다 한 살 어린 열여섯 살로, 갈색 머리에 아름다운 금색 눈을 가진 소년이다.

어머님이 잘생겼다는 이유로 고용한 소년이었다. 그 소년은 내색 하나 없이 어떤 허드렛일을 맡아도, 늘 생글생글 웃으며 해 내서 평판이 좋았다. 확연히 어린 나이였지만, 교체가 잦은 사용인들 사이에서 2년 간 어떤 불만도 사지 않았다.

하지만 내가 아는 그 소년의 정보는 분명 모두 거짓일 것이다. 그렇게 생각하자, 나는 이런 심각한 상황임에도 옅은 웃음을 띠고 말았다.

남자는 헬트를 카이드라고 불렀다. 나이 역시 불확실하다.

내가 아는 헬트라는 사람은 분명 거짓투성이일 것이다.

작은 키를 신경 쓰던 것도, 코에 검댕을 묻힌 채, 난로의 그을음이 좀처럼 안 벗겨진다며 부끄러운 듯이 웃은 것도, 동물을 좋아하는 것도, 마을 소녀에게 꽃을 받았다며 얼굴을 붉힌 것도, 벌레 한 마리 죽이지 못하는 겁쟁이에 마음씨 좋던 모습도, 밤에 잠들지 못하는 나를 위해 일부러 휴가를 내고 차를 사와서 타 준 것도.

그리고 내 연인이었던 것도.

모두 가짜였던 것이다.

무릎을 꿇은 남자들에게 둘러싸여 그들을 따듯하게 위로하는 헬트에게서, 나는 조용히 시선을 거뒀다.

차가운 감옥 석벽에는 기대기 싫었다. 그래서 조악해 당장이라도 무너질 것 같은, 태어나서 한 번도 본 적 없는 허름한 침대에 앉았다. 그 뒤로 몇 시간이 지났을까. 며칠이 지났을까. 몇 번이고 식사가 놓이고 치워지기를 반복한 것은 알고 있다. 하지만 횟수를 세지 않았기 때문에 얼마나 시간이 지났는지는 알 수 없었다.

뭐든 아무래도 좋았다. 어차피 세 본들 의미 따윈 없으니까.

배도 고프지 않았다. 평소에는 항상 방에 놓아둘 정도로 좋아했던 작은 쿠키도, 사탕도, 설탕 과자도, 그 무엇도 먹고 싶지 않았다. 그렇게나 좋아했는데 지금은 떠올리는 것조차 불가능했다. 늘 방에 장식해 두던 꽃도, 그 향기도 아무것도 필요 없다. 기억과 감정들이 모두 붉게 칠해져 무엇 하나 제대로 떠올릴 수 없었다.

발소리가 들리기 시작했다. 그 소리는 내 감옥 앞에서 멈추었다.

'날 구해 주러 올 줄 알았어.' 그렇게 말할 수 있다면 좋을 텐데. 나는 웅크린 채 스스로를 비웃었다.

나와 함께하던 헬트라면 반드시 도와주러 오리라고 확답할 수 있다. 하지만 내가 아는 헬트의 모습이 모두 거짓 연기였던 이상, 아무리 상상하고 희망을 가진들 부질없는 짓이었다.

나는 엉망으로 풀어헤친 머리를 그대로 둔 채, 천천히 얼굴을 들었다.

마치 밤하늘 같은 칠흑의 머리에 빛나는 금빛 눈동자. 예전엔 갈색 머리였는데, 머리카락 색조차 숨겼던 건가. 이제는 스스로를 비웃을 기력조차 사라졌다.

"…………아가씨."

이 침착하고 평온한 목소리를 좋아했다. 따뜻하고 부드러운 헬트의 말투를 사랑했다.

하지만 이제 두 번 다시 듣고 싶지 않았다.

"무슨 일이신가요, 새 영주님. 연하 남성에게 마음을 빼앗겨 신세를 망친 어리석은 여자를 비웃으러 오셨나요?"

"아가씨."

"절 너무 괴롭히지는 마세요. 당신 역시 몇 번이고 말씀하셨듯이, 저는 온실 속에서 자란 어리석은 여자니까요. 뒤늦은 첫사랑에 빠져 몰락한 비참한 여자에게 무얼 더 빼앗으려는 거죠? 저택? 정원? 드레스? 보석? 가족? 다 이미 없어요. 연인? 처음부터 없었던 걸요."

"아가씨."

"아버님이 저지른 악행의 증거를 여쭤보셨죠? 저는 그런 건 하나도 몰랐어요. 그래서 반역까지 2년이나 걸리게 했군요. 죄송해요. 제가 아무것도 모르는 바람에 당신의 귀중한 시간을 허비하게 했네요. 참으로 끔찍하셨겠죠? 미안해요. 나이 생각도 않고 멋대로 착각하는 여자와 억지로 연인 놀이를 하게 만들어서. 당신도 참 가엾네요."

"아가씨!"

쇠창살을 붙잡고 고함을 지르는 헬트의 목소리에 입을 다물었다.

녹이 슬기 시작한 쇳덩어리를 움켜쥐고 고개를 숙인 헬트의 검은 머리칼이 뺨을 타고 흘러내렸다. 어둠에 녹아든 검은색 머리가 낯설 법한데도, 이내 나는 검은색이야말로 헬트에게 가장 완벽하게 어울리는 색임을 깨달았다. 결국 나는 헬트의 원래 머리 색조차 몰랐다는 사실 역시 깨달았다.

"아가씨, 당신은 아무것도 모르셨고, 어떤 악행에도 관여하지 않으셨습니다. 그저 저택 안에 갇혀 계셨을 뿐입니다. 그 사실을 말씀해 주시기만 하면 되는데 왜 그리 하지 않으십니까. 왜 짓지도 않은 죄를 자백하느냐 말입니다. 이대로 가면 분노한 영지민을 막을 수 없습니다."

"알고 있었어요. 할아버님이 매주 그림을 사시는 것도, 아버님이 수시로 땅을 사는 것도, 할머님이 매주 보석을 사던 것도, 어머님이 매주 드레스를 사는 것도 전부. 그리고 정원사와 메이드, 마구간지기가 수시로 바뀌던 것도. 그게 의미하는 바는 생각도 않고 17년이나 주는 대로 받으며 살아왔어요. 죄로 삼기엔 충분해요."

인간으로서 최소한의 정과 도리도 없는, 짐승보다도 못한 영주 일가. 사람들은 그렇게 소리 높여 외쳤다. 그것은 분명 사실이다. 영주로서, 인간으로서, 남자로서, 여자로서, 어른으로서. 어느 면에서 살펴봐도 최악인 사람들이었으리라.

하지만 다른 이에게 아무리 모질게 대해도 결국엔 나의 가족이었다. 아버지로서, 어머니로서, 할아버지로서, 할머니로서 날 대할 때만큼은 괴물이나 짐승이 아니었다. 오히려 평범한 사람들이었다.

그래서 가족에게 충고를 하지 않았던 나도 같은 죄를 저지른 것이나 마찬가지다. 그들이 저지른 죄로 사치를 누려온 내가 죄를 지은 게 아니라면 무엇이라는 말인가. 그들의 죄를 양분 삼아 자라난 나라는 인간은 이미 태어난 시점에서 큰 죄인이다.

"그리고 그런 말을 한들 뭐가 달라지나요. 무죄 방면으로 풀어 주기라도 할 건가요? 저택을 돌려주고, 정원을 돌려주고, 아버님을, 내 전부를 돌려주기라도 한다는 건가요? 참 호쾌하기도 하시지."

"산속 수도원에 가실 겁니다. 두 번 다시 이 땅에는 돌아올 수 없겠지만 처형당하지는 않습니다."

"혼자 수모를 받다 익사하기를 바라다니, 당신도 지독한 사람이군요."

"……당신이 살아 있기를 바랄 뿐입니다."

무심코 웃음을 터뜨렸다. 담담히 조소할 생각이었지만, 너무나 우스운 나머지 얼굴을 추하게 일그러뜨리며 웃고 말았다.

"거짓말쟁이."

헬트의 얼굴이 굳었다. 어쩜 이리 우스운 얼굴일까.

하지만 가장 우스운 것은 따로 있었다.

"무척 우스웠겠죠. 당신의 미소 한 번에 가슴을 두근거리고, 입맞춤 한 번에 들뜨는 모습이란. 그러고 보니 제가 손수 자수를 놓아 선물한 손수건은 쓰는 모습을 본 적이 없네요. 너무 형편없는 자수인 나머지 받자마자 버리기라도 했나요? 서툴게나마 과자도 구웠죠. 당신이 몇 개를 먹어 주기는 했지만, 남겨서 가져간 몫은 돼지에게 줬나요? 당신 생일에 맞춰 꽃도 심었답니다. 하지만 분명 이번 사태로 씨앗째 재가 됐겠죠. 다행이네요, 이런 못난 여자에게 꽃을 받지 않아도 돼서."

헬트는 아무 말도 하지 않았다. 나는 우스꽝스럽게 일그러 뜨린 얼굴을 숙였다가 다시 들었다. 그때는 얼굴에 어떤 감정도 드러내지 않았다.

"당신과 이야기할 시간을 만들고 싶어서 힘든 수업도 성실히 들었어요. 당신에게는 나와 보내는 시간이 정보 수집을 할 기회에 불과했겠지만, 전 노력했어요. 밤늦게까지 숙제를 마칠 정도였으니까요……. 당신과 함께할 수 있다면 가문도 버릴 각오로 장사 공부까지 했답니다. 실력은 별로였지만 가사도 몰래 배웠고요. 내 상처투성이 손을 걱정해 주던 당신도 사실은 별생각 없었겠군요? 아니면 통쾌했나요? '더 심하게 다치면 좋았을 텐데' 하고 아쉬워했나요? 손가락 하나라도 잘려 나갔더라면 웃어 줬을까요?"

아아, 어쩜 이다지도 어리석고 우스운 여자가 다 있는지. 짐승보다 열등한 머리를 가진 바보 같은 여자.

추악한 죄를 양분 삼아 자란 꼴사나운 여자.

"복수의 불씨 하나 남기지 않고 깨끗이 죽겠어요. 그러길 바라죠? 자, 부디 칭찬해 주세요."

사랑하는 당신.

키득키득 웃으며 그렇게 말하자 헬트는 무언가를 삼켰다. 늘 햇빛마저 춤추게 했던 금빛 눈동자 속에서 양초의 흐릿한 불꽃이 흔들거렸다. 다시 한번 흔들리기 전에 눈이 굳게 닫혔다.

앙다문 입술과 함께 금빛 눈동자가 열렸을 때, 그 눈에는 어떠한 감정도 비치지 않았다.

"…………그것이 당신의 선택이군요."

나는 웃음으로 대답을 대신했다. 그러자 내가 알던 헬트를 지우고 존재하지 않는 자로 만든 그 사람은 두 번 다시 돌아보지 않았다.

나무 수갑을 차고 고개를 숙인 채 걷는 나의 머리 위로 돌이 날아왔다. 매도가 날아왔다. 정당한 규탄이 교차했다.

시야에 들어온 것은 여기저기 돌이 뜬 돌계단과 내가 마음에 들어 하던 자수가 놓인 밝은색 신발이었다. 신발은 그을음 때문에 자수가 가려져 보이지 않았다. 그런데 갑자기 뒤축이 빈틈에 끼어 한쪽 무릎을 꿇었다. 하지만 병사의 속도는 줄어들지 않았다. 수갑에 연결된 쇠사슬에 끌려가며 내디딘 발이 신발을 내버려 둔 채, 앞으로 향했다. 하지만 결국 두세 걸음 나아가다 또 무릎을 꿇었다. 신발을 잃은 왼발과 신발을 신은 오른발이 만들어 내는 높낮이 차이를 고려하며 걸을 정도의 기력은 내게 존재하지 않았다.

땋아 올릴 기력도 없어 아무렇게나 풀어헤친 머리카락이 떨어져 민중과 나 사이에 경계를 만들어냈다. 머리카락으로 만들어진 덮개 속에서 지면으로 향한 양손을 응시했다. 찌릿찌릿 아픈 듯도 하고, 욱신욱신 아픈 듯도 하고, 그저 뜨겁기만 한 듯도 했다. 아니, 애초에 지면에 부딪힌 무릎이 아픈 건지 땅을 짚은 손이 아픈 건지조차 구분해 낼 수 없었다.

이런 내 꼴이 비참해서 지은 쓴웃음은 머리카락이라는 금빛 감옥에 가려져 누구에게도 보이지 않았을 테지.

쉴 틈 없이 잡아당기는 쇠사슬에 이끌려 비틀거리며 일어섰다. 결국 남은 한쪽 신발을 벗고 맨발로 돌계단을 올라갔다. 어릴 때, 선뜩하게 차가운 돌 위를 맨발로 걸으려고 했다가 혼이 났던 과거의 나에게 알려 주고 싶다.

네 소원은 만인의 바람을 통해 실현된다고. 나중에 대중들과 사랑한 사람의 손으로 이루어지게 될 거라고.

내내 고개를 숙이고 있다가 재판장에 도착해서야 겨우 얼굴을 들었다.

이 도시에 이렇게나 사람이 많았었나? 밖에는 잘 나가지 못했지만 가끔 부모님과 물건을 사러 외출할 때면 아주 조용한 도시였다. 지금 생각하면 그것은 쓸데없는 노여움을 사지 않도록, 우리 가족의 변덕 때문에 죽지 않도록 숨죽였던 것이리라.

하지만 지금은 고요하고 죽음의 냄새가 감돌았던 그때와는 다른 상소인 것처럼 열기가 소용돌이쳤다.

나를 향한 증오의 열기가.

나는 병사에게 제압당해 무릎을 꿇었다. 병사는 내 풀린 머리를 쥐고 끌어당기며 앞으로 나아갔다.

사람들은 목구멍 안쪽까지 훤히 보일 것처럼 입을 크게 벌리고 온갖 증오 섞인 말을 외쳐 댔다. 하지만 내게는 한데 모여 똑같은 말로밖에 들리지 않았다.

"가게를 빼앗겼어!"

"죽여라!"

"제대로 장사를 할 수 없게 됐어!"

"죽여라!"

"굶다 못해 결국 아이가 죽었어!"

"죽여라!"

"왕에게 상소하려던 남편이 죽었어!"

"죽여라!"

"선조 대대로 내려온 땅을 돌려줘!"

"죽여라!"

"죽여라!"

"죽여라!"

"죽여라!"

이제 그 소리밖에 들리지 않았다. 영지민의 입에서 끊임없이 흘러나오는 말들만 놓고 보면 어쩜 이렇게 사악한 존재가 나 있을까 싶을 것이다. 그것들이 전부 내 가족이 저지른 죄일지 아니면 그들에게 덮친 단순한 불행이었는지 이제는 알 수 없었다.

일단 모자 가게 부부 여러분, 저택에 일하러 가서 돌아오지 않는다는 여러분 따님은 떠돌이 화가와 도망갔어요.

하지만 말해 보아야 소용없는 짓이다. 이제 와서 죄가 열 개나 스무 개 더해진들 아무것도 달라지지 않는다. 그만한 죄를 거듭 저질러 왔다. 내 몸의 숨결 하나, 눈 깜빡임 하나, 모든 삶의 순간이, 성장 과정 자체가 죄의 증거니까.

나는 고개는 가만히 둔 채, 시선만을 움직여 유달리 높은 단 위에 앉은 그 사람을 보았다. 흑발에 금색 눈동자. 예전과 달라지지 않은 것은 눈동자 색뿐이었다. 하지만 아무리 온실 속 화초 같은 멍청한 아가씨라도 그것이 예전과 '같은 것'이라고 말할 만큼 태평하지는 않았다. 내가 사랑했던 평온하고 다정한 빛은 어디에도 깃들지 않은 금색 눈동자를 마주치고 나는 입가를 끌어 올렸다. 내 성장 과정 속에 깃든 죄를 깨닫고 지은 웃음이니 아주 추악했을 것이다.

"무례한 것!"

이렇게 큰 목소리를 낸 적이 없어서 소리가 제대로 나올지 걱정됐다.

하지만 목소리는 떨리지 않았고 상상 이상으로 크게 나왔다.

"미천한 벌레 주제에 감히 누굴 만져?! 너희는 그저 나를 위해 돈이나 쥐어짜 내면 되는 거야! 아름답고 고귀한 나를 위해 일하는 걸 영광으로 생각할지언정 오히려 불만을 품다니 이 염치없는 것들! 누구 덕에 여기서 살아왔는지 알아?! 너희처럼 모자란 벌레들은 나한테 부려지기 위해서 있는 거야! 자, 지금 당장 이 무례한 것들을 죽이고 나를 구하도록! 거기 추녀! 이리 와! 내 시녀가 될 영광을 주지! 거기 너! 마차를 준비해! 너희가 타는 궁상스러운 마차가 아니야. 내 생일에 아버님이 선물하신 왕도 장인의 최고급 마차 말이야! 그리고 배가 고프니 식사도 준비해. 물론 너희가 먹는 돼지 먹이가 아니라는 건 알고 있겠지? 사람이 먹는 제대로 된 식사를 준비하도록!"

돌이, 욕설이, 증오가.

나무토막이, 탄식이, 환희가 날아온다.

"자아, 어서 서둘러! 지금 내가 명령하잖아!"

온갖 물건이 날아다니는 시야 끝에서 영지민이 진심으로 따르는 신임 영주의 오른손이 내려가는 게 보였다.

그리고 끝나는 당신과 나의 관계.

실은 어디에도 존재하지 않았던 당신과 나.

얼어붙은 줄 알았던 마음이 이제 와서 가장 아프다니, 나도 참으로 어리석은 여자다.

제1장 어째선지 다시 시작된 당신과 나

그리고 온갖 악행을 저지른 전 영주 일가가 끝이 났다. 시체는 방치되고, 핏줄은 끊어졌으며, 누구도 애도하지 않았다. 모두가 망하기를 바란 일가는 완전히 파멸해 이 땅에서 사라졌다.

하지만 그럼에도 그 죄는 용서받지 못한 모양이다.

죽음이라는 가장 큰 벌이자 가장 큰 해방조차 허락받지 못해 죄에 빠져 허우적대던 나는, 자신의 목이 떨어진 기억을 그대로 지닌 채 다시 태어났다.

그 사실을 정확히 언제 깨달았는지는 기억하지 못한다. 철이 들었을 때쯤 내 목이 떨어진 기억을 떠올렸다.

이것이 벌인지 아닌지는 모르겠지만 부모님은 존재하지 않았다. 예전 치세의 흔적으로 고아가 근처에 넘쳐났다. 문득 고아원에서 이런 생각이 들었다. 나는 정말로 그들과 같은 고아라고 불릴 자격이 있을까? 수많은 고아와 나를 같은 고아로 분류하는 건가? 하는.

전생의 기억이 있다는 시점에서부터 이질적이었다. 지금의 상황이 나에 대한 벌이라면 정말로 부모는 존재하지 않는지도 모른다. 버림받았다는 것을 부정하고 싶은 것은 아니다. 부모가 있었다 해도 날 버리는 게 당연하다. 이미 진즉에 죽었을 나를 목격하고 얼굴이 일그러지지 않았을 리가 없다. 기묘하고 불길한 아이라며 버리는 게 당연하다.

하지만 애초에 부모라는 존재가 있긴 했을까. 나는 정말로 인간 여자에게서 태어난 게 맞을까.

신께서 벌을 더 받아야 한다며, 한 번 죽은 걸로 네 모든 죄를 용서할까 보냐라고 영지민의 원한과 증오로부터 태어나게 한 건 아닐까. 나는 진심으로 그렇게 생각했다. 물론 지금도 마찬가지다.

나는 웃지 않는 아이였다. 그렇다고 우는 것도 아닌 아이였다.

만약 부모가 이번 생에 존재했다면 분명 꺼림칙했으리라. 기분이 나쁘다는 이유로 비가 내리는 날에 지붕도 없는 곳에 날 버리고 간 것 역시 수긍이 간다.

나와 내 가족이 온갖 악행을 저질렀던 영지에 다시 태어난 것도 벌의 일환인 것일까. 이곳에 버려지긴 했지만, 정작 태어난 곳은 다른 영지일지도 모른다. 하지만 결국 나는 이 땅에서 자라게 되었다. 그리고 아직도 남아있는 흉악무도한 전 영주 일가를 향한 증오와 현 영주를 향한 칭찬을 귀에 못이 박히도록 들으며 살았다.

고아원에는 뿌옇고 큰 거울이 있다. 아이들이 일렬횡대로 서도 자리다툼을 벌이지 않을 만큼 큰 거울이. 몇 년 전에 영주가 모든 고아원에 기증한 것이다. 가득한 장작, 새것과 낡은 것이 섞이긴 했지만 찢어진 곳 하나 없는 깨끗한 옷, 고아원 아이들 모두에게 지급되는 과자, 새하얀 종이와 새 연필. 예전이었다면 좀처럼 손에 넣지 못했을 귀한 물건들이다. 하지만 이제는 고아원의 누구나 사치품이 아닌 일상적인 비품으로 여기며 모든 것이 갖춰진 생활을 당연하게 생각한다. 불과 15년 전만 해도 간식을 먹기는커녕 식사조차 하지 못해 아이들이 아사했다는 사실을 모르는 아이들이 양지 속을 웃으며 뛰어다녔다.

큰 소리로 왁자지껄 떠드는 아이들의 웃음소리를 들으면서 거울에 비친 자신을 보았다. 거울 안에는 고목처럼 마르고 음침한 눈을 가진 보기 흉한 여자가 있었다. 건조한 피부에 윤기가 없어서 당장이라도 말라 부스러질 듯한 머리카락을 묶은 하찮은 여자다.

한창때인 15살 소녀가 이런 꼴이라니 우스울 따름이었다.

하지만 거울 속 내 입가는 조금도 움직이지 않았다.

내가 태어난 것부터가 죄였다. 그 죄와 같은 삶은 15년 전에 이미 끝냈다고 생각했는데 나는 다시 벌을 받아 이승을 떠돌았다.

그런 상황이니 영지에서 제일 귀염성과 붙임성이 없는 여자로 알려지게 된 것은 어쩔 수 없다고 생각한다.

하지만 원장 선생님 여동생의 따님 시댁의 세 집 건너 친척의 친구와 아는 선생님의 형님 손자의 옆집에 사는 단골손님의 부인 친가 댁 동네 단골 가게를 자주 찾는 다과회 친구의 남동생의 직장 동료가 관심이 있는 사람의 꽃집 가게 앞을 지나가던 아주머니가 우물가 모임에서 알게 된 부인에게 들은 남편분 라이벌의 어머님의의 연줄을 통해 돌고 돌아 현 영주 저택에서 일하게 될 줄은 꿈에도 몰랐던 나에게 부디 화내지 말기를 바란다.

그런데 어떻게 내 이야기가 그냥 남 정도가 아니라 생판 남에게까지 돈 걸까. 여러분, 생판 남에게도 참견을 받았어요. 그만큼 영지민들의 생활과 마음에 여유가 생긴 거겠죠. 다행이네요, 현 영주님 만세.

하지만 좀 지나칠 정도로 멀리까지 내 이야기가 도는 건 곤란하다. 다들 알아서 자제해 주면 더할 나위 없이 기쁠 텐데.

사람들은 전 영주의 저택에 난 불을 끄기는커녕 계속 내버려 두었다. 결국 3일 밤낮 동안 이어진 화재로 모든 것이 불탔다. 흔적도 없어진 저택 뒤에 새로 지어진 현 영주의 집은 전에 있던 건물과는 조금도 비슷하지 않았다. 전에 있던 건물이 성 같았다면 이번에는 마치 상자 같았다. 요새도 이것보단 귀엽겠다는 생각이 들었다.

어머님과 함께 꽃을 따던 정원은 병사의 훈련장이 되었고, 아버님의 목말을 타고 주위를 돌아다니던 분수는 말의 급수대가 되었다. 할아버님이 나를 무릎에 앉히고 그림책을 읽던 의자는 없어졌고, 할머님에게 기대 레이스 짜기를 배웠던 나무 그늘조차도 없어졌다. 나무가 베여 밑동이 덩그러니 남았을 뿐이었다.

그런데 처음 이곳을 찾았을 때, 가슴에는 작은 통증조차 일지 않았다. 내 안에서 이미 모두 끝난 일이었기 때문이다.

내가 맨발로 걸었던 포석은 일정한 모양의 색깔만 다른 돌들이 번갈아 깔려 있었다. 그리고 미소를 띤 수많은 얼굴이 그곳을 오갔다. 숨죽이며 필사적으로 상황을 엿보는 시선만이 소용돌이치던 도시에는 포장마차가 늘어섰다. 상점은 길가에까지 간판과 상품을 내걸며 조금이라도 손님의 눈길을 모으려고 목소리를 높였다. 이렇게 시끌벅적한 라이우스는 생전 처음이었다.

내가 알던 라이우스는 지독하게 조용한 도시였다. 사람이나 동물은커녕 바람조차 숨죽이는 듯한 고요함이 감도는 도시. 그런 모습만 보였다. 자세히 알려고도 하지 않았다. 다른 모습의 라이우스가 존재하리라는 생각은 하지도 않았던 것이다.

지금의 라이우스를 보고 있으면 예전에는 얼마나 뒤틀린 도시였는지 잘 알 수 있다. 인간다운 생활이나 삶은 느낄 수 없는, 겉모습은 아름답게 채색된 모형을 방불케 하지만 안은 다 죽어가던 도시가 이제는 사람들의 희망으로 다시 태어났다.

전 영주 일가인 우리는 원망받았다. 그래서 정의의 이름 아래 단죄되었다. 그것은 옳은 일이었다. 정의는 영지민의 곁에 있다. 우리는 틀림없이 한 점 의심의 여지도 없는 악 그 자체였다.

이렇게 몇 번이고 상기시켜 주지 않아도 알고 있다.

무엇 하나 즐기지 않으리라. 무엇 하나 바라지 않으리라. 친한 이도 만들지 않으리라. 원장 선생님이 적어도 열여섯 살이될 때까지는 기다리라고 울면서 애원했기 때문에 여기 있을 뿐이다. 앞으로 1년만 지나면 수녀가 되어 누구와 어떤 관계도 맺지 않은 채 일생을 마칠 것이다.

그것이 영지를 말라비틀어질 때까지 쥐어짜고 영지민을 죽음으로 내몬 일족의 마지막 한 사람으로서 해야 할 일이다.

그런데 어째서 이렇게 된 것일까.

나는 함께 그늘에 숨은 사람을 올려다보고 작게 탄식했다.

검은 머리에 금색 눈. 내년에 서른이 된다는 말을 들었을 때역시나라고 생각했다. 내가 알던 나이와 전혀 다르잖아. 어디가 나보다 한 살 아래인 열여섯이냐. 키가 작다며 어깨를 축늘어뜨렸지만 사실 열네 살 나이에 맞는 평균 키였잖아.

나는 한 살은커녕 세 살이나 어린 소년에게 농락당했던 모양이다.

어리석음의 극치다.

우리가 숨은 덤불 저편에서는 오른쪽에서 메이드가, 왼쪽에서 집사가 두리번거리며 나타났다. 두 사람은 정확히 우리의 눈앞에서 만났다.

"주인님이 어디 계신지 알아?"

"주인님? 글쎄, 이쪽에는 안 오셨어. 근데 셜리 못 봤어?"

"셜리?"

나는 마음속으로 영주님이라면 이쪽에 계신다고 대답했다. 하지만 실제로 입에 담았다가는 내 존재도 들킬 테니 웅크리고 입을 다문 채, 상황을 살폈다.

메이드의 물음에 집사는 눈썹을 치켜 올렸다.

"그게 누군데?"

"요전에 배속된 신참이야. 그 왜, 갈색 머리에 마른 애 있잖아."

"아아, 그 음침한…… 터헙!"

메이드가 손에 쥔 걸레가 집사의 얼굴에 명중했다.

"무슨 짓이야!"

"안색이 나쁜 건 밤에 잠을 제대로 못 자서 그런 거 같고, 마른 건 입이 짧은 데다 간식도 안 먹기 때문이야!"

"실언을 한 건 사과할 테니까 걸레는 던지지 마!"

"청소는 다 끝나서 이제 필요 없거든!"

"그래서 더 기분 나빠!"

"셜리를 쫓는 김에 더러운 곳을 닦으며 왔으니까 지금 엄청 더러운 상태일 거야!"

"좀 빨아라! 그리고 걔는 왜 찾는 건데! 신입이 일이라도 빼먹어서 혼내게?!"

"무슨 소리야! 셜리는 메이드 일이 처음이라고는 생각할 수 없을 만큼 완벽해! 그래서 금방 일을 마쳤는데 티타임을 즐기지도 않고 훌쩍 사라져서 찾는 거야! 그 애는 아침도 제대로 안 먹으니까 간식이라고 먹이게!"

두 사람은 꽥꽥 고함을 지르면서 서로가 지나온 길의 반대 방향으로 사라져 갔다. 다투면서도 수색은 계속하는 모양이다. 역시 우수한 집사와 메이드다. 하지만 되도록 그 우수함을 다른 분야…… 다른 사람에게 발휘해 주기를 바랐다.

나와 같은 방을 쓰는 재스민은 나와 나이가 비슷해서 여러모로 신경을 써 주지만, 나는 어차피 1년 뒤면 이 저택에서 사라질 거니까 내버려 뒀으면 한다.

그런 생각을 하고, 두 사람의 목소리가 들리지 않는 것을 확인한 뒤에 일어섰다. 그리고 다섯 걸음…… 여섯 걸음, 일곱 걸음 물러나서 고개를 숙였다.

고개를 숙이는 상대는 나의 옆에 앉았던 사람이다.

"실례했습니다."

흑발에 금빛 눈을 가진, 마치 늑대처럼 날카로운 인상의 남자. 옛날에 그렇게나 아쉬워하던 키는 무럭무럭 자랐다. 놀림을 받으면 마른 몸을 배배꼬던 주제에 지금은 그런 적 없었다는 듯이 몸집이 커졌다. 어린아이의 살결 그 자체였던 흰 피부는 어느새 성인 남자의 색채를 더했다. 이 사람이 이곳 라이우스 령의 현 영주, 카이드 팔루아다.

전 영주의 악정으로 인해 한없이 침체된 경제와 영지민의 생활을 발전시키고, 단물을 빨던 자들을 일소해서 불과 15년 만에 경기와 치안 모두 나라에서 손꼽히는 땅이라고 불리게 만든 젊은 영주.

얼마 전부터 메이드가 된 내가 근무하는 저택의 주인이자, 내가 주인님으로서 모셔야 할 사람이다. 메이드 일을 하는 데 불만은 한 점도 없지만, 주인님이 이 사람인 것만큼은 아무리 해도…… 익숙해지지 않는다. 어쩔 수 없는 일이지만 어떻게든 하고 싶다.

카이드는 그대로 땅 위에 앉아서 두 걸음을 더해 아홉 걸음 떨어진 나를 보았다. 맨땅에 철퍼덕 앉는다니. 이 사람이 영주라고는 생각할 수 없는 자세다. 하지만 눈앞의 이 사람은 몇백 년에 한 번 나타날까 말까 하는 어진 영주다. 내게 '영주에게 걸맞은 자세'가 무엇인지 가르쳐 준 아버님은 어리석은 최악의 영주였다. 그러니 내가 여태껏 배워 온 '영주에게 걸맞은 자세'가 맞는 소리인지는 알 수 없다. 뭐, 애초에 자세 따위는 신경 써 봤자 쓸데없는 것일지도 모른다.

짐승을 연상케 하는 금빛 눈동자가 내 발끝부터 얼굴을 차례로 훑었다. 마지막으로 얼굴에 시선을 고정한 채 카이드는 긴 손가락으로 자신의 턱을 괴었다.

"본 적 없는 얼굴이다 싶더라니…… 그래, 네가 설리 힌스인가."

"……네. 얼마 전부터 이 저택에서 일하고 있습니다."

성뿐만 아니라 이름까지 기억하는 건가.

이대로 물러나려고 했는데, 설마 과거와 현재의 메이드를 판별할 뿐만 아니라 신입의 이름까지 파악했을 줄이야. 훌륭한 영주님이시네요. 모든 영주들의 귀감이십니다. 제게는 아무런 도움도 되지 않지만요.

"주인님 덕분입니다. 고아인데도 불구하고 이런 훌륭한 저택에서 일하게 해 주신 것에 진심으로 감사하고 있습니다."

"그건 다행이지만…… 그럼 내 정책은 아무래도 실패한 건가?"

"네?"

이대로 감사 인사를 하고 떠나려고 했는데, 영문을 알 수 없는 말을 듣고 무심코 소리를 내고 말았다.

카이드는 다시 한번 나를 위에서 아래로 찬찬히 훑어보았다.

"너, 얼마 전까지 고아원에 있었다고 했지?"

"네."

"너무 말랐어. 식료품이 전해지지 않는 환경이었나?"

막대기 같은 팔다리에 푸석거리는 머리카락, 갈라진 입술. 마른 주제에 눈만 큰 기분 나쁜 여자.

오늘 아침에 거울에 비친 자신을 떠올리고 황급히 정정했다.

"아니요, 덩치도 잃습니다. 물론 제가 있던 곳은 지방의 작은 고아원이었지만, 굶는 일은 절대 없었고 겨울에도 충분하기 그지없는 장작과 따듯한 모포가 모두에게 분배되어서 참으로 쾌적하게 살았습니다."

관리는 물론 마을 사람도, 가끔 갔던 시내의 사람들도, 원장 선생님도 참으로 잘해 주셨다. 누구도 굶지 않고, 추위에 떨지 않고 학교에도 다녔다. 고아라서 불편을 겪지 않도록 참으로 극진하게 길러 주었다. 고아의 숫자는 내 나이대를 경계로 하강 일로를 그렸기 때문에 더더욱 그렇다. 고아는 적어지기 시작했다. 고아가 당연시되던 시대는 끝난 것이다. 부모가 과로사 하는 일도, 부모가 먹고살기 힘들다고 자식을 버리는 일도 사라졌다.

거기에 더해, 고아원에 지급된 물건이나 돈이 어느 관리의 호주머니로 들어가던 것은 전 영주, 즉 아버님 시대의 이야기다. 고아를 위해 변통된 돈이 뒤룩뒤룩 살찐 관리의 유희를 위해 사라지는 일이 당연하게 통용되던 시대는 이미 끝난 것이다.

내가 마른 탓에 잘해 준 사람들에게 엉뚱한 혐의가 돌아가서는 안 된다.

"그렇다면 어째서 네가 그런 모습인지 들어 봐야겠군."

턱에서 뗀 손가락이 나를 가리키더니 빙글 돌았다.

일개 메이드가 살이 오르든 삐쩍 마르든 내버려 두면 좋을 것을. 속으로 품위 없이 혀를 찼다. 전생에서는 세상 물정에 어두운 나머지 혀를 차는 행위에 담긴 의미조차도 몰랐다. 하지만 이번 생에서는 혀를 친다는 것엔 메도의 뜻이 있다는 걸 알고 있다.

나는 숨을 한 번 토하고 검지와 중지를 감싸 쥐었다. 카이드가 금빛 눈동자를 크게 뜬 것처럼 보였다.

"그것은 제게 전생의 기억이 있기 때문입니다."

이번에야말로 확실히 커다래진 금빛 눈동자와는 반대로 내 눈은 분명 어둡게 탁해졌으리라.

"전생에서 저는 아주 무거운 죄를 지었습니다. 일단 죽음이라는 벌은 받았습니다만, 분명 그것만으로는 용서받을 수 없었던 거겠죠. 그래서 이렇게 전생의 기억을 가진 채 다시 태어난 것입니다. 저는 벌을 받아야 합니다. 분명 신께선 한 번 벌을 받은 것만으로는 부족하다고 판단하셨을 겁니다. 저는 친애하는 신의 뜻대로 이 생을 살아갈 것입니다. 그것이 신의 뜻이자 저의 결정입니다. 그리고 속죄를 마쳐야 비로소 저는 아버지 곁으로 돌아갈 수 있을 것입니다. 그때까지 저는 속죄를 계속해야 합니다. 그렇지 않으면 아버지이신 신의 곁에 돌아가고 싶다는 바람은 이루어지지 않겠죠."

거짓말은 하지 않았다. 다만 들은 적 없는 신의 뜻을 멋대로 상상해서 말했고, 딱히 바란 적도 없는 영혼의 윤회를 꿈꾼다며 조미료를 쳤을 뿐이다.

나는 살짝 각색한 진실을 카이드에게 이야기하고 나서, 커다랗게 뜬 금빛 눈동자가 색을 바꾸는 순간을 기다렸다.

친절한 사람은 잔뜩 있었다.

다정한 사람도 넘쳐났다.

누구나 식사를 제대로 하지 않는 나를 걱정했고, 헤질 대로 헤져 기운 자국이 가득한 옷을 입는 내게 손을 내밀어 주었다.

나는 그때마다 이 이야기를 했다. 다정했던 사람의 눈이 기분 나쁜 것을 보는 눈으로 바뀌는 모습을, 친절한 사람이 얼굴을 굳히고 뒷걸음질 치는 모습을 몇 번이고 목격했다.

사람들을 만날 때마다 이야기했다.

거짓말을 해서 악행을 거듭하지 않고도 상대가 나를 내버려두게 만드는 일석이조의 방법이었다.

나는 광신자로 여겨졌다. 거짓말을 하는 가련한 계집으로 여겨졌다.

어차피 내 말은 누구도 믿지 않는다. 믿지 않지만 기분이 나쁘니까 떠나간다.

그래요. 나는 이상해요. 이상하고 음침하고 침울하고 비참한 계집입니다. 가족 따위는 처음부터 없었고, 친구도 없어요. 연인은 고사하고 관심 가는 사람조차 없어요. 전부 필요 없어요.

그러니까 내버려 두세요.

내가 담담하게 사실을 말하는 사이에 카이드는 다시 턱을 괴고 눈을 가늘게 떴다.

그 눈동자는 마치 무언가를 확인하는 것 같아서 살짝 기분이 나빴다. 조금만 더 날카로워지면 그야말로 카이드의 두 번째 이름대로 늑대 영주에 어울리는 눈이 되리라.

전생에서 보았던 조금 심약하면서도 다정한 눈빛은 대체 어떻게 지은 것인지 신기할 만큼, 날카로운 송곳니처럼 형형히 빛났다. 늑대 영주라고 불리기 시작한 것이 언제부터인지는 정확하지 않지만, 그 이유 중 하나가 이 짐승 같은 금색 눈 때문일 것이다.

늑대 영주는 거역하는 자에게는 가차 없다. 그것은 전 영주와 똑같다. 하지만 그는 칭송받는다. 왜냐하면 여기서 말하는 '거역하는 자'란 영주에게 거역하는 것이 아니라 법이나 윤리에 반하는 사람을 뜻하기 때문이다.

전 영주에게 꼬리를 흔들던 자는 그날 회합 때문에 모인 저택에서 붙잡혀 처단되었다. 회합에 출석하지 않았던 자나 간신히 도망친 자도 끝까지 추격했다. 아무리 주위를 두껍게 방비하고 틀어박혀도 반드시 그 목을 물어뜯었다. 거기에 자비라고는 전혀 없었다. 많은 이가 처단되고 추방되어 라이우스 령 귀족의 면면은 상당히 바뀌었다. 원래 할아버님과 아버님 세대에서 물러났던 사람이 돌아왔다고도 할 수 있다.

수많은 피를 흘렸다. 수많은 사람이 죽었다. 하지만 전 영주가 지배했던 시대에 비하면 아무것도 아니리라. 사람의 죽음이, 흘린 피가 이 땅에 구원을 가져온 것이다.

우리가 망가뜨린 라이우스 령의 땅을, 우리를 파멸시킨 카이드가 바로잡아 나갔다. 비옥한 라이우스의 모습을 되찾아 갔다.

참으로 훌륭한 사람이다. 어질고 대담하고 남자답다. 신에게 이 세 가지 특징을 모두 받은 매력적인 남자다. 현실을 보려고 하지 않은 채, 꿈만 꾸던 머리 빈 바보 같은 여자 따위는 좋아할 리가 없었던 사람이다.

이왕이면 그 송곳니로 직접 나를 끝내 줬으면 좋았을 텐데.

나는 두 손을 모으고 등줄기를 편 채, 금빛 눈동자가 기분 나쁘게 일그러지기를 기다렸다.

하지만 그 순간은 좀처럼 찾아오지 않았다. 카이드는 그러기는커녕 흥미롭다는 듯이 몸을 내밀었다. 이쪽으로 오지 못하도록 한 걸음 물러났다.

"갑자기는 믿기 힘든 이야기인데."

"그러시겠죠. 머리가 이상한 사람이 하는 소리니까요."

사용인 신분으로 무례하다는 것은 알고 있지만 이쯤해서 이야기를 대화를 끝내기로 했다. 만약에 화가 나 해고한다면 그것으로 됐다. 원장 선생님의 여동생의 딸의…… 정확히 누구인지는 잊어버렸지만 그 사람의 체면을 구길지도 모르는 것은 조금 미안하다. 하지만 이 일로 질려서 두 번 다시 나오는 안 엮이겠다고 생각해 준다면 그것보다 좋은 일은 없을 것이다.

이로써 끝이라 생각하며 인사하고 물러나려는데 나의 시야에 금색 눈동자가 비쳤다.

아래쪽에서 들여다보기에 무심코 한 걸음 물러섰다. 물러난 나를 뒤쫓듯이 일어선 카이드는 긴 손가락으로 내 팔꿈치를 잡았다. 한 손으로 내 팔꿈치를 감싼 모습에 눈살이 찌푸려졌다.

"하지만 이런 곳에 살면 거짓말을 하는 인간은 저절로 알게 되는 법이지."

카이드는 팔꿈치를 잡은 손을 놓더니 손끝으로 나를 콕 찔렀다.

"넌 너무 말랐어. 나는 내 영지민이 굶어 죽는 건 용서 못 해."

"1년 뒤엔 수도원에 들어갈 예정이니 죽을 생각은 없습니다."

처형이라도 당하지 않는 한. 하고 마음속으로 덧붙였다.

그 말을 이해하려는 듯이 이번에는 위에서 들여다보는 카이드를 보고 다시 한 걸음 물러섰다.

"이건 듣던 것 이상으로 골칫거리로군. 하지만 아무리 봐도 거짓말을 하는 것처럼은 안 보이는 게 신기해."

"머리가 이상한 사람은 싫으실 테니 지금 당장 저택에서 내쫓아 주세요."

"이상한 사람이라는 건, 스스로가 이상하다는 걸 모르는 사람한테 하는 말이야. 좋아, 네 소속을 한번 바꿔 볼까."

"네?"

내가 물러난 만큼 카이드가 다가와서 다시 한 걸음 물러섰다.

등에 무언가가 닿아서 이 이상 물러날 수 없게 됐다. 깜짝 놀라 뒤를 확인해 보니 평범한 나무가 있었다. 어디에나 있고 무엇 하나 특별하지 않은 나무일 텐데 감정이 요동쳤다.

커다랗게 자란 이 나무는 분명 나보다 나이가 많을 것이다. 전생의 내가 태어나기 전부터 이곳에 있었던 나무. 분명 추억으로 남았던 것들은 모조리 사라졌다고 생각했는데, 기억엔 없었던 것이 이렇게 남아 있다니. 그것이 지독하게도 억울해서 상황도 잊고 웃음을 터뜨릴 뻔했다.

"셜리 힌스. 너는 지금부터 저택 메이드가 아니라 내 직속 메이드다."

"⋯⋯⋯⋯네?"

무슨 말을 들었는지 이해할 수 없어서 무심코 되물었다.

그런 나의 팔을 붙잡은 채 카이드가 걷기 시작했다. 그 방향

을 알아차리고 뒤꿈치에 힘을 주었지만 간단히 끌려갔다.

"사무아!"

쩌렁쩌렁한 목소리에 아직 근처에 있던 사무아와 재스민이 달려 왔다. 그리고 팔을 붙잡혀 끌려가는 나를 보고 눈을 동그랗게 떴다.

"어머, 셜리도 참! 그런 데 있었어?!"

"주인님. 이 자가 결례라도 저질렀습니까? 죄송합니다! 아직 신입이라 저택을 상세히 모릅니다. 잘 타이를 테니 이번만은 너그러이 봐주십시오! 벌은 제가 받을 테니 제발 부탁드립니다!"

정중하기는 정중하지만 우아하지 않고 직각으로 굽힌 등. 이것이 머리보다 몸을 먼저 움직이는 타입의 사람이구나 하고 살짝 흥미가 생긴 것도 잠시, 당황스러움을 감출 수가 없었다. 딱히 나 대신 사과하지 않아도 되고, 나대신 벌을 받지 않아도 되는데 곁에 있던 재스민까지 머리를 숙여서 참으로 난처했다.

그러나 이런 상황에도 당사자인 나는 다른 것을 생각했다.

카이드 주위에는 정말 좋은 사람이 많다는 것을 깨달았다. 인덕이라고 생각한다. 아버님 주위에 있던 사람은 우리에게는 늘 친절했지만 메이드나 집사에게는 마치 가축을 대하는 듯한 태도였다. 개와 고양이라도 내쫓은 듯이 손을 휘휘 젓고, 때로는 눈길조차 주지 않고 없는 사람 취급했다. 그렇게나 자주 드나든 사람인데도 불구하고 말이다.

아버님에게는 인덕이 없었다고 생각한다. 아니, 덕은커녕 인간으로서 소중히 여겨야 할 것을 하나도 갖추지 못했다. 그래서 비슷한 사람만 모였던 것이다.

그리고 분명 내게도 없었으리라. 그렇기에 종말은 필연적이었던 것이다.

닮은꼴인 우리는 모두 같은 사람의 손에 종말을 맞이했다. 그것이 라이우스에 사는 백성 전체의 의견이자 바람이자 구원이었던 것이다.

두 사람이 같은 각도로 숙인 머리를 내려다보고 카이드는 쓴 웃음을 지었다. 아아, 처음 보는 얼굴이다.

"무슨 착각을 하는지는 모르겠지만, 이 녀석의 잘못을 굳이 꼽는다면 너무 말랐다는 거야. 그런데 재스민, 이 녀석의 아침 식사는 뭐였지?"

"어, 아, 네. 빵 한 조각에 수프 한 그릇…… 아니, 반 그릇? 입니다."

"메이드에게 고기 한 점도 먹지 못할 줄이야…… 나도 아직 멀었군. 재스민, 메이드장에게 이 녀석은 내 담당으로 삼을 테니 미안하다고 전해 줘. 사람 하나를 빼앗아서 미안하군. 뭣하면 추가로 사람을 고용해도 좋아. 사무아, 집사장에게도 마찬가지로 전하도록."

이상한 말을 하는 주인을 본 사용인 둘의 대답은…….

"아아, 그랬군요. 저번과 비슷하네요. 알겠습니다. 그렇게 전하겠습니다."

"셜리, 잘 됐다!"

……………대체 뭐가 잘 됐다는 건데?

이것 참, 늘 있는 일이네. 그렇게 말하듯이 두 사람은 "그럼 그렇게 하겠습니다." 하고 입을 모아 대답하고 걷기 시작했다. 잠깐 기다려. 설명 한마디 정도는 좀 해 줘.

"앗…… 기, 기다려 주세요, 재스민 씨!"

카이드에게 팔을 붙잡힌 채 필사적으로 재스민을 부르자, 재스민은 동그란 머리에서 머리핀이 날아갈 정도로 빠르게 방향을 돌렸다. 그리고 사무아를 들이받을 기세 정도가 아니라 실제로 들이받고 달려오더니 내 자유로운 한쪽 손을 쥐고는 환하게 웃었다.

"싫어!"

그리고 이렇게 말했다. 상대가 환하게 웃으면서 싫다고 하면 나는 어떻게 해야 좋을까.

재스민은 양손으로 쥔 내 손을 붕붕 흔들더니 아깐 싫다고 했으면서 기쁜 듯이 뛰었다.

"사무아, 들었어?! 셜리가 처음으로 내 이름을 불러 줬어!"

"……너, 같은 방인데 이름 한 번 불린 적 없었던 거냐…… 읍!"

다시 날아온 걸레.

사무아의 얼굴을 걸레로 덮은 재스민은 마치 사탕을 입에 넣은 아이처럼 기쁘게 웃었다.

"있잖아, 셜리. 이 저택에서 주인님 직속은 메이드가 가장

득을 보는 위치야!"

"네?"

"뭐니 뭐니 해도 다과에, 간식에, 아침 식사까지 전부 무제한인 데다가 주인님이 시내로 시찰 나가실 때 동행하면 길거리 음식 역시 무제한으로 먹을 수 있어! 그리고, 그리고, 그리고! 회식만 없으면 네 희망에 따라 아침, 점심, 저녁도 역시 주인님과 같은 것을 먹을 수 있는 포상 업무야!"

"거절하겠습⋯⋯."

"다른 누군가가 간다면 너무 부러운 나머지 질투를 터뜨려서 피 튀는 싸움이 일어나겠지만, 셜리라면 모두가 기뻐해 줄거야! 너 진짜 너무 말랐어!"

말을 채 끝까지 하기도 전에 잘렸다. 전혀 기쁘지 않은 데다 왠지 단숨에 살벌해진 듯한 분위기는 어찌하면 좋을까.

나는 난처해져서 잠시 생각에 잠겼다. 그리고 일단 팔을 놓아줬으면 좋겠다는 결론에 이르렀다. 손과 팔 모두 놓아줬으면 했지만, 우선순위를 따지자면 팔부터 놓아줬으면 싶었다.

아직 사무아 일행과 이야기를 하는 카이드를 말없이 올려다보았다.

옛날에는 키가 작은 것을 무척 신경 썼던 카이드와 나란히 설 때면 몰래 신발 굽을 낮게 만들어서 신거나 위로 머리를 묶어 올리는 헤어스타일을 하지 않으며 배려했다. 카이드는 눈치채지 못했겠지만. ⋯⋯아니, 사실은 눈치챘을지도 모른다. 나는 카이드가 무엇을 눈치채고, 무엇을 알고, 어떻게 느끼고 생각했는지를 하나도 알지 못했다.

키나 몸집이 작아서 신경 쓰던 과거가 있다고는 믿을 수 없을 만큼 체격이 좋은 카이드를 올려다보았다. 작은 키를 신경 쓰던 것조차 거짓인지 진실인지 알 수 없다. 이쯤 되니 내가 기억하는 헬트의 모습 중에 진실이었던 것은 극히 일부였다.

아무 말도 하지 않았는데 나를 돌아본 금빛 눈동자와 눈이 마주쳤다.

무심코 눈을 깜빡인 나를 보고 카이드는 싱긋 웃었다.

조금, 아주 조금 그곳에 헬트가 있었던 듯한 느낌이 들어서 핏기가 가셨다.

"일단 지금 가진 건 이것밖에 없는데, 무슨 맛이 좋지?"

그리고 천천히 주머니로 들어간 손이 펼쳐지자 귀여운 포장지에 싸인 알사탕이 굴러다녀서 사라진 핏기가 바로 돌아왔다.

늑대 영주라는 이명에 전혀 어울리지 않는 알사탕에 눈을 한번 깜빡이고 정중하게 거절했다. 그러나 거절하는 도중에 사탕이 멋대로 입에 들어왔다. 예의 없이 뱉지는 못하고 살짝 원망하는 눈으로 올려다보았다.

카이드는 그런 시선을 받으면서도 담담히 웃었다.

입안에 점점 퍼지는 단맛이 왠지 아주 쓰다. 단 것을 마지막으로 먹은 것이 언제였는지 이제 기억도 나지 않는다.

오랜만에 맛보는 사탕은 딸기 맛이었다.

제2장 당신과 나의 건배

　이제 열일곱 살이 됐는데도 어린아이 때와 마찬가지로 밖에
는 잘 나가지 못했다.

　하지만 저택은 넓고, 그것을 둘러싼 부지는 걸어도, 걸어도
끝에 닿을 수 없을 만큼 광대했다. 부지 안에는 숲과 비슷한
곳도 있고, 작은 시냇물마저 흐르며, 호수와 들도 있었기 때
문에 그리 불만은 없었다. 내 세계가 얼마나 좁고 닫혀 있었는
지를 안 것은 모든 게 끝난 뒤였기 때문이다.

　모든 시간은 평온하게 흘러갔다. 귀찮은 일도 가슴 아픈 일
도 없었다. 좁고 폐쇄된 세계에서 살고 있다는 사실은 모른
채, 알게 된 지식과 정보가 실은 모두 선별되어 주어졌다는 것
조차 알지 못했다. 나는 그저 관리된 행복만을 먹고 산 어리석
은 세집이었나.

　나는 서둘렀다. 생각했던 것보다 수업이 늦어져서 약속 시
간이 지났기 때문이다. 1분 1초가 아까웠다. 나는 다음에 있
을 댄스 수업까지 시간이 비었지만, 그 아이에게는 언제 일이
들어올지 모른다. 그렇기 때문에 내가 늦으면 함께 있을 수

있는 시간이 적어지기 때문이다.

드레스 자락이 더러워지는 것도 마다치 않고 포석이 깔린 길을 달려갔다. 낮다고는 하나 굽이 있는 신발로는 달리기 힘든 길이다. 차라리 맨발로 달리고 싶었지만, 전에 그렇게 했다가 그 아이에게 아주 혼이 났다. 두 번 다시 그러지 않겠다는 약속을 했기 때문에 그럴 수 없게 되었다. 발바닥을 조금 다치는 정도는 아무 것도 아닌데. 그리고 살짝 두근거리기도 하고. 맨발로 직접 느끼는 썰렁한 지면은 달아오른 몸을 식혀 주고, 신발 무게에 방해받지 않은 채, 평소보다 가벼워진 발로 어디든지 달릴 수 있겠다는 생각마저 들게 했다.

하지만 그럴 때마다 그 아이에게서 평소의 심약한 미소에서 백팔십도 바뀐, 변명도 반론도 못 하고 사과하게 만드는 박력이 느껴졌다. 아주 단호히 그러면 안 된다는 말을 연발하는 탓에 나도 모르게 더 이상 하지 않겠다고 약속하고 말았다.

약속 장소인 자작나무 아래에는 아무도 없어서 거친 숨과 함께 오르락내리락하던 어깨를 늘어뜨렸다.

헬트는 일을 하는 중이라서 이름이 불리면 바로 가야 한다. 늦은 내가 잘못한 것이다.

어느새 풀어진 머리카락을 귀에 걸면서 숨을 골랐다. 내가 기다리면 돌아와 줄까? 아니면 내가 돌아가야 하는 시간까지 그 아이가 못 오려나?

숨을 고르고 머리를 정돈한 다음, 옷의 주름을 폈다. 옷차림을 정돈하면서 잠시 생각했다. 밑져야 본전이니 기다리자. 모처럼 둘이서 만날 수 있는 시간인데 포기할 순 없다.

평소에 앉는 돌 위에 손수건을 펼치려고 등을 자작나무쪽으로 향했다. 그런데 갑자기 뒤에서 빠직 하고 작은 가지가 밟히는 소리가 났다. 그 순간—.

"워!"

"꺄아악!"

콕 하고 등을 눌렀을 뿐인데 펄쩍 뛰었다. 내 손에서 떨어져 자유를 얻은 손수건은 팔랑팔랑 날아갔다. 그것을 놓치지 않고 잡은 그 아이는 가끔 깜짝 놀랄 만큼 재빠르다. 작은 몸으로 미끄러지듯이 뛰어오르더니 발끝까지 부드러운 동작으로 손수건을 붙잡았다. 마치 내가 모르는 생물이 된 듯했다.

하지만 거기에 놀랄 여유는 없었다. 이미 지나칠 만큼 놀랐기 때문이다.

나는 이 아이와 함께 있을 때면 두근거리는 심장을 다른 의미로 두근대면서 몸을 돌렸다.

"헬트도 참!"

아직도 두근거리는 심장을 필사적으로 달래면서 볼을 부풀렸다. 헬트는 내게 손수건을 건네주고 아하하 하고 웃었다. 귀엽게 웃는 얼굴이 밉살스럽기 짝이 없는데 두근거림은 더욱 커졌다.

"깜짝 놀랐잖아!"

"그럼 성공이네요. 늦은 아가씨에 대한 복수예요."

헬트가 장난이 성공해 기뻐서 참을 수 없다는 얼굴로 웃자 마음이 약해졌다. 귀엽게 웃는 얼굴을 보고 쓴웃음을 지으며 용서했다.

이 행동은 내가 늦은 것을 신경 쓰지 않도록 헬트 나름대로 배려한 것이기 때문이다. 반대로 헬트가 늦었을 때는 기다리는 동안 짠 화관을 쓰고 있게 했다. 자신은 남자라면서 씁쓸해하는 모습이 너무나 귀여워서 꽃이 피는 계절에 헬트가 지각하면 벌은 화관 쓰기가 되었다.

둘이서 나무 그늘에 앉아 소소한 이야기를 했다. 손을 잡은 채 살짝 어깨를 맞댄 것만으로도 가슴이 두근거려서, 도저히는 아니지만 소설처럼 헬트의 어깨에 기댈 수 없었다. 이렇게 둘이서 보내는 일은 딱히 처음이 아닌데, 시간이 아무리 지나도 익숙해지지 않는 것이다.

힐끗 본 그의 목덜미가 새빨갰지만 나 역시 마찬가지여서 웃을 수 없었다. 웃을 수 없는데 간지러워서, 긴장감 없는 얼굴이나 버티려고 애쓰는 찡그린 얼굴 중 하나가 되고 말았다.

이상한 얼굴은 보이고 싶지 않아서 나는 필사적으로 새빨간 얼굴을 얼버무리려고 이야기를 계속했다.

"저기, 헬트. 네 고향 얘기를 들려줘."

"들으셔도 재미없을걸요."

"오늘은 북쪽 영지 공부를 했어. 네 고향이 이 부근이라고 생각하니 평소에는 졸려서 견디기 힘들었던 수업에도 열의가 생기더라. ……선생님도 열의가 생기는 바람에 늦었지만."

그는 쓴웃음을 지었다.

그리고 정말로 재미없어요. 하고 한 번 더 전제를 깔았다.

"같은 라이우스 령이라 해도 이곳과는 비교가 되지 않는 척박한 땅이에요. 옆에 위치한 다리히 령은 늘 영지를 넓히고 싶어 해서 오랫동안 계획을 세우고 있는데, 그 다리히 령조차 원하지 않는 땅이에요. 땅은 넓지만 소득이 적고, 논밭을 넓혀도 작황이 나쁜 데다 돌이 너무 많아서 애초에 농지로 적합하지 않아요. 그런 곳이 경계에 있으니까 다리히 령은 반대쪽 기미 령에는 끈질기게 시비를 걸어도 라이우스에는 그다지 참견을 하지 않는 거예요."

"눈이 많이 온다고 들었어."

"네, 동토(凍土)라고 불리는 땅이라서 밭으로 쓸 수 있는 땅도 적고 작물을 기를 수 있는 기간도 짧아요."

고향을 이야기하는 그는 그리움이나 사랑스러움과는 다른 무언가를 드러내며 눈을 감았다.

"…………헬트?"

다시 열린 금빛 눈동자는 지금까지 본 적 없는 색으로 나를 보고 있었다.

"어린아이는 물론 어른도 가축도…… 굶주리는 건 괴로워요. 당사자들도, 그것을 보고 있어야 하는 쪽도."

"그건 그렇겠다…… 땅이 척박하다면 비료를 뿌려 비옥하게 할 수는 없는 걸까…… 사람과 마찬가지로 너무 비옥해도 안 좋지? 비료는 아버님께 부탁하면 분명 준비해 주실 거야."

필수 과목으로 춤추는 법이 아니라, 토지를 비옥하게 만드는 법을 배우는 편이 더 좋았을 텐데.

슬퍼 보이는 헬트를 보니 나도 슬퍼졌다. 하지만 헬트는 내 두 손을 잡고 이마를 맞댔다. 깜짝 놀라서 나도 모르게 두 눈을 감았다. 따듯한 헬트에게서는 흙과 말과 쇠 냄새가 났다.

"아가씨가 그런 얼굴을 하실 필요는 없어요. 괜찮습니다. 저희 역시 아무것도 하지 않는 것은 아니에요. 모두가, 모두가 제대로 살아남을 수 있도록, 살아갈 수 있도록 애쓰고 있어요. 그러니까 괜찮아요. 그리고 아가씨, 제 고향 이야기는 비밀이라고 저번에도 말씀드렸죠? 너무 촌사람이라서 모두에게 무시당할 거예요."

"그랬지, 미안해…… 하지만 무시당할 일은 없을 거야. 헬트는 모두가 좋아하잖아. 출신지 같은 건 전혀 상관없어."

"그렇게 말씀해 주시는 건 아가씨뿐이에요. 아가씨는 이곳에서 귀하게 자라신 소중한 분이니까요."

"이렇게 생각하고 싶진 않은데…… 설마 또 내가 온실 속 화초라는 말이 하고 싶은 거야?"

"아, 들켰나요?"

"헬트!"

손을 뿌리치고 화내는 내게 그는 아하하 하고 소리 높여 웃었다.

나는 뾰로통한 얼굴을 했지만, 헬트의 흔들리는 머리카락이 하나로 묶인 말 꼬리 같이 귀여워서 무심코 웃고 말았다.

우리는 아무 이유 없이 풀을 뽑아 던지고 손뼉을 쳤다.

바람이 나무 사이를 빠져나가 잎을 휘몰았다. 높은 담 저편까지 날아가는 잎을 둘이서 멍하니 배웅했다.

헬트의 옷자락에 오물이 묻어 있었다. 그것을 손끝으로 떼자 그가 황급히 옷자락을 당겼다. 자신이 하겠다며 옷자락을 잡았지만 헬트의 손톱은 짧아서 오물을 떼기에는 걸맞지 않다고 생각했다.

"있잖아, 헬트."

"안 돼요, 아가씨의 깨끗한 손가락이 더러워져요."

"오물은 씻으면 돼. 그리고 중요한 건 그게 아냐."

"네?"

"저기, 그…… 여러모로 힘들 것 같고, 아버님이 내가 밖에 나가는 것을 그다지 좋게 생각하지 않는 건 알지만 언젠가, 언젠가이기는 하지만……."

"아가씨?"

검지와 중지를 감싸 쥐고 우물거리는 나를 걱정한 그가 내 얼굴을 들여다보았다. 태양보다 투명하고 다정한 금빛 눈동자에 위로를 받아 얼굴을 들었다. 이번에는 정면에서 금빛 눈동자를 응시했다. 양지처럼 따듯하고 부드러우며 벌꿀처럼 황홀해서 정말 좋아하는 금빛 눈동자. 그 눈동자는 언제나 내게 뛰어들 용기를 주었다. 나는 꼭 깨문 입술을 벌리고 바싹 마른 목에서 말을 자아냈다.

"언젠가 헬트의 고향에 가 보고 싶어."

"아가씨."

금빛 눈동자 속에서 빛이 튀는 모습이 너무 좋아서 무심코 넋을 잃었다.

"……여기서는 너무 멀어요."

"가는 도중에 너와 잔뜩 이야기할 수 있겠네."

"게다가 춥고요."

"새 코트를 살 이유가 생겼어."

"가게라고는 채소부터 머리 장식까지 모두 한 자리에 어지럽게 늘어놓고 파는 곳뿐이고, 경치 역시 산과 바위뿐이라서 볼 것도 아무것도 없어요."

"네가 자주 올라갔다는 나무를 보고 싶어. 아주 큰 나무잖아? 마을 전체를 한눈에 볼 수 있고 거기서 보는 석양이 아주 아름답다고 가르쳐 줬잖아. 하지만 가장 아름다운 건 몰래 집을 나와서 보러 간 아침노을이라는 것도 말이야. 있잖아, 나도 올라가 보고 싶어. ……도와줄 거지?"

헬트의 고향에는 아주 큰 나무가 있다고 들은 적이 있다. 작황은 시원찮고 척박한 땅인데도 헬트가 태어나기 훨씬 전부터 그곳에 있었던 큰 나무. 그 나무 구멍에 숨거나 굵은 가지에 기대 경치를 바라본다거나, 시내 속을 헤엄치는 작은 물고기는 별처럼 반짝반짝 빛을 내고 있었다는 이야기를.

"네가 나고 자란 땅을 보고 싶다고 계속 생각했어. 언젠가 데려가 줄래?"

고향 땅을 이야기하는 헬트는 늘 순수해 보여서 그곳이 이 아이에게 얼마나 소중한 땅인지 얼굴만 봐도 알 수 있었다. 헬트가 자란 곳의 이야기를 할 때마다 그를 길러준 땅을 향한 동경은 커져 갔다.

언젠가, 언젠가 가 보고 싶어.

헬트의 소중한 북쪽 땅에 헬트와 함께.

내가 빤히 바라보자 헬트는 무언가를 말하려던 입을 일단 다물었다.

그리고 부드럽게 미소 지었다.

"언젠가 같이 가요."

"진짜?"

"네, 제가 데려갈게요."

"정말 기뻐!"

무심코 흘러나온 웃음을 보고 헬트는 부드러운 입맞춤을 해 주었다.

나뭇잎 사이로 비치는 부드러운 햇살 속에서 우아하게 부는 바람이 머리칼을 흔들었다. 햇빛과 금빛이 뒤섞여 반짝반짝 빛나서 무척 아름답다. 사랑하는 사람과 보내는, 따뜻한 것만으로 이루어진 평온한 시간. 부드러운 바람이 머리카락을 휘감고 지나갔다. 햇빛은 헬트의 눈에 여전히 섞여 있었다. 따뜻한 눈동자 속에는 행복하기만 한 자신의 삶에 한 치의 의심도 하지 않는 어리석은 여자가 무지(無知)를 휘감고 웃고 있었다.

옷이 스치는 소리에 눈을 떴다. 옆 침대에서 재스민이 자다가 몸을 뒤척인 것이다.

순간 이곳이 어디인지 알 수 없었다.

옆 침대를 보니 심하게 뒤척였는지 이불이 떨어져 있었다. 덮을 것이 사라졌는데도 눈을 뜨지 않은 재스민이 고요한 숨소리를 내며 자고 있었다.

나는 일어나서 이불을 주웠다. 전생에서 덮었던 것과는 비교도 되지 않지만 이것 역시 청결하고 질 좋은 시트다.

모두가 좋은 세상이 되었다고 말한다. 나도 그렇게 생각한다. 업무에 상응하는 임금이 지불되고, 일하면 일할수록 삶에 여유가 생기며, 정확한 세금을 내어 일상을 보호받는다. 내일을 향한 활력이 가득 찬 영지민이 일함으로써 영지는 윤택해졌고, 일을 한 만큼의 결과가 보장되는 나날은 사람들의 기쁨으로 가득했다.

"음……."

재스민의 손은 자면서도 떨어진 이불을 찾아 헤맸다. 깨지 않도록 살며시 이불을 덮어 주었다. 헤매던 손은 시트 자락을 쥐었고 재스민은 행복한 듯이 계속 잠들었다.

재스민이 깨지 않는 것을 확인하고, 발소리를 내지 않은 채내 침대로 돌아가 살짝 삐걱거리는 침대에 체중을 실었다.

깊게 숨을 토하고 양손으로 얼굴을 덮었다. 뺨을 미끄러지며 떨어지는 것은 여물처럼 푸석해진 머리카락이었다. 바람에 뒤엉키기까지 한 탓에 비단처럼 아름답게 빛났던 머리카락은 더 이상 찾아볼 수 없었다. 문득 이번 생에서 15년 동안이나 함께한 머리카락에 한순간이나마 위화감을 느낀 자신이 비참했다.

꿈을 꾸었다. 꿈 자체는 평온했는데 불쾌한 땀이 등을 타고 흐르며 소름이 가라앉지 않았다. 따뜻한 햇빛이, 부드러운 바람이, 평온한 금빛 눈동자가 내 심장을 얼려갔다.

"거짓말쟁이."

작게 중얼거린 그 말은 누구에게도 들리지 않은 채, 깊숙이 내려앉은 밤에 녹아들었다.

빵 한 조각과 수프 반 그릇.

재스민에게 양이 적다고 마구 혼나면서 아침 식사를 마친 나는, 아직 본래 일터에도 익숙해지지 못했는데 새로운 일터로 발걸음을 옮기게 되었다.

나는 본래 영주의 저택 메이드로 고용되었다. 하지만 이곳의 메이드는 두 종류가 있다.

하나는 나처럼 저택에 있는 메이드. 청소, 세탁 등 저택을 유지하는 것을 주 업무로 삼고, 때로는 손님을 응대한다.

또 하나는 지금 내가 향하는 곳, 영주의 업무가 이루어지는 건물의 메이드다.

젊은 세대가 많은 저택과는 달리 이쪽 사람들은 연령대가 높았다. 스쳐 지나가는 사용인 중에는 30대에서 40대가 가장 많았고, 20대 밑으로 보이는 사람은 아주 적었다.

　지금은 비교적 평온해졌다고는 하나, 카이드는 본래 혁명으로 즉위한 영주다. 즉위한 지 얼마 안 됐을 당시에는 잔당의 습격과 첩자도 많았다고 들었다. 그래서 신뢰할 수 있는 자로 주위를 채웠다고, 안내하는 30대 메이드가 가르쳐 주었다. 그때부터 쭉 남아서 일하는 자가 많기 때문에 연령대가 올라갔고, 집사들도 그렇다고 한다.

　고용되는 사람은 당연히 엄중한 심사를 거쳐 채용되는데, 그중에서도 이곳은 특별했다. 바쁜 것도 있지만, 무엇보다 카이드가 묵기 때문이다.

　그런 중요한 점 때문에 의심받을 만한 행동은 하지 않도록 조심하라는 것까지 가르쳐 주었는데 나는 건성으로 듣고 있었다. 스쳐 지나가는 사람들에게 자꾸만 시선이 갔기 때문이다.

　어쩐지 기시감이 들었다. 장소 때문은 아니다. 이곳에 이미 본가의 모습은 조금도 남지 않았다. 당연하다. 그날 모두 불탔으니까.

　그렇다면 무엇에서 기시감을 느꼈을까.

　스쳐 지나가는 사용인에게 눈길을 주고 두리번거리는 내 행동이, 처음 온 곳을 향한 호기심 때문이라고 생각했는지 메이드가 쓴웃음을 지었다.

　"집무실이니까 실용적으로 꾸미라는 영주님의 말씀이 있긴 했지만, 막상 보면 깜짝 놀랄 거야. 집사들도 설마 건물 장식에도 조금은 예산을 배정하자고 진언을 올리는 날이 올 줄은 몰랐다고 자주 이야기해."

섬세하게 장식된 물건보다 오래 쓸 수 있는 물건을. 세공을 할 거면 크기도 키워라. 그렇게 말하듯 투박하다는 한마디로 설명이 되는 건물. 창틀은 쇠이고 틈이 좁아서 유리를 깬다 해도 창틀을 통째로 떼지 않으면 안에 침입할 수 없다. 자칫하면 쇠창살로도 보이는 창틀은 필요해서 이렇게 만든 것이리라.

같은 부지 안에 있지만 저택과는 상당히 다르다. 굳이 따지자면 저택은 저택대로 수수한 곳이긴 한데 이곳에 비하면 또 화려……하다고 할까, 재치와 여유로움이 공존한다고나 할까. 집무실 건물을 보다가 저택을 보면, 이곳에 편리성보다 예술성을 중시한 장소가 존재하긴 하구나라는 생각이 든다. 저택은 후미진 곳에 있고 이 건물은 앞쪽에 있다. 보통은 외관이 화려한 쪽을 앞에 내세울 텐데, 이곳은 요새가 앞쪽으로 밀려 나와 있었다. 저쪽으로 가고 싶으면 먼저 이곳을 부수고 가라는 호기로움이 느껴졌다.

"겉모습은 이래도 튼튼하단다."라며 가늘게 뜬 눈으로 요새 같은 건물을 바라보는 메이드.

나는 그 뒤를 지나는 30대 후반 가량의 남성을 가만히 지켜보았다. 낯익은 느낌이 들었지만, 내가 아는 사람이라는 확신은 들지 않았다. 나는 카이드 같이 사용인을 일일이 기억하는 좋은 주인은 아니었으니까.

언제까지고 사람들을 눈으로 좇을 수도 없어서 시선을 메이드 쪽으로 되돌렸다.

"금방 익숙해질 거야. 그래그래, 메이드장을 만나는 건 처음이지?"

"아니요, 채용됐을 때 한 번 만나 뵈었습니다."

"어머, 그랬구나."

"네, 힐다 씨시죠."

살짝 포동포동한 몸에 포근한 미소를 띤 따듯해 보이는 여성이었다. 나이는 20대 중반일까. 첫인사 때 웃지도 않는 나를 혼내지 않고 "미소 짓는 게 힘드니?"라고 묻고는 "괜찮아, 손님이 오셨을 때는 고개를 숙이면 미소 짓지 않아도 안 들켜."라며 자연스럽게 넘어가는 방법까지 가르쳐 주었다.

자세히는 말하지 않았지만 힐다 씨는 안다는 뜻을 전하자 메이드는 "어머." 하는 소리를 냈다.

"미안하지만 아니야. 힐다는 메이드장 대리야."

"대리?"

"응, 메이드장은 잠시 휴가를…… 아아, 마침 잘 됐다. 저쪽에 계시네."

아까 내가 눈으로 좇던 남자가 멈춰서 누군가와 이야기를 나누었다. 종이 한 장을 보고 서로 가리키면서 무언가를 확인하고 종이를 넘겨 같은 과정을 반복했다. 급히 넘어가는 서류는 바쁘다는 느낌을 주기에 충분했다. 그런 생각을 한 것도 잠시, 내가 마음속으로 소리를 지른 것은 그런 사실 때문이 아니었다.

이쪽으로 몸을 돌린 남자가 먼저 우리를 알아보았다. 그 남자는 우리에게 등을 돌리고 자신의 앞에 서 있는 여성에게 무언가를 말했다. 여성은 종이를 접고 몸을 돌려 이쪽을 보았다.

30대 중반 가량의 여성은 우리를 보고 "아아." 하고 입을 열었다.

"수고했어요, 달리아. 이 사람이 셜리 힌스로군요. 이야기는 들었어요."

손을 내밀면서 주근깨가 있는 얼굴로 희미하게 미소 짓는 그 사람은…….

"캐롤……."

"어?"

주근깨가 신경 쓰인다며 두꺼운 화장만 했던 캐롤.

조금 경박하지만 장난스럽고 애교 있던 캐롤.

연인이 있지만 부모가 허락해 주지 않아서 억지로 다른 약혼자를 정했다며 울던 캐롤.

헤어질 때 부디 건강하라며 내 모습이 보이지 않을 때까지 연인과 고개를 숙이던 캐롤.

모자 가게 부부의 외동딸, 캐롤.

나의 메이드였던 캐롤리나.

무심코 중얼댄 내 말에 고개를 갸웃거리는 캐롤을 보고 황급히 머리를 숙였다. 그리고 마찬가지로 의아한 얼굴을 한 남자는 한때 집사였던 사람이다. 그렇다. 생각났다.

획휙 바뀌던 사용인들 사이에서 캐롤 역시 사소한 일로 질책받아 해고되었다는 소식을 들었다.

나는 카이드처럼 신입의 이름을 기억하지는 않았다. 그뿐 아니라 원래부터 있었던 사람조차 대부분 기억하려 하지 않았다. 애초에 오래 일해 준…… 아니, 오래 일할 수 있었던 사람이 없었기 때문이다. 어제와 다른 얼굴들, 저번에 봤던 사람이 벌써 사라지고 없다. 순식간에 획휙 바뀌는 사람들을 보고 원래 그런 것인가 보다 하고 생각했다. 일해 본 경험도 없고, 자기 집의 현재 상황도 전혀 모르고, 모르고 있다는 사실조차 몰랐던 어리석은 나는 사용인이란 그런 존재라고 생각했었다.

무서웠을 것이다. 두려웠을 것이다.

새 인생을 살면서 과거 저택의 참상을 들을 때마다 그렇게 생각했다.

자신이 자칫 실수하면 직업뿐만 아니라 집도 잃고 가족까지 억울하게 빼앗길지 모른다는 공포 속에서 그들은 열심히 일해 주었다.

늘 어딘가 창백하고 어두운 분위기였던 메이드 중에서 캐롤은 또래인 내게 늘 활기찬 웃음을 보내 주었다. 선이 가늘고 조금 믿음직스럽지 못했지만 착한 화가 청년과 행복하게 살라며 배웅했었다.

멀리서 나를 지켜보기만 했던 사람들과 달리 여러모로 신경 써 주고, 세상의 온갖 이야기를 들려준 밝고 다정한 캐롤.

그런 캐롤을 친구처럼 생각했지만 캐롤도 그렇게 생각했는지는 모른다. 그 아이에게는 그저 업무의 일환이었을지도 모른다. 하지만 나는 정말 좋아했다.

돌아왔던 건가.

그리고 이 일로 겨우 기시감에 확신이 들었다. 낯익은 사람들이 있다고 느낀 건 기분 탓이 아니었던 것이다.

다들 15년의 세월이 지나 나이를 먹었지만 옛 모습은 남아 있었다. 모두 저택에서 해고된 사람들이다. 물론 모르는 사람도 잔뜩 있고, 내가 눈치채지 못했을 뿐 다른 곳에도 예전에 일하던 사람이 있을 것이다. 사용인들이 저택에서 해고되었다는 사실을 안 것은 이번 생에서였다. 나는 그들이 스스로 이 땅을 떠났다고 생각했다. 집안 사정 혹은 본인의 뜻으로, 달리 하고 싶은 일, 해야 할 일이 있어서 다음 단계로 나아갔다고 생각했다. 이곳은 통과 지점이라고 생각했던 것이다. 다음 단계로 나아가기 위한 자금을 모으는 곳이거나 준비 기간이거나 디딤돌이거나. 그래서 사용인이 휙휙 바뀌어도 전혀 이상하게 생각하지 않았다. 누구도 그것에 대해 말이 없었다. 그래서 자연스러운 일이라고 생각했다.

어렴풋이 그렇게 생각했을 만큼 무지했다. 무지하고 오만했다. 그저 지나쳐 가는 사람들이라고 무의식적으로 생각했다. 매일 사용인들이 바뀌어 가는 광경을 지켜보았다. 하지만 아무것도 문제될 게 없다고 생각한 내 오만은 단죄를 거치고 나서야 겨우 자각에 이르렀다. 자각한 순간 느낀 것은 구역질을 일으키는 혐오감과 몸의 털이 곤두서는 수치심이었다.

"캐롤리나, 아는 사람이야?"

"아니요…… 미안해요. 나 당신과 어디서 만난 적 있나요?"

남자는 집사 옷을 입고 있지 않았다. 즉, 지금은 집사가 아니리라. 하지만 서류 다발을 들고 있는 걸 보면 아마 다른 형태로 일하며 카이드를, 신임 영주를 돕고 있을 것이다.

바빠서 살짝 수척했지만 사람들의 눈은 옛날 그 무렵과는 달랐다.

캐롤은 예전보다 침착해진 듯했지만 다른 사람들은 활기찼고 눈에 힘이 있었다. 언제 무엇을 질책받을지 모르고, 같은 일을 해도 어머님이나 할머님의 기분에 따라 어떻게 될지 모르는 저택 안에서 벌벌 떨던 이들과는 전혀 다른 사람 같았다.

아아, 좋은 시대, 좋은 세상이 되었다.

마치 성처럼 새하얀 저택.

그것과는 비교가 되지 않는 거친 요새 같은 상자 모양 건물.

그래도 우리만이 누린 그 낙원보다 지금이 훨씬 낫다. 우리의 낙원은 라이우스의 지옥이었으니까.

일하는 사람의 얼굴을 보기만 해도 그런 생각이 들었다. 사람이 당연하게 사람답게 살 수 있는 곳이 된 것이다.

"……아는 사람과 조금 닮아서요. 실례했습니다."

"어머, 그래? 후후, 신기한 인연이네. 나도 캐롤이라고 불렸던 적이 있어."

그래, 그렇게 불렀다. 웃는 네가 귀여워서 깜찍한 애칭으로 부르고 싶었다. 정말 좋아하던 너를 그 애칭으로 부르는 것이 무척 기뻤다.

"저기…… 휴가라고 들었는데, 어디가 안 좋으신 건가요?"

"아아, 그게 아니야. 남편 가족에게 안 좋은 일이 있어서 잠시 휴가를 받았었어. 고마워, 이젠 괜찮아."

"남편분 가족에게요?"

"응, 화가라 각지를 전전해서 연락이 오는 게 늦어. 곤란한 사람이야. ……아, 그건 그렇고 오랜만에 캐롤이라고 불렸네. 네 지인이 부럽다. 나도 그 애칭을 참 좋아했어."

캐롤은 과거를 회상하듯 눈을 가늘게 떴다. 옛날보다 옅어진 화장이 아주 잘 어울렸다.

그 애칭을 너도 마음에 들어 했던 거구나. 그렇다면 다행이다. 기쁘다고 해 준 그 말이 진실이어서 기쁘다. 그리고 지금 네가 행복하다면 이 이상 기쁜 일은 없다.

이 땅에 관련된 사람들 모두, 불행해지지 않아서 다행이다. 그 착한 화가는 지금도 캐롤과 함께 살며 그 아이를 행복하게 해 줄 것이다.

네가 없어진 뒤로 쓸쓸했다. 하지만 마지막으로 배웅할 수 있어서 다행이다.

나의 끔찍한 최후를 네게 보이지 않고 끝나서 정말 다행이다.

갑자기 복도 안쪽에서 웅성대는 소리와 함께, 어딘지 침착하면서도 다급한 듯한 목소리가 들려왔다. 성인 남성 특유의 힘찬 그 목소리는 긴 복도를 막힘없이 빠져나와 귀에 가까워 졌다.

몇몇 남자에게 둘러싸여 잰걸음으로 걸어오는 사람이 있었다. 키가 크고 마치 밤의 어둠을 흩뿌려놓은 듯한 흑발을 나부 낀 채, 태양보다 더 선명한 금빛 눈동자로 세상을 응시하는 사람이. 곧장 나아가는 그 발걸음에 망설임은 전혀 없었다.

우리는 복도 끝으로 물러나 예를 갖추었다. 다른 사람들은 이미 인사를 마쳤는지 눈앞에서 멈춘 사람에게 가볍게 고개 를 숙일 뿐이었다. 캐롤이 눈짓으로 날 재촉했다. 누군가에게 재촉당해서 아침 인사를 한 것은 나뿐이었다.

"안녕하십니까, 주인님."

"그래, 안녕…… 눈 아래에 다크서클이 있군. 자지 못했나? 잠자리가 바뀌어서 불편한가?"

"아니요, 저는 잘 잤습니다."

좋은 시대가 되었다. 좋은 세상이 되었다.

눈앞에 있는 사람이, 카이드가 그렇게 만든 것이다.

카이드는 주변 남자들에게 서류를 주며 지시를 내리더니 돌 아섰다. 아직 이른 아침인데도 벌써 한 가지 일을 마친 것이다.

"캐롤리나, 조금 이르긴 하지만 이 아이를 데려가겠어."

"네."

"그건 그렇고, 이렇게 서둘러 돌아오지 말고 좀 더 느긋하게 일정을 잡아도 됐는데. 꽤나 일정이 빡빡했잖아?"

"아니요, 갑자기 휴가를 내서 몹시 폐를 끼쳤습니다. 이제부터 더 바빠질 텐데 이 이상 쉴 수는 없습니다."

"뭐, 바빠지기야 하겠지. 하지만 뭐, 너무 무리하지 마. 옛날과는 다를 테니까. 무엇보다 건강을 해치면 본전도 못 찾는다."

"주인님께만은 듣고 싶지 않습니다. 그 말씀은 제가 나이를 먹었다는 걸 돌려 말씀하시는 겁니까?"

캐롤이 한 걸음 나서자 카이드가 황급히 두 걸음 물러섰다.

"아, 아니, 그런 게 아냐. 여성에게 그런 실례되는 말은 하지 않아."

"실례를 무릅쓰고 말씀드리겠습니다만, 주인님과 저는 고작 세 살 차이밖에 나지 않습니다. 제가 나이 든 거라면 주인님께서도 나이 드신 겁니다!"

"미안하다!"

캐롤은 내게만 "힘내." 라며 부드러운 미소를 보내고 우아하게 인사하더니 달리아와 함께 떠나 버렸다. 남은 남자들이 동정으로 가득 찬 시선으로 카이드를 바라보았다. 하지만 누구 하나 도와주려고 나서는 이는 없었다. 오히려 도움을 바라는 듯한 카이드의 시선에서 재빨리 눈을 피하기까지 했다.

"……더 이상 옛날처럼 아슬아슬한 인원으로 꾸려나가지 않는다는 걸 말해 주고 싶었어."

"………………네."

어쩐지 침울하게 들리는 영주의 말에 남자들은 카이드의 어깨를 두드렸다.

좋은 세상이 되었……다.

영주의 방은 사람의 출입이 잦았는데 그것이 왠지 신선했다.

차례로 사람이 드나들어서 일일이 맞이할 새도 없었다. 서류를 가져오거나 무슨 확인을 해달라며 아직 제 순서가 오지도 않은 사람이 줄줄이 들어왔다. 사람들이 동시에 들어와서는 여러 볼일을 한꺼번에 마치는 경우도 드물지 않았다.

아버님이 영주였던 시절에는 이렇게 손님이 많지 않았다. 손님이라 해도 훨씬 전부터 만날 날과 시간을 정해야 했고 언제 누가 오는지를 철저하게 관리했다.

카이드에게 찾아오는 사람들은 모두 익숙한지 인사도 하는 둥 마는 둥 용건에 들어갔다. 이미 속마음까지 다 터놓은 사람들이리라. 카이드는 때로 잡담도 섞어 가며 용건을 듣고는 잇달아 들어오는 안건을 차례차례 처리해 갔다. 때로는 방에 놓인 거대한 책장 앞에 서서 책 몇 권을 꺼내 안건을 가져온 사람과 함께 책과 눈싸움을 벌였다.

그런 식으로 오전을 보내고 순식간에 점심도 지났다. 끊이지 않는 손님과 부하들을 보고도 카이드는 놀란 기색 하나 보이지 않았다. 날마다 이런 상태라는 것을 오늘 하루 같이 지냈을 뿐인데도 알 수 있었다. 휴식 한 번 없이 익숙한 기색으로 서류를 처리하는 카이드에게 부하들은 끊임없이 다음 안건을 가져왔다.

그래도 점심을 조금 지난 무렵에는 어찌어찌 정신을 차릴 수 있었다.

카이드는 몇백 번이나 했던 사인을 마지막 서류에 하려고 선을 슥 그었다. 나는 오전에만 몇 번이나 채운 잉크를 다시 한 번 채워야겠다고 생각하면서 차를 탔다.

겨우 펜을 놓고 등을 펴 기지개하는 카이드에게 차를 냈다.

"고마워."

아무렇지 않게 감사 인사를 하고 태연하게 차를 마시는 모습에 무심코 눈살을 찌푸렸다.

차에 독이라도 들었으면 어쩌려고 그럴까.

고용할 때 엄중히 심사했기 때문이겠지만, 그렇다 해도 너무 부주의한 것은 아닐까. 고용된 지 얼마 안 된 사람에게 입에 들어갈 음식을 다루게 해서는 안 된다. 아니, 처음부터 이 건물 담당 메이드로 삼아서는 안 됐다.

내가 넣지 않았어도 혹시나 차에 독이 들었다면 내 잘못이 된다. 누명을 쓰고 처형당하는 것은 싫다. 무엇보다 카이드가 없어지면 모두가 곤란해진다.

"너무 부주의하다고 말하고 싶은 건가?"

내 시선을 눈치챈 카이드는 이쪽을 향해 텅 빈 컵을 흔들었다.

"음식이 없을 때는 신발의 가죽까지 먹었고, 먹어도 괜찮은 것을 찾아다닐 때는 약한 독보다도 위험한 식물 역시 먹었어. 약한 백성보다 튼튼한 내가 시험하는 편이 나으니까. 그러니까 약간의 독으로는 죽지 않아. 첩자가 어째서 넌 죽지 않는 거냐고 화를 낸 적도 있었지. 그보다 훨씬 위험한 버섯 때문에 죽을 뻔했으니까 내성이 생겼지. 그 녀석은 그걸 섞어야 했어."

카이드는 거침없이 터무니없는 말을 했다. 나는 무심코 내

뱉을 뻔한 무언가를 삼키고 검지와 중지를 꼭 감싸 쥐었다.

안 그래도 척박한 땅인데 무거운 세금까지 부과하면 돌이킬 수 없을 만큼 곤궁해진다. 다음 봄에 심어야 할 종묘마저 팔아치우고, 과실을 수확해야 할 나무들의 껍질을 뜯고 뿌리를 캐서 굶주림을 견딘다. 뿌리를 캔 나무는 말라가고 작물을 심을 수 없는 토지는 딱딱해져서 점점 쇠퇴한다.

나와 함께였던 2년 사이에 있었던 일이라고는 생각할 수 없다. 잠입해 있던 기간에 그렇게 위험한 일은 하지 않았으리라. 그렇다면 그보다 전. 열네 살이 되기도 전에 있던 이야기라는 게 된다. 아니지…… 나보다 세 살 어린 열네 살이었으니 열두 살보다 더 어렸을 때의 일이다.

"………………언제."

"응?"

눈을 살짝 가늘게 뜨고 무언가를 보던 카이드가 내 목소리에 얼굴을 들었다.

"언제 죽을 뻔하신 건가요?"

"언제냐고 물어도 말이지…… 한두 번이 아니거든. 처음에는 여섯 살 때였나? 전염병이 돌아 일손이 줄어든 차에 세금이 밀려서 말이야. 충분한 대비도 못한 채 맞이한 겨울이 참으로 힘들어서 말이야. ……참 지독한 겨울이었지. 땔감조차 부족해서 동사하지 않도록 여러 집 사람들이 모여 생활하며 가진 것을 서로 나눴어. 당연히 식료품도 순식간에 바닥을 드러냈지. 필사적으로 먹을 수 있는 것을 찾아다녔어. 그래도 찾아다닌 보람이 있어서 지금까지 먹을 수 없다고 알려진 버섯이 실은 먹을 수 있다는 사실을 알게 됐지. 못 먹는 것은 줄기뿐이야. 어째선지 갓은 무해했어. 그것으로 그 겨울을 날 수 있었으니까 결과적으론 좋았지. 뭐, 혼은 좀 났지만."

혼나는 것만으로 넘어간 것이 기적이다. 까딱하면 작은 카이드의 몸은 울부짖는 야생동물 무리에게 둘러싸였을 것이다.

정말 무모하다고 생각했다. 하지만 카이드는 영주 저택에 단신으로 숨어들었던 사람이다. 잠입한 것이 안 들켰어도 다른 사소한 이유로 언제 죽을지 모르는 곳인데 말이다. 무모함은 옛날부터 지니고 있었던 것이다.

손가락을 움켜쥐는 힘이 강해졌다.

카이드는 일어나 다른 컵에 차를 타서 내게 내밀었다.

"그리고 너는 첩자가 아니잖아?"

"⋯⋯⋯⋯⋯어떻게 아시죠?"

그 확신은 어디서 오는 것일까.

내 의아한 시선에 카이드는 진심으로 어이없는 얼굴을 했다.

"첩자가 그렇게 눈에 띄는 모습으로 섞어들면 어쩌자는 거야. 보통은 의심받지 않도록 사람들 사이에 자연스레 녹아들기 마련이라고. 처음부터 다가오지 말라고, 만지지 말라고, 접근하지 말라고 하면 첩자 일은 못 하지."

역시 전직 첩자. 설득력이 남다르다. 공포가 지배하는 저택에 슬쩍 섞여 누구에게나 호감을 산 소년. 그 소년은 어느새 영주가 되어 변함없는 금빛 눈동자로 나를 보고 있었다.

"나는 전생이 어쩌고 하는 일은 어떻게 대처해야 하는지 몰라. 들어 본 적도 없어. 하지만 그게 너를 괴롭힌다면 조사해 볼 수는 있지. 조만간 손을 빌려줄 수 있을지도 몰라."

나는 잠시 고민하다 물릴 기미가 없는 컵을 받았다. 살짝 식은 컵에서는 처음 맡아 보는 향기가 났다. 카이드는 자신의 몫을 타서 또 한 번 컵을 들었다. 불그스레한 갈색 차가 투명하게 흔들렸다. 웃지 않는 음침한 여자가 수면에 비치고 흔들림에 맞춰 일그러졌다.

"네 정체가 뭐든 내 영지민인 것은 변하지 않아. 나는 영지민이 모두 행복하기를 바라지. 무모하고 꿈같은 데다 바보 같은 소원이지만 이뤄졌으면 좋겠어. 그렇지 않으면 내가 영주가 된 의미가 없지. 전 영주에게 이 땅을 빼앗은 의미도 없어. 영지민 모두가 평생 놀고먹을 수 있을 만한 돈을 바라는 건 아냐. 하지만 적어도 굶지 않기를. 겨울을 넘길 수 있을지 불안해하지 않기를. 미래에 빛이 보이지 않아 어린아이를 데리고 죽지 않기를. 살기 위해 저지른 작은 죄로 재판받지 않기를. 그리고 그런 일들이 없어졌다면 모두가 웃으며 살기를 바라."

그가 말한 소원은 분명 최소한의 권리다. 인간이 가져야 할 최소한의 권리.

과거의 라이우스에는 없었던 것.

사람이 사람으로서 당연하게 내일을 살아간다. 그런 것조차 허락되지 않던 시절이 있었음을 모르는 아이들이 태어나는 세상이 되었다.

"아주 훌륭한 생각이십니다. 저도 라이우스를 위해서 미약하지만 1년 동안 주인님의 손발이 되어 섬기겠습니다. 하지만 저는 그 당연한 권리를 이미 전생에서 누렸습니다. 그 권리는 부디 아직 누리지 못한 다른 분에게 건네십시오."

"안됐군, 셜리. 나는 오만한 사람이야. 혼자보다는 둘, 둘보다는 셋이 행복해졌으면 하지. 끝이 없다는 건 좋은 말이야. 적어도 내 눈앞에서 굶어 죽는 건 용서 못 해. 그러니까 너를 살찌우는 것부터 시작하고 싶은데, 일단 건배할까."

"무엇을 위한 건배인가요?"

"흠."

카이드는 잠시 생각했다. 나는 그 모습을 올려다보았다. 정말 키가 컸다. 헬트의 키에 맞춰 신발 굽을 낮게 만들었던 과거를 믿을 수 없을 만큼. 이젠 내 목이 아플 정도다.

이내 우리는 컵을 쨍 하고 부딪쳤다.

"전도유망한 젊은이들의 행복한 미래를 위해."

"우리 라이우스의 미래를 위해."

쓴웃음을 짓는 카이드와 함께 차를 마셨다. 나라의 차란 차는 모조리 선물받았던 그 무렵에도 마신 적 없는 차였다. 자극적인 맛이 없어 마시기 편하면서도 단맛과 감칠맛이 적절히 섞여 정말 맛있었다. 입이 고급인 귀족이라도 불만 없이 다 마시리라.

카이드가 눈을 깜빡이는 나를 보더니 웃었다.

"맛있지? 동쪽 마을의 특산품이 될 예정이야. 그 땅은 다른 작물엔 맞지 않지만 이 찻잎을 기르기엔 적합한 것 같아서 말이야. 내년이면 라이우스 전체에 퍼질 거야. 다른 영지에도 팔 수 있다면 더할 나위 없이 좋겠지만 거기까지는 어려울지도 몰라. 그 땅은 비가 많이 내리니까 지반이 불안해서 빠르게 농지를 늘리는 건 어렵거든. 우선은 평소에 라이우스에서 쓰는 양만큼이라도 확보할 수 있다면 좋겠지. 지금은 다른 영지에서 사들이는 것이 일반적인 찻잎이야. 하지만 우리 지역에서 자체 생산한다면 동쪽 마을에도 드디어 안정적인 산업이 생기는 거야. 그러면 타 고장에 돈을 벌러 나가느라 우리 일손이 줄어드는 현상이 개선될 텐데."

카이드는 손에 든 컵을 움직여 액체가 흔들리는 걸 바라보며 기쁘게 이야기했다. 나는 그런 카이드를 차마 볼 수 없어 가만히 눈을 내리떴다.

아버님이나 할아버님에게 이런 이야기를 들은 적이 있었나.

가족들은 왕도의 가게에서 출시한 신제품이나 유명한 가게의 물건을 사들였다. 라이우스에서 긁어모은 돈을 라이우스 내에서 쓰지 않았다. 그렇게 하면 어떤 일이 일어날지 조금만 생각해도 알 수 있었는데도 나는 생각하기를 포기했다.

예쁘지? 귀엽지? 이거 최고급품이야.

잘 어울려. 멋있다. 귀여워.

물건을 받고 가족이 짓는 미소를 절대적으로 믿으며, 그것이 어떤 과정을 거쳐 주어진 것인지는 생각하지 않았다.

아아, 당신이 옳아.

나는 카이드를 올려다보고 문득 웃고 싶어졌다. 아주 오랜만에 샘솟은 그 감정이 무엇인지 스스로도 판단이 서지 않았다.

유쾌하고, 밝고, 비참하고, 꼴사나운, 이 감정의 이름을 나는 잊고 말았다.

나는 지금 대체 어떤 얼굴을 하고 있을까. 카이드가 금색 눈동자를 크게 뜨고 무언가를 중얼거린 것 같은데 나는 무슨 말인지 알아듣지 못했다. 카이드는 무어라고 말했을까. 아아, 하지만 그것은 분명 옳은 말이리라.

새 인생을 얻은 지 15년 만에 고요했던 감정이 솟구쳤다. 그리고 그 감정은 소용돌이치며 몸 구석구석에 퍼졌는데 더러운 피보다도 질이 나빴다. 피는 몸을 살리는 것인데 이 감정은 나를 죽어가게 만들었다.

우리 가족은 누가 봐도 한없이 악한 존재였다. 라이우스를 좀먹는 해충 그 자체였다. 죽어야 마땅하고, 죽어야 하는 해악이었다.

카이드의 결단은 영단이 되어 라이우스를 멸망에서 구했고 번영을 이끌어 영지민을 지켰다.

당신은 옳다. 당신은 강하고, 현명하고, 따뜻하고, 영웅이라고 불리기에 충분하다. 당신이야말로 라이우스의 구세주다.

하지만 그렇기에 당신은 잘못을 저지른 것이다.

제3장 당신과 나의 손님

사람은 타인에 관한 기억 중에 목소리부터 잃어 간다고 한다. 그렇다면 마지막까지 남는 기억은 무엇일까.

빵 한 조각과 수프 반 그릇.

아침 식사를 마치고 카이드에게 향한다. 원하면 카이드의 아침 식사에 동석할 수 있다고 하지만, 그 특권을 이용한 적은 없다. 내가 원하지 않는다는 것을 알기 때문인지 그것 자체를 카이드가 질책한 적은 없었다. 다만 재스민은 지독하게 질책하고 있다.

영주 직속 메이드라 해도 업무 내용은 결코 어렵지 않았다. 임기응변적인 대응이 필요한 것은 어떤 일이나 마찬가지고, 기본적으로는 내려온 지시를 처리할 뿐이다. 하루 일정 짜기, 손님 대응, 부하에게 내리는 지시 모두 카이드 혼자서 처리한다. 지시를 내리는 것만 해도, 전달 역시 '다른 용무를 마치는 김에'라며 스스로 한다. 자료조차 직접 들고 오는 카이드를 보고 부하들은 곤란하다며 어깨를 늘어뜨릴 뿐이다. 듣자 하니 열심히 일을 맡겨달라고 말했지만 소용없었다는 모양이다.

나도 조금 곤란하다. 허드렛일이라도 좋으니 맡겨달라고 해야 할 판인데, 애초에 내 일이 그 허드렛일이니.

차를 다시 타는 일과 자료 정리, 잉크 등 비품 보충. 그것이 지금 내 주요 업무다. 또한, 간단한 정리는 하지만 청소는 내 업무가 아니다. 청소를 하려면 여러 방에 들어가 안에 있는 물건을 건드려야 하는데, 그만한 신뢰는 얻지 못했고 그런 권리를 얻으려고 하지도 않았기 때문이다. 나는 곧 이곳을 떠날 사람이다. 머물 곳을 얻고자 하는 의지도, 그럴 이유도 없다.

그러니까 청소를 맡길 정도로 날 신뢰해 달라고 간청할 생각은 없지만, 적어도 자신이 전해 달라고 부탁한 서류를 가져가야 할 곳에 나보다 빨리 와 있는 행동은 그만뒀으면 좋겠다.

서류를 전하는 김에 몇 가지 용무를 보고 오겠다며 카이드가 자리를 비운 동안에 곧 다 떨어질 잉크를 보충했다. 뚜껑을 닫고 원래 자리로 돌려놓는데 나도 모르게 작은 한숨이 새어 나왔다.

내가 갔다 오겠다고 말을 꺼낼 틈도 없었다. 카이드는 보폭이 크고 걸음이 빨라서 달리는 것도 아닌데 순식간에 사라진다. 둘이 함께 부서를 돌 때는 시야에서 사라진 적이 없으니 함께 걸을 때면 속도를 조절하는 것이리라. 그러니 지금 걷는 속도를 보면 처음부터 데려갈 마음이 없었던 것이다. 바쁜 것은 알지만, 적어도 뛰는 게 아닐까 착각할 정도의 속도로 걸으며 서류를 보지는 않았으면 좋겠다. 힐다 씨가 웃으면서 "주인님을 졸졸 따라다니지 않는 건, 다들 그 속도를 못 따라가서야.”라고 한 말의 의미를 절실히 깨달았다.

고용된 지 얼마 안 된 계집아이 하나를 남겨두고 방을 나간 것을 보면, 남에게 보여서 곤란한 물건은 없을 것이다. 그래서 주저하지 않고 방 안을 둘러보았다.

벽에 들어찬 책장 사이로 창문이 보였고, 거기서 들어온 바람이 어중간하게 커튼을 흔들었다. 영주의 집무 책상에 딸린 카이드의 의자 뒤에는 벽밖에 없다. 세 개 있는 창문을 책장으로 반쯤 막고 채광창을 만들 수 없는 위치에 책상을 놓은 것은 활 공격을 경계하기 때문일까, 단순히 책의 양이 너무 많아서일까.

방 크기는 영주 집무실로서 더할 나위 없이 넓은데도 왠지 좁아 보이는 것은 물건이 너무 많기 때문이다. 하지만 그 많은 물건 중에 장식품은 하나도 없는 살풍경한 방이다. 방에는 책장과 옆으로 뉘어 쌓지 않으면 수습이 안 되는 책들, 커다란 책상과 의자 위에 놓인 확인을 기다리는 서류와 다시 채운 잉크병이 선부다. 손님용 소파와 객상이 있긴 하지만, 거기에도 책과 자료가 쌓여 있어 손님들은 구석으로 내쫓긴다. 그러나 불평하는 이는 없다. 심지어 꽃은 물론 꽃병 하나, 작은 장식품조차 존재하지 않는 방으로, 서류를 누르는 문진 역시 정원에 있던 돌이다.

작게 들이마신 공기에 섞인 것은 종이와 잉크 냄새였다.

“……서고에 있는 것 같네.”

나는 멍하니 중얼거리고 옆에 쌓인 책의 등을 맞췄다.

내가 아는 영주의 방과는 전혀 다르다. 이곳에는 큰 꽃병도, 큰 그림도, 얼룩진 엽궐련의 냄새도 없다. 아버님이 앉아 있던 방에는 지독하게 느긋한 시간이 흐르고 있었다. 큰 창문에서 불어 들어온 바람이 엽궐련 냄새를 흩뜨렸고, 소파에 깊숙이 앉은 아버님과 마주 앉은 손님이 내뿜는 연기가 금세 방 안을 가득 채웠다. 때때로 나는 가족의 웃음소리와 사용인을 부르는 방울 소리를 빼면 고요했던 저택.

지금 이 방에서는 귀를 기울이지 않아도 소리가 들린다. 책장을 밀어 가까스로 연 문 저편에서는 병사들의 훈련 소리가 울려 퍼지고 있다. 복도에서는 누군가가 잰걸음으로 지나가 바삐 일을 처리하고 있다. 과거, 이 땅에서 저택을 아름답게 유지하고 나의 가족을 쾌적하게 지내게 하기 위해서만 나던 소리는 잡다하고 번잡한 소리로 바뀌었다. 이곳저곳에서 나는 소리는 일말의 주저도 없이 편안하게 울려 퍼졌다. 그 사이로 들려오는 통통 튀는 듯한 웃음소리. 누구나 스스럼없이 대화를 나누었고, 자연스러운 웃음소리가 이 땅을 가득 채웠다.

"셜리."

지나치게 낮지도 않고 여자들처럼 날카로운 소리도 아니지만, 다른 소리와는 결코 섞이지 않는 목소리가 내 이름을 불러 정신을 차렸다. 어느새 돌아온 거지. 깜빡 정신을 놓고 있었다.

이 방, 이 저택, 이 영지의 주인인 카이드의 귀환에 황급히 몸을 돌렸다. 그런데 네, 하고 대답하려던 내 입을 향해 무언가가 날아와서 반사적으로 손을 덮어 입을 가렸다. 하지만 이미 입안에 들어온 뒤였기에 그래 봐야 소용없었지만, 반사적으로 그럴 수밖에 없었다.

눈앞의 남자를 올려다보는 시선에 무심코 원망이 뒤섞였다. 그런 나의 시선을 받은 카이드는 담담히 같은 것을 자신의 입에 던져 넣었다.

흰 천에 쌓인 채 커다란 손바닥 위에 놓인 것은, 내 손으로도 네 개는 쥘 수 있을 만큼 작은 구움과자였다. 굴러다니는 과자가 바스러지는 모습에서 갓 구운 것임을 알 수 있었다.

"돌아오면서 주방에 들렀는데 마침 시험 삼아 굽고 있더라고. 맛있지?"

한 번 입안에 넣은 것을 다시 뱉기란 꺼려졌다. 더구나 다른 사람 앞에서는. 그리고 하도 빈번하게 이런 일이 반복되다보니 내 입에 정확히 어떤 게 들어오는지는 몰라도, 대강 어떤 종류의 음식이 들어왔겠거니 하고 짐작할 정도가 되었다. 이제 슬슬 물고 있기도 지쳐서 나는 자포자기한 채, 천천히 온기를 퍼뜨리는 덩어리를 깨물었다. 들숨과 함께 입안에 달콤한 버터 향이 퍼졌다.

소소한 단맛은 입안에서 스르륵 사라지고 뒤에는 갓 구운 과자 특유의 향과 맛만이 남았다.

카이드 자신도 하나를 입안에 넣어 씹고는 맛있다며 정직하게 감탄했다.

"……저는 혼자서도 식사를 할 수 있습니다."

"그렇지. 하지만 마른 사람과 어린아이에게 뭔가를 먹이는 게 내 취미야. 미안하군."

카이드에게 틈만 나면 남의 입에 과자를 던져 넣는 취미가 있는지 몰랐고, 알고 싶지도 않았다. 카이드의 재주가 뛰어난 것인지 내가 빈틈투성이인 것인지 모르겠지만, 빈번하게 입 안으로 먹을 것이 들어왔다. 더욱이 저번부터 재스민까지 그 흉내를 내기 시작했다. 영지민의 모범이 되어야 할 사람이 대체 어린아이들에게 무슨 시범을 보이고 있는 것일까.

나는 살짝 인사하고 거리를 벌린 다음 차를 준비하기 시작했다. 카이드도 그 이상 다가오지 않고 커다란 의자에 앉아 책상 위에 있는 서류를 팔락팔락 넘겼다. 그리고 무언가를 생각하면서 막 보충한 잉크의 뚜껑을 열었다. 조용히 뭔가를 적으며 반대 손으로는 아까 받은 구움과자를 집어서 입으로 던져 넣더니 다른 서류 더미를 들여다보고는 몇 장쯤 뽑아서 옆으로 늘어놓았다.

바삐 움직이는 손과 마찬가지로 금색 눈동자가 정보를 처리하고 있음을 보면 알 수 있었다. 요란하게 움직이지 않았고, 거리가 조금 떨어져 있는데도 알 수 있었던 것은 금색 농담(濃淡)이 빛을 굴리고 있기 때문이리라.

저 눈을 몇 번이고 들여다보았었다. 내가 더 키가 컸고, 낮다고는 하나 힐도 신었기 때문에 늘 나를 올려다보는 눈동자를 바라보았다. 위를 향한 금색 눈동자에 빛이 섞여 빙그르르 춤추는 모습이 좋았다. 빛과 벌꿀을 섞은, 반짝이면서도 날카롭고, 끈적하면서도 부드러운 알사탕 같은 눈동자를 정말 좋아했다. 하지만 계속 그 눈동자를 지켜보던 내게, 정작 진실은 무엇 하나 보이지 않았음을 절실히 깨달았다.

햇빛이 춤추는 금색 눈동자에 마음을 빼앗겨 중요한 것은 무엇 하나 보지 못했고, 보려고도 하지 않았다. 그런 내 눈을 올려다본 카이드에게는 대체 어떤 빛이 보였을까. 분명 무지로 빈틈없이 칠해진 추악한 무언가가 보였을 터다.

차를 내고 세 걸음 물러섰다. 그리고 매번 하는, 같이 마시자는 권유를 거절하고 다기를 치우는 업무를 할 수 있을 때까지 대기한다. 어깨를 으쓱거린 카이드는 그 이상 강요하지 않는다. 억지로 던져 넣는 것은 과자뿐이고 그 외에는 기본적으로 이쪽의 뜻을 존중해 준다. 그런 점이 영주이지만 호감을 사고 경애받는 이유 중 하나라고 생각한다.

아무리 책장에 둘러싸인 방이라도, 창문이 열린 이상 바람이 불어든다. 때때로 와, 하고 터지는 웃음소리를 실은 바람이 책장 틈을 누비며 카이드의 흑발을 흔들었다. 방해가 되는지 옆머리를 귀 뒤로 넘기는 손끝은, 옛날 내 머리에 붙은 잎을 떼던 손과 같은 것이라고는 도저히 생각할 수 없는 남자의 손가락이었다.

어째선지 지금 카이드의 옛 모습만을 떠올렸다. 앉은 그를 내려다보는 이 각도가 기억을 불러일으키는 것일까. 그때와 같은 점은 거의 없는데.

가냘픈 어깨는 두꺼워지고, 화사했던 선에서 어설픔을 지웠으며, 가는 팔다리는 안정을 얻었다. 어려서 높았던 목소리도, 소녀 같았던 피부도 달라졌다.

변해가는 시간을 보고 있으면 현재 모습에 이르기까지 거친 과정이 자연스레 펼쳐진다. 하지만 어린아이가 어른이 되는 15년 동안 떨어져 있었으니, 이미 다른 사람이 되고도 남았을 터다. 애초에 내가 알던 과거 모습조차 가짜였다.

그럴 터인데 어째서 어디에도 존재하지 않았던 카이드의 옛 모습이 사라지지 않는 것일까.

서류를 향해 내려간 금빛 눈동자가 희미하게 움직인 것을 신호로, 나는 시선을 떼고 눈을 내리떴다. 목소리도 모습도 추억도 모두 가짜이기에 과거 안에 남겨두었다. 하지만 어째서인지 눈만은 그대로였다. 마지막에 '내'가 본 금색은 평온하고 다정한 빛은커녕 열기조차 띠지 않는 예리한 칼날 같았는데, 어째서 지금 그 무렵에 나뭇가지 사이로 비치는 햇살을 섞은 듯한 빛이 깃든 눈을 한 것일까.

알고 있다. 메이드, 집사, 부하뿐만 아니라 영지민을 향한 그의 눈빛은 다정하다. 이렇게 음침하고 우울하고 이상한 여자에게조차 영지민이라면 빛을 보낸다. 빛을, 구원을, 매일 먹을 식량을 준다. 카이드가 부드러운 금빛 눈동자를 칼날처럼 바꾸는 것은 라이우스를 파멸로 몰던 해충을 볼 때뿐이다.

"매년."

바깥의 떠들썩함에 비하면 적잖이 조용한 목소리였지만, 달리 소리를 내는 존재가 없는 방 안에서는 충분히 잘 들렸다.

내리뜨던 시선을 드니 카이드는 계속해서 서류를 넘기고 있었다. 서류로 향했던 금빛 눈동자가 이쪽을 향하지 않아서 어째선지 조금 안도했다.

"축제날에는 뭘 했지?"

세세한 설명이 없는 질문이었지만 무엇을 가리키는지는 안다. 지금 이 시기에 축제라고 불리는 것이라면 머지않아 개최될 1년에 한 번 열리는 큰 축제를 말하는 것이리라. 내가 있던 시골에서도 대대적으로 개최되어 포장마차가 즐비하게 늘어서는 라이우스 령의 최대 축일이다.

"왜 그러시죠?"

"좋아하는 노점이 있으면 이번에는 거기서 파는 걸 한입 크기로 잘라 넣어 줄까 해서."

카이드가 태연하게 그리 말했지만 나는 눈살을 찌푸리지 않았다. 거짓말을 할 것까지도 없었다. 나는 처음부터 카이드가 원하는 대답을 가지고 있지 않았기 때문이다.

"준비를 도울 때 빼고는 방에 있었습니다."

"그렇군. 누군가와 함께 있었나?"

"아니요."

"책이라도 읽었던 건가?"

"아니요."

억양이 없는 평탄한 목소리가 나왔지만 일부러 그러는 것은 아니다. 그런 목소리밖에 낼 수 없었다. 목이든 감정이든 사용하지 않으면 약해질 뿐이다. 큰 소리를 낼 일, 마음을 움직

일인실은 주어지지 않았다. 그것은 다른 아이와의 평등을 지키기 위해서였을까, 내가 이질적이었기 때문일까.

같은 방을 써도 바쁜 원장 선생님이 돌아오는 것은 밤이 깊은 시간이었다. 어느 날 밤, 방에 돌아온 원장 선생님은 들고 있던 등불을 책상 위에 놓고 침대에 앉은 내 앞에 무릎을 꿇었다. 내가 감싸 쥔 검지와 중지를 조용히 풀고, 그 따뜻한 양손을 포개어 그 위에 이마를 댔다.

"셜리, 어째서일까. 내게는 네 그 모습이 단죄를 기다리는 슬픈 종교화로 보인단다."

그렇게 말하며 눈물을 흘린 원장 선생님을 보고 두 번째 단죄는 누가 내릴까 생각했던 나는 그때의 원장 선생님과 같은 눈을 가진 카이드를 보고 역시 같은 생각을 하고 있었다.

똑똑똑, 하고 일반적인 속도로 울린 소리에 나를 보던 카이드의 시선이 문으로 휙 옮겨갔다.

"주인님, 계십니까?"

"캐롤리나? 무슨 일이지?"

"전해 드릴 서류와 연락이 있습니다. 어머, 셜리, 마침 잘됐다."

실례합니다, 하고 인사를 하며 방에 들어온 캐롤은 들고 있던 서류를 책상에 놓고 서류 위에 얹혀 있던 흰 천을 내게 내밀었다. 어딘가로 가져가라는 건가 싶어서 받으니, 흰 천 위로 연분홍색이 비쳐 보였다. 무게와 감촉으로 안에 있는 물건도

일 일이 없어서 쓰지 않는 부위는 점점 퇴화되어 간다.

"축제날에도, 그렇지 않은 날에도 방에 있었습니다."

재스민처럼 통통 튀는 귀여운 목소리도, 캐롤처럼 귀에 친숙한 상냥한 목소리도 내지 못한 채, 지극히 평탄하고 메마른 목소리로 한 대답을 들은 카이드는 조용히 눈을 내리떴다.

침대 끝에 앉아 손가락을 쥔 채 가만히 앉아 있는 나를 기분 나빠하던 같은 방 아이는 원장 선생님에게 룸메이트 변경을 신청했다. 원장 선생님은 몇 번이고 '왜 그러니, 몸이 안 좋니'라고 물었지만 몸이 안 좋은 것이 아니었기에 고개를 저었다.

오래된 건물 특유의 썰렁한 고요함이 감도는 방, 아이들이 몇 명이나 써 왔는지 모를 삐걱거리는 침대. 저녁이 되고 창문으로 새빨간 저녁놀이 비쳐 방을 물들일 때면 더 이상 버티지 못했다. 새빨간 방 안에서 움직일 수 없었다. 길지 않은 인생 속에서 아주 잠깐, 눈 깜빡할 정도의 짧은 시간을 보냈던 내 마지막 장소가 머릿속에 각인되어 있었다. 그날 새겨진 것들 중에 불타는 저택을 앞에 두고 피부를 태우던 열기는 없었다. 오히려 정반대로 내 피부는 얼어붙은 것처럼 차갑게 굳어 있었다. 아픔은 추위로 마비되어 갔지만, 그 굳어 버린 피부가 불타는 감각만은 마음속에서 선명하게 얼어붙어 갔다. 그 새빨간 추위는 해가 뜨고 져도 사라지지 않았다.

결국 기분이 나쁘다며 울음을 터뜨린 룸메이트가 바뀌어서, 나는 원장 선생님 방으로 옮겨갔다. 방에는 여유가 있었지만 천임을 알 수 있었다.

"내가 자수를 놓은 손수건이야. 괜찮으면 받아 주겠니?"

"네?"

캐롤의 손이 내 손바닥 위에 놓인 흰 천을 펼쳤다. 안에서 나타난 것은 연분홍색에 흰 구름 모양을 수놓은 손수건이었다.

"요즘 젊은 애들 사이에서 유행하는 무늬를 몰라서…… 혹시 나이 들어 보이려나. 아아, 연분홍색 천이 귀여워서 무심코 썼지만 역시 흰색이 쓰기 편했겠다……. 저기, 셜리. 축제 뒤풀이 파티 때는 무슨 색 드레스를 입을 거니? 괜찮으면 그 드레스에 어울리는 색의 손수건도 받아 주지 않을래?"

기세가 붙었는지 파도처럼 떠들면서 다가오는 캐롤을 보고 나도 모르게 몸을 젖혔다. 그랬다. 캐롤은 한번 기세가 붙으면 멈추지 않는 아이였다. 차분한 성인 여성이 되었는데도 옛날 버릇이 슬며시 나와서 살짝 웃음이 나왔다.

"저기…… 파티라니 무슨 말씀이신가요?"

"어머, 재스민한테 못 들었어? 그럼 그 애는 춤을 권할 기회를 놓친 거네."

못 말려, 하고 혼자서 중얼거린 캐롤이 다음 내용을 이야기해 주기를 기다렸다. 캐롤은 잠시 어이없는 얼굴을 했지만 이내 가볍게 웃었다.

"그게, 축제는 라이우스 전역에서 열리는데 저택만 계속 바쁘잖아? 그래서 주인님이 손님들을 모두 배웅하시고 나면 업무를 쉬고 우리 사용인을 위한 파티를 열어 주셔. 그렇다 해도 준비와 뒷정리는 우리 몫이지만."

귀여운 윙크가 반갑다. 아아, 역시 캐롤은 웃는 얼굴이 제일 귀엽다.

그런 파티가 있었나. 미소를 짓는 캐롤에게서 시선을 돌려 내 발밑을 내려다보았다.

방에 돌아올 때마다 늘 재스민이 조심스레 이쪽을 쳐다보던 이유를 이제야 알 수 있었다. 고아원에서처럼 기분 나쁜 나를 싫어하는 것치고는 여러 가지를 같이 하자고 제안해 주어서 이상하다고 생각하고 있었던 것이다.

확실히 라이우스 전역이 축제로 떠들썩한 날에는, 아니 그런 날이기 때문에 저택은 눈코 뜰 새 없이 바쁠 테니 그 위로 파티를 여는 것일지도 모른다. 그러니 준비와 뒷정리는 자신들이 해야 하는 것도 납득이 간다. 아무리 위로 파티라 해도 이곳은 영주의 저택이다. 지금은 진정되었다고 들었지만 옛날에는 암살이나 습격이 끊이지 않았다고 들었다. 이 요새 같은 건물은 예술에 무관심해서가 아니라 필요했기 때문에 이렇게 된 것이다. 그런 곳에 외부인을 쉽사리 들여보낼 수는 없다. 청소도 그렇지만, 허드렛일이 되면 될수록 내부로 들어가게 된다. 결국 자신들의 위로 파티 준비도 뒷정리도 스스로 하는 편이 빠르고 안전하리라.

"파티는 편한 자리니까 아무와 춤춰도 돼. 그래서 재스민은 너와 춤추고 싶어 하던걸.

"저는…… 참가 안 할 거예요. 손수건도 받을 이유가 없어요. 죄송합니다."

원래대로 흰 천을 덮어 캐롤에게 돌려주었다. 예전에 잡았을 때보다 조금 두꺼워지고 메마른 손이었지만 따뜻함은 여전했다.

태어나서 처음으로 그립다고 생각했다. 캐롤의 손의 온기를 접하고 비로소, 15년 만에 처음으로 그립다는 마음이 가슴 속을 맴돌았다.

그립다고 생각하는 마음은 내가 존재했었다는 증명이 된다. 사람은 옛 기억을 그립다고 느낄 때, 비로소 지난 시간을 자신의 것으로 만들 수 있다. 확실히 17년 동안 지냈던 이 장소를 다시 찾았을 때는 돌아왔다는 느낌이 들지 않았다. 그리고 변함없는 금빛 눈동자에서 느낀 것은 그리움이 아니라 고통인지 비참함인지 모를, 허무와도 가까운 공허함이었다.

"……그래? 아쉬워라."

손바닥에 놓인 손수건을 조용히 넣은 캐롤은 기분이 상한 기색도 없이 마음이 바뀌면 꼭 참가해 달라고 온화하게 말을 이었다. 예전의 캐롤이었다면 "왜? 어째서?"라고 물었으리라. 상대를 몰아붙이지 않고 조용히 물러나는 모습에서 이 애가 15년에 걸쳐 얻은 침착함이나 어른다운 조심스러운 태도를 엿볼 수 있었다. 기억과는 다른 모습에 약간의 위화감과 그녀다움을 동시에 느꼈다. 기억과는 변한 모습임에도 캐롤답다고 생각한 것은 예전과 형태는 다르지만 한결같은 따뜻함이 있어서일까.

"셜리, 넌 자세와 동작이 무척 우아하구나. 그래서 왠지 신기한 기분이 들어."

"……캐롤리나 씨?"

캐롤이 내쉰 작고도 깊은 한숨에 나는 조용히 얼굴을 들었다.

"전에도 말했지만, 네가 친구를 캐롤이라고 부르듯이, 내게도 나를 캐롤이라 불러주신 분이 계셨어. 그분도 너처럼 자세와 동작이 무척 우아하셨지. 너의 정중하고 조심스러운 동작을 보고 있으면 그분이 떠올라. 하지만 그분은 축제라는 말을 들으면 눈을 빛내며 가 보고 싶다고 말씀하셨겠지. 그래서 더 신기해. 너와 그분은 다른 사람이니까 행동이 다른 게 당연한데. 여기서 네가 그분과는 정반대인 말을 해서 뭐랄까, 그래…… 신기하다고 생각하는 내가 오히려 신기해. 그런 건 당연한 건데 이상하네."

캐롤은 어쩐지 신기하다고 말하며 멍하니 먼 곳을 보는 눈으로 나를 보았다.

어린아이가 성인이 되면 모든 것이 변한다. 그것은 소년이든 소녀든 마찬가지다. 카이드와 캐롤도 목소리, 피부, 체격이 달라졌다. 그렇다면 내가 기억하는 과거의 그 모습들이 올바른 기억이라고 할 수 있을까? 나를 부르는 목소리, 나를 만지던 손가락의 감촉, 나를 껴안은 온기. 잊지 않았고 잊을 수도 없었다. 하지만 내가 아는 연인이 사라진 지 15년이 지난 탓에 내 기억이 올바른지 확신이 서지 않았다.

타인에 관한 기억은 목소리부터 잊힌다고 옛날에 어떤 책에서 읽었다. 확실히 그들을 처음 봤을 때 제일 애매했던 것은 목소리였던 듯하다. 나를 부른 그들의 목소리는 확실히 내 귀에 남아 있을 텐데, 들으면 분명 알 수 있을 텐데도 애매한 인상을 남기고 희미해졌다. 소중한 것은 아무것도 남기지 않고 보낸 15년 동안 멀어진 그들의 목소리. 나눈 말, 지어 준 웃음, 가슴을 가득 채운 따듯한 마음. 그 모든 것을 태우고 얼어붙게 만든 고통마저 모두 기억하는데 어째선지 목소리부터 희미해져 갔다.

그리고 점점, 잡은 손의 감촉, 온도와 같은 세세한 정보가 희미해져 갔다. 이미 죽어 버린 가족과 시간의 흐름 속에 내가 아는 어린 시절의 모습을 두고 간 카이드와 사람들. 내가 가진 기억이 정확한지 이제 확신조차 할 수 없는 와중에도 단 하나 변하지 않았다고 생각한 것이 있었다.

마지막까지 사라지지 않고 희미해지지 않고 멀어지지 않고 내 안에 남아 있던 것은 나를 보는 눈동자였다.

그들이 내게 준 온기는 남아 있지 않았지만, 눈을 본 순간 내가 아는 그들이라고 확신했다. 어째선지 그렇게 생각했다. 그와 동시에 맨 처음에 잃어버리는 타인에 관한 기억이 목소리라면 마지막까지 남는 기억이란 무엇일까 생각하던 어릴 적 자신의 작은 의문이 해소되었다. 하지만 답이 나왔어도 하나도 상쾌하지 않았다.

어쩌면 마지막까지 남는 기억은 사람에 따라 다를지도 모른다. 나는 사람과 이야기할 기회가 그다지 없었기에, 얼굴을 맞대고 이야기하는 것이 기뻐서 상대를 늘 빤히 바라봤다. 옛날에는 몇 번이고 "그렇게 쳐다보고 계시면 이야기하기 힘들어요."라는 말을 들을 정도였으니까, 스스로는 알아차리지 못했지만 사실 다른 이의 눈을 보는 것을 좋아했는지도 모르겠다.

옛날에는 카이드야말로 그렇다고 생각했다. 돌아볼 때마다 자주 눈이 마주쳤으니까. 지금도 정신을 차려보면 눈이 마주치고 있었다. 아름다운 금빛 눈동자 속에 내가 비쳤다. 하지만 지금은 내가 보던 것과 카이드가 보던 것은 분명 다름을 안다. 나는 그저 내가 좋아하는 것을 보고 싶었을 뿐이지만 카이드는 모든 것을 보고 살피고 있었다. 내 무지를, 내 어리석음을 나보다 빨리 알아차렸다.

"그분은 그다지 밖에 나갈 일이 없는 분이었지만 여러 가지 일에 흥미를 가지고 계셨어. 이런 것을 해 보고 싶다, 저런 것을 해 보고 싶다, 하시며 늘 자신이 모르는 것에 관해 즐겁게 이야기하셨지……. 어쩌다 노점 이야기를 했더니 모든 노점을 돌아보고 싶다고 하시며 들뜨셨어. 너무 먹어서 배가 나와 드레스가 안 맞으면 어떻게 하느냐고 걱정하는 모습이 귀여웠지. 격의 없는 파티가 멋지다고 늘 말씀하셨으니까 거리에서 축제가 있다는 소식을 들으셨으면 분명 달려가셨을 거야……. 미안하다, 셜리. 갑자기 이런 말을 들어 봐야 곤란할 뿐이겠지. 하지만 왜일까……. 나 너와 눈이 마주치면 신기한 기분이 든단다. 예의 바른 태도 말고는 하나도 안 닮았는데 이상하지. 벌써 아주 옛날 일인데……."

캐롤의 시선은 나를 향했지만 내가 아닌 어딘가 먼 곳을 보고 있었다. 먼 과거를 이야기하는 눈에 비치는 것은 눈앞에 있는 웃지 않는 음침한 여자가 아니라 무지로 칠해진 활기찬 웃음을 띠는 어리석은 여자일 것이다.

해가 안 뜨고 비가 내리는 날에도, 밤에도, 부모가 멋대로 약혼자를 결정했다며 울던 날에도 언제나 헤엄치는 듯한 빛이 깃들어 있던 눈동자가 이제는 어둑한 그림자를 늘어뜨린 채 나를 내려다보고 있었다. 과거의 기억이 어린 시절의 나를 좀먹고 있었다.

아아, 라이우스의 풍요로움, 내일 먹을 식량, 영지민의 목숨을 빼앗는 것만으로 성에 차지 않아서 그렇게나 좋아했던 당신의 빛조차 빼앗고 만 것일까.

"캐롤리나, 나한테 뭔가 할 말이 있었던 거 아닌가?"

잉크병 뚜껑을 여는 소리에 캐롤이 정신을 차렸다. 카이드는 그 모습을 보지도 않고 서류에 사인을 하기 시작했다. 차는 어느새 다 마신 상태였다. 아무런 지시도 없었으니 차는 더 이상 필요 없을 것이다. '그렇다면 다기를 치우고 정리하자'고 그렇게 생각해 다기를 모으자 캐롤이 도와주었다.

"이상한 말 해서 미안해, 셜리. 나이 탓인가, 나도 참."

"아니에요……. 실례하겠습니다."

그렇지 않아요. 신경 쓰지 마세요. 그런 말을 해야 했겠지만 결국 나는 아무 말도 못 하고 고개를 숙였다. 캐롤은 더 이상 아무 말도 하지 않았다.

"그래서 캐롤리나, 무슨 일이지?"

"네, 기미 령의 파발마가 왔습니다."

"파발마? 여기까지 오는 도중에 무슨 일이라도 있었나? 기미는 다른 어떤 곳보다 빈번하게 라이우스를 방문하니 오는 길은 익숙할 텐데."

펜을 멈춘 카이드에게서 긴박한 공기가 흘렀다. 나는 문으로 향하던 발걸음을 무심코 멈추고 말았다. 평온한 바람과 목소리로 가득 찼던 방이 순식간에 긴박감에 휩싸였다.

캐롤은 마찬가지로 어깨와 미간을 축 늘어뜨린 채, 맥 빠진 목소리를 냈다.

"이자도르 님께서 마차를 빠져나가, 기마 몇 기만을 이끌고 오늘 중으로 라이우스에 오실 예정이라고 합니다."

카이드는 눈을 감고 하늘을 올려다보았다.

"……성문을 봉쇄할 수는 없나?"

"성문의 개폐 여부를 결정하는 것은 메이드의 업무가 아닙니다."

축 늘어진 카이드 앞에서 캐롤은 이것 참, 하고 어깨를 늘어뜨렸다.

날이 저물기 시작한 무렵, 저택에 손님이 도착했다.

현관 앞 광장에서 손님을 맞이한 것은 집사장을 포함한 집사 셋과 메이드장 캐롤을 포함한 메이드 다섯. 그리고 함께 있던 부하 넷에게 아까까지 들고 있던 서류를 건네면서 지시를 내리고 멀어져가는 뒷모습을 바라보다가 겨우 등을 편 카이드와 카이드의 직속 메이드인 나다.

기지개를 켜고 있는 카이드 앞에 짐을 거의 싣지 않은 말 세 기가 멈추었다. 평소의 카이드라면 부하가 됐든 사용인이 됐든 자신에게 볼일이 있는 사람이 찾아오면 금세 바른 자세를 취했는데 희한하다.

두 말의 기수는 바로 말에서 내렸지만 한가운데에 있던 금발 남자는 말에 탄 채, 신이 나서 한 손을 들었다.

"여어, 카이드! 오랜만이야!"

"두 달 만에 환각이 보이는군."

앞머리를 마구 헝클어뜨리는 카이드 앞으로 청년이 훌쩍 뛰어내렸다. 먼저 내린 기수가 익숙한 모습으로 청년의 말을 맡았다.

"오래 알고 지냈는데도 여전히 차갑네."

"그동안 옛날의 귀여움을 잃은 게 누군데? 이자도르."

아름다운 청년은 눈꼬리에 있는 점을 일그러뜨리며 싱긋 웃었다.

이사도르는 라이우스와 인접한 엉지, 기미 령 영주의 장남이다.

기미 령은 황폐해진 라이우스가 부흥하는 데 제법 도움을 주었다고 학교 수업에서 배웠다.

카이드는 붕괴 직전의 라이우스를 건져 냈다. 굶주린 영지민을 품고, 마른 대지를 걸었으며, 옛 영주의 잔당을 처리하고, 암살자에게서 살아남았다. 아직 열네 살이었던 카이드의 후원자가 되어준 것이 현 기미 영주다.

어른들은 15년 전 악몽의 시대와 그 이후 15년간에 일어난 일을 아이에게 교훈으로 들려주었다. 지금 아이들은 그 시절 악몽을 이야기로만 들어 안다. 자신들이 장난감을 들고 뛰어가는 그 길에서 한때 굶주린 아이가 죽어 있었던 현실을 경험한 적이 없다.

어른들은 수많은 사람이 죽어간 지독한 시대의 이야기를 들려주었다. 불합리한 죽음을 일상으로 여기고, 부조리를 친구 삼아 무너져 가는 내일에 위협당하며 잠들었던 시대가 있었다고. 그리고 지금의 평화는 영주님이 만들어 주신 소중한 것이며, 나쁜 짓을 하면 반드시 대가를 치르게 된다고 말했다.

거짓말을 하는 아이에게, 남 험담을 하는 아이에게, 남의 소중한 물건을 빼앗은 아이에게, 남을 때린 아이에게, 남의 소중한 것을 무시한 아이에게, 숙제를 하지 않은 아이에게, 나쁜 짓 한 것을 숨기고 얼버무리는 아이에게, 밤늦게까지 자지 않는 아이에게, 싫어하는 야채를 먹지 않는 아이에게, 남이 싫어하는 짓을 하는 아이에게, 남을 상처 입히는 아이에게 들려주었다.

그런 짓을 하면 전 영주나 그 딸처럼 목이 잘려 떨어진다고.

귀신, 악마, 악녀, 괴물, 암여우, 짐승만도 못한 놈. 온갖 수

식어가 우리에게 붙었다. 아버님에게, 어머님에게, 할아버님에게, 할머님에게, 내게, 내 약혼자에게, 거기에 가담했던 모든 귀족에게. 그리고 끝으로는 모두 이렇게 불렸다.

살인자들이라고.

고아원에서 자란 우리도 예외는 아니었다. 부모는 없지만 어른은 어디에나 있다. 오히려 부모가 해야 할 역할을 사회가 분담해 짊어지고 기르는 고아들 쪽이 듣는 횟수가 더 많았을지도 모른다. 어른들은 부모가 있으면 부모가 말하겠거니 하고 넘겼겠지만, 고아들에게는 자신들이 그 역사를 말해 주고 그들의 짐을 짊어져 줘야 한다며 입을 열었다. 아이들이 올바르게 살아갈 수 있도록, 성품이 고약하고 규칙과 상식, 도덕을 모른 채 자라나 이내 혐오의 대상이 되어 경원당하고 지탄받지 않도록. 누군가가 충고해줄 때가 좋은 거라면서, 어른이 되면 당연하게 알아야 할 일이라 사회에 나가면 아무도 가르쳐주지 않는다면서 아이들을 타일렀다.

과거에 온갖 악행을 저질러 스스로 참혹한 죽음을 초래한 악마들이라는 최고의 본보기를 사용해서 말이다.

"오랜 벗에게 여전히 차가워, 카이드."

"예정대로 온 손님은 정중히 대접해."

이자도르는 살짝 흐트러진 부드러운 금발을 귀 뒤로 넘기면서 카이드 옆에 나란히 서더니 즐거운 듯한 웃음소리를 내며 카이드를 덥석 안았다. 그만 떨어지라며 등 쪽 옷자락을 잡아

올리는 카이드는 아랑곳 않으며 보라색 눈동자가 빙글 움직였다.

집사 셋은 말을 받고 대열에서 떠났지만 그 외의 부하는 여전히 카이드 뒤에 서 있었다.

보라색 눈동자가 일렬로 나란히 선 우리를 왼쪽부터 순서대로 훑어갔다.

"그게 라이우스 해방제 때문에 저 멀리 기미에서 찾아온 차기 영주를 대하는 태도야?"

"기미 령에서 오는 귀빈을 태운 마차는 아직 기미 령 안에서 이동 중이라는 보고가 어제 막 도착했거든. 적어도 열흘 후에 도착할 거다."

"뭐, 속은 텅 비었지만 말이지."

"젠장!"

이자도르의 팔을 뿌리치고 한 걸음 거리를 벌린 카이드는 구겨진 옷깃을 펴더니 움직임을 멈추었다. 그리고 뭔가를 생각하는지 엉뚱한 방향으로 시선을 돌리고 크게 한숨을 내쉬더니 넥타이를 풀었다.

"응? 오늘 업무는 이제 끝이야?"

"어차피 너 이제부터 술 마실 거잖아. 저번에도 집무실에 눌러앉아 마신 주제에."

"잘 아네. 그런데 아쉽게도 선물로 갖고 온 술은 마차에 있어. 오늘은 얻어먹어 줄게."

"선물도 없이 마시러 온 용기만은 가상한걸."

"아니 그게, 라이우스에 들어오면 뚱보린이랑 같이 가야 한다잖아. 그 거구와 함께 같은 마차에 실려서 언제까지고 흔들리는 건 사양이야."

"다리히 영주는 조블린이야."

"뚱보린이야. 그런데 그 녀석 또 살찐 거 알아?"

"거기서 더 살이 쪘다고?"

"그렇다니까. 저번엔 마차 바닥이 무너졌어."

내 기억에 있는 다리히 령 영주는 마치 술통 같았던 아버님보다 두 배는 풍채가 좋았다. 그 무렵보다 더 살이 쪘다면 바닥도 무너질 만하겠다며 어렴풋이 기억을 떠올렸다. 그때도 이렇게나 뚱뚱한 사람이 다 있구나, 하고 감탄했을 정도였기 때문이다.

눈앞의 청년 이자도르도 그 시절 내가 알던 몇 안 되는 사람이다. 안다고 해도 내가 기억하는 것은 인형처럼 사랑스러웠던 열 살 소년의 모습이다. 그리고 그 모습이었을 때도 손에 꼽을 정도로만 만났었다.

커다란 알사탕 같았던 보라색 눈동자가 지금은 녹아내릴 것처럼 달콤한 보석으로 바뀌어 줄을 선 사용인을 차례로 살폈다. 그러다 내 앞에서 딱 멈춘 것은, 내가 줄 맨 끝이었기 때문만은 아닐 것이다.

옛날에 세상을 올곧게 바라보던 커다란 눈동자가 가늘어지더니 눈꼬리를 내리고 부드러운 웃음을 지었다.

"모르는 여자애가 있네. 안녕, 귀여운 아가씨. 우리 처음 보지? 두 달 전에 왔을 때는 없었는데."

"우리 메이드한테 손대지 마."

어깨 너머로 나를 보고 돌아가려 한 이자도르의 팔을 카이드가 잡았다. 두꺼운 상의에 자잘하게는 아니지만 그래도 큼직한 주름이 몇 개나 생긴 것을 보면 꽤나 힘이 실렸던 듯했다. 값비싼 상의에 생긴 주름은 신경도 안 쓴 채, 이자도르는 카이드의 어깨에 턱을 대고 나를 보았다.

"새로운 아가씨에게 내 소개 안 할 거야? 라이우스 영주 카이드 팔루아."

"내가 영주답게 소개하길 바란다면 공식 방문 때 나타나."

"하긴, 맞는 말이네."

청년은 세밀한 자수가 들어갔는데도 가벼운 망토를 펄럭이고 가슴에 손을 대며 가볍게 허리를 숙였다.

"기미 영주 적자, 이자도르 기미라고 해. 앞으로 잘 부탁해, 아가씨."

"주인님 직속 메이드인 셜리 힌스라고 합니다."

손을 모으고 허리만을 구부려 깊숙이 머리를 숙였다

"……좋은데? 자세와 억양이 자연스러워. 진짜 고용한 지 한 달밖에 안 됐어?"

"네 호색한 기질은 아무래도 좋지만 우리 메이드한테는 손대지 마."

"무서운 늑대 영주가 지켜보는 안뜰에서 불장난을 벌일 만큼 바보는 아냐. 너, 전에 와이퍼 령에서 온 손님 하나가 저택

메이드를 덮치려 했을 때는 무시무시했었잖아. 이번에는 와이퍼 영주 대신에 그 대리가 오지? 소문으로는 라이우스라는 이름만 들어도 실신한다는데."

"하필이면 내 저택에서 되도 않는 짓을 하려고 해서야. 그리고 그 영주에게는 두 번 다시 그런 일이 없도록 행실에 철저히 주의를 기울여 달라고 말했을 뿐이야. 셜리, 그만 고개 들어도 돼. 기미 령 영주 대리는 아직 라이우스 밖에 있어. 이 녀석은 단순한 불청객이야."

"불청객은 아니지. 적어도 마음의 친구라고 말해 주면 덧나?"

"셜리, 저녁은 저택에서 먹을 테니 준비 부탁해."

내가 고개를 숙였다가 드는 그 짧은 시간 동안에 자연스럽게 무시당한 이자도르는 한쪽 뺨을 가볍게 부풀렸다. 하지만 금세 달콤한 미소를 띠고 집무실로 돌아가려는 카이드 옆에 나란히 서서 뒤를 따르는 나에게 한쪽 눈을 찡긋 감아 보였다.

가벼운 발소리가 내 뒤를 탁탁탁 따라온다. 나는 일단 길을 비켜 주기 위해 가장자리로 이동했다.

"셜리!"

뒤에서 달려온 것은 재스민이었다. 이미 해가 졌는데도 마치 아침인 것처럼 기운찬 재스민은 가장자리로 비킨 내 앞까지 달려와 펄쩍 뛰더니 걸음을 멈추었다. 그 뒤로 두 소년이 재빠르게 따라왔다. 집사와 견습 집사인 두 사람은 숨을 헐떡이며 재스민에게 다가왔다.

"재스민, 씨, 발이, 빠르, 네요."

"방금까지 다리가 퉁퉁 부었다던 사람은 어디 갔어! 이것 좀 봐, 팀 죽겠다!"

숨을 헐떡인 사무아는 마찬가지로 가슴을 부여잡은 소년을 부축했다. 싱싱한 벼 이삭 같은 눈을 가진 소년은 팀이라고 하며, 나보다 몇 개월 전에 고용된 견습 집사였다.

나와 재스민, 팀이 열다섯 살이고, 한 살 많은 사무아는 얼마 전 견습 집사를 졸업했다. 지금까지는 가장 말단이었던 자신에게 처음으로 후배가 생겨서 기운이 넘친다고 재스민이 이야기했었다. 내 앞에서 몇 번인가 할 말이 있는 듯 입을 우물거렸기에 무표정인 날 상대로 이야기하기가 어려운 모양이라고 생각했는데, 지금 생각해 보면 파티 이야기를 하고 싶었던 것일지도 모르겠다.

어디에서부터 달려왔는지 아직도 숨을 헐떡이는 두 사람을 내버려 두고 재스민은 내 손을 들여다보더니, 양손에 든 병을 보고는 눈을 확 빛냈다.

"아, 좋은 술이다! 이자도르 님이 오셨다는 게 정말이구나! 잘됐다, 셜리!"

무엇이 잘됐다는 것인지 몰라서 대답하기 곤란해하는 사이에 재스민이 기운차게 말을 이었다.

"있지, 이자도르 님은 우리 사용인들에게도 선물을 주시고, 친절하시고, 재밌으시고, 잘 생기신 무척 좋은 분이셔! 그리고 이자도르 님이 오시면 주인님도 이쪽에서 지내시니까 다들 힘이 나거든. 역시 주인님이 있으면 저택이 활기 넘쳐서 좋아. 바쁘신 건 알지만 주인님이 좀 더 이쪽에도 와 주시면 좋을 텐데."

쉴 새 없이 이어지는 재스민의 말에 압도되어, 나는 양손에 술병을 든 채 몸을 살짝 뒤로 젖혔다. 이자도르는 사용인에게 인기 있는 멋진 어른이 되었나 보다. 변성기가 지나 낮아진 목소리에도 불구하고, 어린아이의 높은 목소리와는 또 다른 달콤한 목소리로 사용인과 격의 없이 대화하는 걸 보며 인기 있는 게 당연하다는 생각이 들었다.

천진난만한 얼굴이 한껏 굳어서 더듬거리며 자기소개를 했던 어린 이자도르가 어렴풋이 떠올랐다. 그런 내 모습을 어떻게 받아들인 건지 재스민이 갑자기 진지한 얼굴을 하고 목소리를 낮추었다.

"있잖아, 셜리. 셜리는 아직 일을 시작한 지 얼마 안 됐기도 하고 이렇게 큰 모임은 처음이라 낯설 테니까 미리 말해 둘게. 귀족님 중에는 온화하고 상냥한 분도 많지만, 권력을 등에 업고 우쭐대는 되먹지 못한 녀석도 있어. 그런 녀석이 내 몸을 질척하게 만지거나 이상한 말을 해도 손님이라 참았더니 어느 날은 억지로 방에 데려가려고 하는 거야!"

나는 놀라서 술병을 떨어뜨릴 뻔했다. 아까 이자도르가 그런 내용의 말을 하긴 했는데, 설마 그 당사자가 재스민이었을 줄은 꿈에도 몰랐다. 내가 병을 떨어뜨릴 뻔한 모습을 보고 다른 세 사람이 비명을 질렀다.

"앗, 좋은 술이······! 놀라게 해서 미안, 셜리! 괜찮아, 아무일도 없었어!"

"그렇, 군요."

"좋은 술이 안 깨져서 다행이야······. 저기, 진짜 괜찮아. 바로 이상하다는 걸 알아채고 사무아와 팀이 와 줬거든. 거기다, 거기다 말이지!"

열기를 띤 모습에 압도되어 다시 몸을 젖혔다. 이번에는 병을 떨어뜨릴 뻔하는 실수는 하지 않았기 때문에 사무아와 팀이 안심했다.

"그 돼먹지 못한 녀석이 사용인의 분수를 알라고 떠들면서 팀을! 때리려고 하는 거야! 너무하지 않아?!"

"덧붙이자면 나는 실제로 맞았어."

한 손을 들며 말하는 사무아의 뺨을 무심코 쳐다보았다. 몇 개월이나 전 일이니 당연히 상처는 안 남아 있겠지만, 그렇다고 기분이 좋은 이야기는 아니었다.

"뭐, 아무것도 없는 곳에서 버둥대는 사이에 바로 주인님이 오셔서 그 녀석을 감옥에 넣어 주신 덕에 무사히 끝났어. 주인님은 대단하셨어! 또 아주 무서웠고······."

"주인님, 엄청 무서웠지····· 나한테 화내는 게 아닌 걸 아는데도 죽는 줄 알았어······. 주인님이 화내는 모습을 본 건 처음이었는데, 늑대 영주라고 불리는 이유를 잘 알겠더라. 그땐 진짜 무서웠어, 엄청 무서웠어."

"다른 영지는 어떤지 모르지만, 라이우스는 주인님이 우리 같은 아랫사람들까지 제대로 지켜주시는 분이니까 무슨 일이 있을 때 참지 않아도 돼. 무슨 일이 있으면 바로 말해! 난 셜리가 아무 말 없이 참을 것 같아서 무서워."

무서운 일을 겪은 것도 괴로운 일을 겪은 것도 내가 아닌데 어째선지 재스민이 침울해했다. 재스민은 생각한 대로 감정이 고스란히 겉으로 드러나고, 늘 즐겁게 일하는 모습을 보여서 그런지 평소와 슬퍼할 때의 표정 차이가 뚜렷하다. 또 내가 그늘을, 이 땅에서 웃는 아이의 눈에 그늘을 드리웠다.

무슨 말이라도 해야 할 텐데 목소리가 안 나왔다. 목소리는 커녕 말조차 아무것도 나오지 않았다. 작은 숨소리만이 새어 나온 순간, 고개를 숙이고 있던 재스민이 튀어 오르듯 머리를 들었다.

"앗, 계속 들고 있으면 술이 미지근해질 거야! 붙잡아서 미안!"

아까와는 확연히 달라진 목소리와 표정을 보고 나는 멍하니 손으로 시선을 떨어뜨렸다. 술병에 체온이 안 전해지게 천으로 감쌌지만, 계속 들고 있으면 분명 좋지 않을 것이다. 그렇게 말하려는데 재스민이 등을 꾹꾹 밀었다.

"아직 바쁠 텐데 미안! 얼른 서둘러!"

나는 재스민 말대로 걸음을 옮기다가 잠시 생각하고 고개를 돌렸다.

"저기."

"뭔데, 뭔데?!"

내가 먼저 말을 거는 일이 거의 없어서인지 재스민이 얼굴을 확 빛냈다. 그 얼굴에는 그늘이 없어서 안심했다.

"무사해서 다행이에요."

아무렇지 않게 뱉은 한마디였다. 이렇다 할 특별한 표현도 없는 당연한 말이었는데, 재스민의 눈이 휘둥그레졌다. 감정이 바로 드러나는 그 눈에 내가 비치고 있었다. 감정과 빛을 잘 드러내는 그 눈 안에 있는 무표정한 내가 그 아이의 그늘 같아서 조용히 시선을 돌리고 말았다.

"실례합니다."

살짝 머리를 숙이고 조금 빠른 걸음으로 그 자리를 떠났다. 모퉁이를 돌아 세 사람의 모습이 보이지 않자 작게 숨을 토했다. 어느새 힘이 들어간 건지, 내쉰 숨과 함께 경직됐던 어깨와 뺨에서 힘이 풀렸다.

"재스민? 괜찮아?"

"셜리가…… 셜리가 날 걱정해 줬어!"

"누구라도 걱정할 만한 얘기라서 걱정을 못 받을 거라고 생각한 편이 딱한…… 으악!"

둔탁한 소리와 사무아의 비명이 겹친 걸 보면 시무아의 몸 어딘가에 재스민의 주먹이 박혔을지도 모른다. 직접 본 게 아니라서 상황은 잘 모르지만 둘의 대화를 자연스럽게 훔쳐 듣게 됐다. 얼른 술을 전해야 하는데.

"아아, 또 셜리를 파티에 못 초대했어."

"거절당하는 게 무서워서 말도 못 꺼낸 게 벌써 몇 번째…… 으악!"

"자자, 하지만 아까 말한 것도 중요한 사건이잖아요. 평소에는 조용한 이 저택에도 외부에서 점점 사람이 들어오는 시기이니까요."

"그렇지……. 그건 그렇고 그 빌어먹을 자식, 어째서 죽었을까."

서둘러 걸음을 옮기려던 발이 멈추었다.

"자세히는 못 들어서 잘 모르지만, 와이퍼에 강제 송환 형식으로 넘겨졌지?"

"나도 관련이 없어서 잘은 모르지만, 와이퍼에서 온 사람에게 넘겼는데 호송 중에 죽었다고 들었어. 가슴을 부여잡으며 죽은걸 보면 병사 같다더군."

"저도 잘 몰라요. 얼굴도 보고 싶지 않겠다면서 집사장님들이 일부러 말씀하지 않으셨어요."

과거에는 일상다반사였던 누군가의 죽음. 이름도 모르는 사람, 이름만 아는 사람, 뿐만 아니라 지인도, 최악의 경우에는 친구가 겪는 불행이나 죽음에도 익숙해진 시대. 누군가가 죽었다는 이야기가 또냐는 한숨 한 번으로 넘어가던 시대와 달리 평화로운 시대에 태어난 아이들은 사람의 죽음 이야기에 조금 불안한 긴장감을 드러냈다.

"그 사람은 분명 벌을 받은 거예요. 그 왜, 나쁜 짓을 하면 벌을 받는다고 어른들이 흔히 그러잖아요. 전 영주 가족들처럼 불에 탄다, 영주 딸처럼 목이 떨어진다, 라이우스의 악마 월프레드처럼 얼어 죽는다고."

들을 거라 생각도 못 했던 이름에 심장이 뛰었다.

윌. 윌프레드 올코트. 전 라이우스 영주 딸의 약혼자이자 차기 영주가 될 터였던 남자다.

친하다고 할 만한 사이는 아니었다. 나와는 1년에 몇 번 차를 마시는 정도였기에 거의 모르는 상대라고 하는 편이 정확하다. 나보다 부모님이 그 사람을 더 잘 알았을 것이다. 그 사람 역시 나를 모른다. 대화 내용이라고는 오늘 날씨와 차의 맛 같은 것뿐이었다. 서로에 대해 잘 몰랐지만 부모끼리 정한 가문의 약혼자란 그런 법이었다.

윌프레드는 전 영주 정권이 무너진 뒤에도 마지막까지 투항도 자해도 않고 계속 도망쳤다고 들었다. 그러나 전 영주의 유물로 전락한 전범들은 카이드에게 차츰 숙청당했고, 아군이었던 자들은 자신을 지키기 위해서 순식간에 전범들을 배신했다. 마지막으로 남은 단 한 사람이 될 때까지 계속 도망치던 윌프레드는 설산에서 죽었다고 수업에서 배웠다. 내 목이 떨어진 날부터 10개월 뒤의 겨울이었다. 시험에는 나오지 않는, 교과서에 실린 사선의 잡담 중 하나로 수업이 끝나는 5분 동안 시간 때우기 삼아 들었다.

"라이우스는 민의로 천벌을 내린 영지니까 그 사람에게도 벌이······."

갑자기 말이 뚝 끊겼다.

"············사무아 씨, 재스민 씨, 뭐 하나만 말씀드려도 될까요?"

예전에 있었던 죽음 이야기를 하느라 낮아졌던 아까의 목소리보다 훨씬 낮은 팀의 목소리에 꿀꺽 침을 삼키는 소리가 두 번 울렸다.

"지금 막 생각났는데요, 나중에 하겠다고 청소를 미뤄 둔 방이 하나 남아 있어요!"

"앗!"

"정말?!"

천천히 이어지는 말에 세 사람은 황급히 원래 왔던 길을 달려갔다.

"큰일 났다! 가자, 재스민, 팀!"

"우왓!"

"야, 사무아! 그렇게 세게 당기면 팀이 넘어지잖아!"

비명에 가까운 소리와 다급한 발소리가 멀어져갔다. 아무 소리도 안 들릴 때까지 버티려 했지만 그러지 못하고 힘이 풀려 벽에 등을 기댔다. 그러다 다리에 힘이 빠져서 벽에 등을 기댄 채 주르륵 미끄러지며 주저앉았다. 나는 술병을 안고서 몸을 웅크렸다.

"……윌."

그 이름을 참 오랜만에 듣는 것 같다. 이 저택에는 어른에게 설교를 들을만한 아이들은 없다. 제일 어린 사람이라고 해 봐야 재스민과 팀 정도니까. 하지만 고아원에는 어린아이가 많아서 매일 매일 누군가에게 내리는 주의에 우리 이름이 들어가 있었다. 그래서 귀에 익었을 터였다. 그런데 오랜만에 들은 이름에서는 어쩐지 공허함이 배어 나왔다. 남에게서 자신의 이름을 듣는 일은 아무리 시간이 지나도 익숙해지지 않는데, 가슴속을 채우는 공허함만큼은 이미 익숙해져 있었다.

가족이라는, 내가 얼굴을 아는 사람이 말도 안 되는 이유로 영지민을 죽이고, 그들 자신 또한 무참한 죽음을 맞이했다는 사실도 계속 이어져간다. 과거가 미래를 만드는 이상, 변할리 없는 과거가 미래를 데려오는 것이다. 미래에서 과거가 밀어 닥쳐온다. 하지만 변하지 않는 죄를 저지른 채 나아가는 미래도 과연 미래라고 부를 수 있을까. 내가 시간을 엮어갈 그곳은 과연 과거와 어떻게 다른 것일까.

우리는 누군가의 불행일 뿐이었다. 특히 스스로 원해 우리와 관련되고자 한 사람들은 모두 불행해졌다. 당연하다. 그런 사람들은 모두 우리와 동류였으니까. 라이우스를, 영지민을 구하고 싶어 했던 사람들은 먼 옛날에 카이드와 손을 잡고 협력하고 있었다. 마지막까지 우리와 관련됐던 사람들은 이제 어떻게 해도 용서받을 수 없는 죄의 소용돌이 속에 있었던 것이다. 그 증거를 바로 이곳에서, 평화로운 시대에 태어난 아이들의 입으로 듣는 것은 각오했던 것보다 무거운 일이었다.

용서해 줄 리가 없는 죄를 용서받고 싶은 것은 아니다. 용서받아서는 안 되는 죄를 잊고 싶은 것도 아니다. 그렇다고 '그럼 어떻게 하고 싶으냐'는 질문을 받아도 아무 대답도 하지 못하리라.

구원받고 싶은 것은 아니다. 구원을 바라지도 않는다. 그 시대에 우리 때문에 죽어간 수많은 사람들도 선택할 수 없던 구원을 바랄 리가 없다. 애초에 구원이라는 말을 내 입에 담아도 되는 것일까.

앞으로의 목적도 바람도 애매한 나는 그저 계속 방황할 수밖에 없다. 그런데.

"셜리?!"

모든 생각을 잡아채는 듯한 목소리에 현기증이 났다.

"어디 아픈 건가?!"

웅크리는 메이드 앞에 주저 없이 무릎을 꿇은 이 사람의 신발은 지금까지 몇 켤레나 닳아 없어졌을까. 요전에도 집사장이 주인님은 금방 신발에 주름이 생겨서 곤란하다고 투덜댔다. 게다가 아깝다며 새 신발을 사는 것도 좋아하지 않았기에 되도록이면 주름을 펴기 위해 고생했다. 하지만 집사장은 그렇게 말하면서도 어딘가 기쁜 듯이 신발을 닦았었다.

이 사람에게는 신발을 잃어버려도 다시 내밀어주는 사람이 잔뜩 있다. 그리고 이 사람이 신발을 잃어버리는 것은 분명 누군가를 위해서 애썼기 때문이리라. 잃어버리고 맨발로 걸을 일도 없을 뿐더러 단죄 중에 신발을 잃어버릴 일도 없다. 신발에서 그 사람의 인덕이 드러날 줄은 몰랐지만, 애초에 신발뿐만 아니라 세상 모든 것이 그러하리라. 무언가를 내어 준 사람에게는 무언가가 주어지고, 빼앗은 사람에게는 아무것도 주어지지 않는다. 당연한 이치다.

"셜리!"

"괜찮습니다."

아아, 술이 미지근해졌을까? 그렇게 생각하고 아래로 내린 시야에서 술병이 손에서 빠져나가 바닥에 놓이는 게 보였다.

"전해드리는 게 늦어져서 죄송합니다."

"그런 건 신경 쓰지 마, 바로 의무실로 간다."

자기 신발은 가로로 주름이 가도 계속 신으려고 하면서, 그 몇 배나 비싼 술을 아무렇게나 땅에 내려놓고 술보다 메이드를 먼저 생각한다. 참으로 다정하고 영지민을 생각하는 영주님이다. 나는 무엇 하나 확신할 수 없었지만, 한 가지 분명한 건 빛을 휘감은 채 까르르 소리를 지르며 웃는 아이들이 카이드가 영주인 시대에 태어나서 다행이다, 라는 것이다. 문득 어른들조차 내일 일을 알 수 없었던 시대에 아이들이 갓난아기였을 거라는 사실을 떠올리니 소름이 돋았다. 열여섯 살인 사무아는 그야말로 암흑시대의 마지막을 갓난아기로서 살아남은 것이다. 이곳의 아이들이 서로 웃을 수 없는 미래를 맞이했을지도 모른다니, 생각하고 싶지도 않다.

카이드가 영주여서 다행이다. 그것은 명백한 사실이자 내 본심이었다.

나는 천으로 싼 술병을 들고 빌떡 일어섰다.

"정말 죄송합니다."

"셜리."

"괜찮아요. 실례했습니다. 그런데 주인님은 어째서 여기 계신 건가요?"

역시 술이 늦어서 상황을 살피러 온 것일까? 하지만 여긴 카이드의 저택이고, 해가 졌다고는 하나 저택에는 아직 상당수의 사용인이 일하고 있으니 아무에게나 지시를 내리면 되는데도 역시 이 사람은 혼자서 움직인 모양이다.

"바닥에 내려놓았으니 새 술을 가져오겠습니다. 어떤 종류로 가져올까요?"

"……아니, 이거면 됐어. 그 녀석도 제법 취해서 어차피 맛도 분간 못 해."

부드럽게 일어선 카이드는 다시 내 손에서 술을 가져갔다. 비싼 술을 나무토막이라도 들듯이 대충 쥐고는 나를 빤히 내려다보았다.

"진짜로 괜찮은 거지? 몸이 안 좋다 싶으면 바로 쉬어."

"괜찮아요. 걱정 끼쳐 죄송합니다."

나는 다시 한번 괜찮다는 말을 반복했다. 카이드는 여전히 나를 빤히 내려다본 채 작게 한숨을 내쉬었다.

"돌아가지."

카이드가 술을 든 채 걷기 시작해서 난처했다. 심부름이 늦어진 데다가 주인님에게 짐을 들게 하고 자신은 빈손으로 걷는 직속 메이드. 즉시 해고당해도 이상하지 않을 만큼 엄청난 문제다. 카이드가 좋은 영주인 것은 맞지만, 남의 일을 빼앗아가는 이 행동만큼은 부디 그만두는 편이 낫지 않을까 싶다.

내가 짐을 들 수 없을까 하고 카이드를 힐끗 올려다보다가 걷는 와중에도 나를 내려다보고 있던 금빛 눈동자와 눈이 딱 마주쳤다. 나는 괜찮다고 말했지만 카이드는 믿어주지 않았다. 언제부터 날 보고 있었던 걸까, 아니면 처음부터 지금까지 계속 보고 있었던 걸까. 나는 시선을 피하고 꿋꿋이 정면만을 바라보았다.

"괜찮습니다. 내일 외출도 문제없습니다."

내일은 낮부터 시내로 내려갈 예정이다.

축제에 맞춰 각 영지에서 손님이 온다. 그들이 도착하기 시작하면 지금보다도 바빠질 것이다. 그 전에 한 번 시내로 내려가 상황을 확인할 겸 몇 가지 일을 처리하고 싶다고 했다.

"알았어. 다만 상태가 나빠질 것 같으면 바로 말해. 그것만큼은 철저히 해 줘. 그리고…… 아무래도 이자도르가 냄새를 맡은 것 같아. 그 녀석은 내가 없는 시간을 잘도 알아채. 아마 오늘도 손님이 오기 전이라면 내가 없겠다고 짐작하고 밀어닥쳤을 거야. 조블린과 같이 마차를 타기 싫다는 것도 물론 본심이겠지만, 예정대로 돌아간 적이 한 번도 없어."

찌푸린 얼굴로 이자도르를 향한 불만을 중얼거린 카이드가 조금 어리게 보였다. 예전의 어린 모습이 덧그려져서, 손을 꽉 쥐어 치밀어 오른 어떤 감정을 흩뜨렸다. 그 뒤로는 입을 나물고 카이드의 뒤를 따라갔다.

카이드와 이자도르는 식당이 아니라 카이드의 방에서 저녁을 먹으며 술을 마시고 있었다. 멀지 않은 카이드의 방에 금세 도착했다.

하지만 방의 모습이 평소와는 달랐다. 매일 깔끔하게 청소는 하지만 거의 사용하지 않는 방 앞에 사람들이 모여 있었다. 그것도 거의 여성들로만. 평소에는 아주 조용한 방 한구석이 꺄악 꺄악, 하고 터져 나오는 비명으로 꾸며져 마치 축제를 연 것 같았다.

"이자도르 님, 축제 뒤풀이 파티에 오실 거죠?!"

"물론 참가해야지. 너희도 평소처럼 귀엽게 차려입고 오렴."

"올해도 저와 춤춰 주세요!"

"분명 올해도 다들 아름답겠지. 나 같은 게 옆에 서면 웃음을 살지 모르지만, 그래도 괜찮겠니?"

"무슨 말씀이세요~!"

방 안에 있는 이자도르가 여성들 사이에서 한쪽 눈을 찡긋 감는 것이 보였다. 꺄악, 하고 새된 비명이 터져 나왔다.

옛날에 위태로우면서도 진지하게 열심히 인사하던 아이는 물 흐르듯이 추파를 던지는 어른으로 성장한 듯했다. 제법 익숙하게 여성을 상대하는 모습을 보고 뭐라 말할 수 없는 기분이 들었다. 나는 간 적이 거의 없기 때문에 끝까지 어색했지만, 이자도르라면 왕성 주최 파티에서도 실수 없이 즐길 것 같다. 1년에 몇 번 가 봤었던 왕도. 화려하고 눈부시며 여러 물건과 풍정이 넘쳐나는 도시. 하지만 이번 생에서는 한 번도 간 적이 없었다. 갈 기회도, 이유도 없었다.

왕도를 떠올리게 만드는 화려함과 풍겨 오는 향수 냄새. 꺅 꺅 하고 즐겁게 지르는 비명에, 흔들리는 리본들. 마치 다른 곳에 온 것 같다.

"……그거 알아, 셜리?"

"……어떤 것 말씀이신가요?"

"저 사람들 중 열에 일곱은 근무를 마쳤는데도 다시 메이드 복으로 갈아입고 돌아왔어. 내가 저들에게 잔업 수당을 줘야 할까?"

"……메이드장께 상담하시는 건 어떨까요?"

"……캐롤리나에게 맡기자."

어떻게 대답할지 망설이다 결국 캐롤에게 판단을 위임하기로 했다. 남의 일거리를 획획 빼앗아가는 카이드마저 진지하게 고개를 끄덕인 걸 보면 정말로 곤란했던 모양이다. 피곤에 찌든 얼굴로 화려한 방 안을 바라보던 카이드의 팔에서 술병이 빠져나갔다.

"알겠습니다. 그럼 대답해 드리죠."

카이드에게서 빼앗은 술을 조심스레 천으로 다시 싼 캐롤은 가슴이 부풀어 오를 만큼 크게 숨을 들이쉬었다. 앞으로 무슨 일이 일어날지 알아차린 이자도르가 황급히 귀를 막았다. 카이드의 손도 튀어 오르듯 재빠르게 내 귀를 막았다. 깜짝 놀라서 카이드의 손 위에 내 손을 겹친 순간, 막은 귀를 꿰뚫는 고함 소리가 울려 피졌다.

빵 한 조각에 수프 반 그릇.

평소처럼 점심 식사를 마친 나의 볼을 재스민이 다시 볼록해지게 만들었다.

"셜리이."

텅 빈 식기를 들고 일어선 나를 묘하게 부드러운 목소리가 불렀다. 갸웃거리며 고개를 돌린 내 입에 무언가 커다란 덩어리가 들어왔다.

무심코 다문 입 안에서 달콤한 덩어리가 사르륵 풀어졌다. 진한 단맛이 입안 가득 퍼졌다. 덩어리를 씹어 삼키며 정답을 찾아냈다.

"…………복숭아?"

"맞아, 맞아, 맞아. 복숭아. 과일이라면 먹기도 편하고 영양도 풍부하잖아?"

"지금 철에 용케 구하셨네요."

"곧 축제라 이것저것 들어오거든. 주방장님이 이거라면 여자애들도 먹기 편할 거래."

주방장 쪽을 돌아보니 늘 말수가 적고 퉁명스러운 표정을 한 남자가 깊은 냄비 뒤로 순식간에 모습을 감추었다. 노년에 접어든 주방장은 늘 아무 말 없이 상대가 바라는 양의 식사를 내주었는데, 그때마다 주방장 나름대로 여러 가지를 고려하고 있었다는 사실을 오늘 처음으로 깨달았다.

나는 식기를 반납하면서 주방장에게 살짝 고개를 숙였다. 미처 다 가리지 못한 흰 요리사용 모자가 흔들리는 모습이 보였다.

"주인님 직속이 된 지 한 달인데 계속 여기서 밥을 먹는 셜리도 참 완고해. 저쪽 밥도 맛있는데."

"오늘은 일이 있어서 온 거거든!"

재스민이 거세게 쏘아붙이자 사무아는 두 걸음 물러나면서 옆에 있는 소년에게 귓속말을 했다.

"……나 또 말실수했어?"

"완고하다고 해서 그런 거 아닐까요?"

소곤거리는 대화가 이쪽까지 들렸다.

"앗, 저기, 셜리 씨. 사복을 입은 걸 보니 어디 가시나 봐요?"

최근 한 달 동안에 알게 된 것인데, 사무아는 대화할 때 쓸데없는 말을 덧붙인다고 할까, 단어 선택에 애를 먹는 듯하다. 이 이상 재스민이 화내기 전에 팀이 황급히 화제를 나로 돌렸다.

나는 방금까지 늘 입던 메이드 복에서 사복으로 갈아입었다. 회색 원피스. 몇 없는 개인 물건 중 하나다.

"주인님이 시내 시찰을 가신다고 사복으로 갈아입으라 하셨어요."

영주 신분으로 시내에 간다는 것은 큰일이고, 이것저것 준비할 것도 많아서 신분을 숨기고 간다고 한다. 그래서 동행도 사복을 입어야 한다. 캐롤 말로는, 최근에 바빠서 거의 가지 못했기 때문에 슬슬 말이 나올 때가 됐다고 생각했단다.

천 한 장을 옷 형태에 맞춰 잘라 바느질했을 뿐인 간단한 원피스. 내가 가진 유일한 외출복인데, 이것을 본 재스민이 하늘을 올려다보았다.

사무아에게 거세게 쏘아붙이던 재스민은 불만이 가득한 얼굴로 주먹을 쥐고는 테이블에 내리쳤다.

"내, 내 사복을 빌려주고 싶었는데……! 요전에 축제 때 입으려고 산 엄청 귀여운 분홍색 원피스를 빌려주고 싶었는데, 사이즈가……!"

"그러게, 너 어제도 과자를 세 개나 먹었잖…… 컥!"

"안 맞는 건 어깨야!"

"지금 내가 말실수한 거야?! 사실…… 알았어, 내가 잘못했으니까 때리지 마! 아프다고! 그럼 다른 걸 빌려주면 되잖아?!"

"…………아, 셜리, 자, 잠깐만 기다려! 금방 올게!"

"아파!"

사무아의 멱살을 잡은 채 급격히 방향 전환을 한 재스민은 사무아를 내던지고 달려나갔다.

어차피 금방 올 테니 앉아 있을 필요도 없다. 나는 벽 쪽으로 가서 양손을 모으고 섰다.

식당에는 평소보다 사람이 적었다. 라이우스에서는 1년에 한 번 큰 축제가 열려서 지금은 다른 영지에서 오는 손님을 맞이할 준비로 바쁘다. 그렇기 때문에 식사를 하는 시간은 평소보다 더 들쑥날쑥했다. 실제로 손님을 맞이하기 시작하면 지금과는 비교가 안 될 만큼 분주할 것이다.

평소처럼 혼잡하지 않아서 자리를 비켜 줄 필요는 없었지만, 이미 일어섰기도 했고 어차피 오래 머물지도 않을 테니 그대로 서 있었다.

벽에 기대지 않고 등을 펴고 서 있자 쓴웃음을 지으며 팀이

다가왔다.

"그 옷도 차분한 색이라 잘 어울려요."

"감사합니다."

팀은 나와 마찬가지로 나이가 어리지만 아무리 귀찮은 일을 시켜도 웃으며 맡고, 일솜씨도 뛰어나며, 붙임성도 아주 좋다. 아직 소년티가 강하게 남아 여리면서도 따뜻해 보이는 얼굴도 호감을 사는 요인 중 하나이리라. 여성을 다루는 데도 뛰어나서, 지금처럼 아무렇지 않게 칭찬하는 것도 그럴듯했다.

내 옆에 선 비슷한 키의 팀은 머리를 살짝 기울여 나를 들여다봤다.

"다들 말하길 요즘 셜리 씨, 안색이 좋아졌대요."

"……모두가 잘해 주셔서 그래요."

그렇게 말하자 팀이 풋, 하고 웃었다. 입가를 손으로 가려, 옅은 미소를 숨기기는 했지만 그 모습만으로 웃고 있다는 걸 알 수 있었다. 일부러 얼버무리는 모습을 보였으리라. 이어서 내가 얼버무리고 싶은 사람을 입에 담았다.

"요즘 주인님이 어떤 간식을 가져오라고 하시는지 아세요?"

"……아뇨."

"한입 크기의 간단한 것이에요."

처음 들었다.

그래서 그렇게 내 입에 휙휙 간식을 던져 넣은 건가. 그저 카이드는 바쁘니까 한 손으로도 먹을 수 있는 것을 좋아하는 줄 알았는데, 설마 내 입에 넣기 편하라고 그런 것일 줄이야.

앞으로 말할 때는 입가를 가려야겠다. 손가락으로 입가를 가린 내게 팀은 쓴웃음을 짓고 "아아." 하고 양손을 깍지 껴서 머리 뒤에 댔다. 옷소매가 살짝 내려가 장갑을 낀 손과 손목 사이에 틈이 생겼다. 손목에 점이 나 있어서 나도 모르게 바라보았다.

"주인님 간식이라니 부럽다~. 나도 주인님 간식 먹어보고 싶었는데."

"다음엔 내 차례일 줄 알았거든요." 하고 아쉬워하는 팀을 말없이 바라봤다. 나도 그렇게 생각했다.

들어 보니 일에 익숙해진 사람은 집무실에 잠시 배치된다고 한다. 이건 분명 일종의 선별 작업이라고 생각했다. 아무리 늘 같은 사람들이 둘러싸고 있어도 언젠가는 그중 누군가가 바뀌기 마련이다. 언제 누가 그만둬도 문제가 없도록 미리 집무실 일을 파악하게 하려는 거겠지.

3개월 전에 들어온 팀이 아니라 들어온 지 고작 열흘도 안 된 내가 선택된 것은 나쁜 의미로 눈에 띄었기 때문이리라. 그래서 내가 선택된 것에 큰 의미는 없다.

"내가 아닌 건 아쉽지만 그래도 셜리 씨라면 납득이 가요."

한쪽 눈을 찡긋 감으며 장난기 가득하게 웃는 팀을 보고 나는 한숨을 토했다. 그것을 눈치챈 팀은 쓴웃음을 지었지만, 화제를 바꿀 마음은 없는지 내 귓가에 입술을 대고 작게 속삭였다.

"다들 두 사람이 잘 어울린대요."

"……아무리 주인님이 착하시다지만, 너무 무례한 말이라고 전해주세요."

"다른 사람보다 곱절로 신경 쓰고 계세요."

"제가 형편없는 꼴을 하고 있으니까요."

"…………사용인 모두가 주인님의 결혼을 얼마나 바라는데요!"

팀은 갑자기 얼굴을 가렸다. 사실 울고 싶은 것은 내 쪽이다.

"내년이면 서른이 되시는데 맞선도 전부 거절하시고, 따로 상대가 있는 것 같지도 않아서 덕분에 집사장님은 매일 머리가 하얗게 세고 있어요!"

열다섯 살 견습 집사까지 걱정에 한탄하게 만드는 것은 좀 그렇다.

나는 또 한 번 한숨을 토했다. 그 한숨 소리를 듣고 팀은 슬픈 듯이 어깨를 늘어뜨렸다.

"셜리 씨에게도 좋은 이야기에요. 주인님이 싫진 않으시죠? 완전히 출셋길이라고요! 사용인 모두가 응원할게요! 사실 메이드장님 의견이 가장 중요할 텐데, 다행이도 셜리 씨를 마음에 들어 하시는 것 같아요!"

"주인님은 아주 매력적인 분이시니. 내키시면 언제라도 마땅한 신분의 상대가 나타날 거예요. 주인님을 부추겨야 해요. 그렇게 하면 분명 당장에라도 어울리는 아가씨를 들이실 수 있을 거예요. 그래서 라이우스의 평안을 위해서라면 뭐든 도울 거고요."

나는 한 걸음 물러나 손끝을 모은 채 인사했다.

"이봐, 팀."

그때까지 말없이 얻어맞은 곳을 문지르던 사무아가 입을 열었다.

"부추기는 건 괜찮아도 억지 부리면 안 돼."

팀은 어깨를 축 늘어뜨리고 입을 다물었다. 물러서야 할 타이밍을 잘 아는 것도 팀이 호감을 사는 이유 중 하나이리라. 하지만 부추기는 것이 전혀 좋지 않다는 것도 알아줬으면 좋겠다.

팀은 "죄송합니다." 라며 쓸쓸하게 웃었다.

"라이우스를 좋아하시는군요."

"제가 나고 자란 곳이니까요."

"그렇게 라이우스를 좋아하는데 정말 열여섯 살이 되면 여길 떠날 건가요? 이곳이야말로 라이우스를 위해 뭔가를 할 수 있는 최적의 장소인데."

"…………기간은 짧아도 맡은 바에 최선을 다하겠습니다."

사실 원장 선생님께 조금 감사하고 있다.

두 번 태어나고 자란 고향을 위해 작지만 무언가 도움을 줄 수 있어서. 라이우스를 위해 어떤 사소한 일이라 해도 열심히 하는 그들에게 도움이 되어야 한다. 전생에서는 도움이 되기는커녕 피해만 줬으니까.

애초에 1년이라는 짧은 기간에 내 죄를 전부 갚을 수도 없고, 여생은 모두 라이우스의 미래를 위해 기도하는 데 바칠 생각이지만 분명 그것만으로는 부족할 것이다. 한 번 잃은 것은 두 번 다시 돌아오지 않으니까.

늘 죽음을 달고 있었다고 하는 그 시대가 잃어버린 것을 알아갈 때마다 그렇게 생각했다.

땅이, 가게가, 사람이, 라이우스가 시들어 갔다. 그 시대에 부유했던 사람은 분명 한 번의 죽음으로는 부족할 정도로 업보를 짊어지고 있을 것이다.

두 번째 삶을 준다면 그 시대에 불합리하게 죽어간 사람들에게 돌려주기를 바랐다. 그것만으로도 아직까지 상실감에 한탄하는 사람들에게 도움이 되었을 것이다. 그들이라면 무엇을 속죄해야 좋을지 알지 못한 채 되는 대로 살지 않았을 것이다. 한탄하는 사람들에게 구원이 되고, 희망이 되며, 빛이 되었으리라.

그런데 어째서 단죄당해 죽은 내가 두 번째 삶을 얻은 것일까. 누군가의 불행일 뿐이었던 나는 이 두 번째 삶을 어떻게 살아가야 할까. 어떻게 살아야 내 가족이 저지른 죄까지 포함해 라이우스에 속죄할 수 있을까. 어떻게 살면 되고, 어떻게 살면 안 되는 걸까. 애초에 해답이 있는지조차 알 수 없는 의문이 머리와 가슴속에서 계속해서 맴돌고 있었다.

그런 생각에 한숨을 쉬던 내 귀에 부산스러운 발소리가 들려왔다. 돌아보니 얼굴이 살짝 붉어진 채 숨을 헐떡이는 재스민이 있었다.

"셜리, 이거 봐 봐!"

재스민이 양손에 든 것은 파란 장식이 달린 목걸이였다. 나는 눈앞에 있는 목걸이를 바라봤다. 자세히 보니 작은 꽃이 하나 달려 있었다.

"히아신스인가요?"

"맞아, 귀엽길래 무심코 원피스랑 산 건데, 잘 생각해 보니 원피스랑은 안 어울려서 서랍에 넣어 놨었어. 셜리한테 줄게."

"전……."

"쓸데없는 참견이라고 생각할지도 모르지만, 역시 한창때 소녀가 멋 정도는 부려야지 싶어서…… 후후, 셜리는 늘 머리를 묶고 다니니까 목걸이를 하기가 쉽네."

재스민은 그렇게 말하더니 내 목 뒤로 손을 둘러 재빨리 목걸이를 걸었다. 회색 일색이던 내게 파란색 히아신스가 오도카니 내려왔다. 재스민이 그 파란색 꽃을 새침하게 쿡 찌르더니 나를 위아래로 훑어보았다.

"사실 흰색이었으면 더 잘 어울렸겠지만, 하얀 건 전에 잡아당겼더니 끊어졌어……."

그러고 보니 손가락을 잡아당겨 사슬이 끊어졌다는 목걸이에는 흰 꽃이 달려 있었다. 비명을 지른 재스민 대신에 내가 주워서 잘 기억하고 있다.

나도 옛날에 몇 번인가 그런 적이 있었다. 사슬이 가늘면 가늘수록 알아차렸을 때는 이미 늦어서 뚝 끊어지고 마는 것이다. 문득 지금은 나와 전혀 관련이 없는 그 사람의 감촉을 떠올리고 나도 모르게 손가락을 보았다.

그 손을 재스민이 양손으로 잡았다.

"저기, 같은 방을 써서 생긴 인연이든 친분의 정표든 이유는 뭐든지 좋으니까 셜리에게 주고 싶어…… 사실은 셜리의 눈 색과 똑같아서 나도 모르게 샀어. 미안해, 셜리가 좋아하는 색을 몰라서 멋대로 그걸로 골랐는데, 가능하면 다음에는 나랑 거리로 나가줬으면 좋겠어. 그래서 좋아하는 색이나…… 색뿐만 아니라 좋아하는 걸 뭐든 가르쳐줘!"

"재스민 씨."

"재스민이라고 해도 된다니까……. 어라? ……셜리, 피부가 깨끗해졌어. 어? 혹시 주인님의 과자? 그 과자 덕이야?! 뭐가 들어갔는지 물어봐 줄래?!"

내 손을 쥐고 있던 손보다, 가까이 다가온 얼굴과 확 바뀐 화제에 더 놀라 눈을 깜빡였다. 몸을 살짝 젖히고 필사적으로 기억을 더듬어갔다. 짚이는 건 단 하나뿐이다.

"…………차가 아닐까 하는데요."

"찻잎이 들어간 과자라고?! 와, 몸에도 좋겠다!"

"아니요, 반죽에 섞은 게 아니라요."

"아 그럼 찻잎으로만 만든 거야?"

"고체가 아니라 액체인……."

뭐가 됐든 일단 차라면 액체인 게 당연하다. 설명하려다 괜히 더 복잡해진 것을 깨닫고 잠시 생각했다. 간단하고 이해하기 쉽게 설명하자.

"그냥 마시는 차야. 그 차에 그런 효능도 있었나? 그럼 매출 걱정은 필요 없겠군. 조사를 시켜 볼까."

뒤에서 들린 목소리에 모두가 펄쩍 뛰어올라 고개를 돌렸다.

"주인님?!"

어째선지 창문에서 손짓을 하는 카이드에게 사무아가 황급히 달려갔다.

나는 카이드를 빤히 바라본 채 그 자리에 가만히 있었다. 머리 색이 다르다. 옷차림도 마치 하위 귀족 같다. 평소에도 화려한 옷을 입지는 않았지만, 그것보다 훨씬 시내 사람에 가까운 복장이었다.

카이드는 마치 헬트 같은 갈색 머리를 햇빛에 반짝이며 허둥대는 사무아에게 한 손을 들었다.

"용무가 있으시면 저희가 찾아뵐게요!"

"이자도르를 따돌리고 왔어. 미안하지만 정문 밖에 준비한 말은 치워 둬. 뒷문으로 나간다."

"네?"

"이자도르가 오면 모르는 척하고 그럼 셜리, 갈까."

이름을 불러서 재스민과 잡은 손을 놓았다. 잡았다기보다는 잡혀 있었지만, 뭐 아무래도 상관없겠지.

손을 놓다가 가슴에 있던 푸른 꽃이 흔들렸다. 모두의 시선이 거기로 모였다. 그리고 날 들여다보는 듯한 시선에 잠시 생각했다. 목에서 미끄러지는 목걸이 줄이 간지럽다. 꽤나 그리운 감촉이다.

"…………고마워요."

"으, 응…… 응! 고마워!"

선물을 준 것은 재스민인데 본인이 고맙다고 하면서 꽃이 피
듯이 활짝 웃고는 다시 한번 내 손을 잡았다. 그 손을 지지대
삼아 재스민이 깡충깡충 뛰었다. 그렇게 뛰는가 싶더니 몸을
빙글 돌리고는 내 등을 밀었다.

"많이 즐기고 와!"

시내로 가는 나보다 훨씬 들떠서 즐거워하는 재스민을 보고
창문에 팔꿈치를 대고 있던 카이드가 쓴웃음을 지었다.

"일단은 일이거든?"

"그래도 청소나 방 정리보단 훨씬 재밌잖아요!"

"그야, 그렇지."

등을 떠밀려 그만 헛발을 디뎠다. 창문에 부딪힐 뻔한 내 손
을 잡고 카이드가 또다시 쓴웃음을 지었다. ……아무래도 창
문으로 나가야 하나. 내가 발을 올리면 카이드가 반대쪽으로
고개를 돌려 주지 않을까. 하지만 이쪽을 보고 있으니 그러기
가 어렵다.

영주에게 고개를 돌려달라고 부탁하면 실례일까. 하지만 이
대로라면 다른 의미로 실례되는 일을 저지르게 된다.

어떻게 할까 고민하고 있는데 카이드가 큰 키를 이용해 내
쪽으로 몸을 내밀었다.

"점심은 먹었나?"

"네."

"많이 먹었어?"

"······평소와 똑같이 먹었습니다."

카이드가 쓴웃음을 지었다.

카이드는 이 표정을 자주 짓는다. 사실 이 사람뿐만 아니라 다른 사람들도. 분명 내가 그렇게 할 만한 행동을 보인 거겠지.

"너, 거짓말은 안 하는구나?"

쓴웃음과 함께 뻗은 손이 내 무릎 안쪽을 안아 들었다. 나는 놀란 나머지 숙인 카이드의 머리를 잡고 말았다. 그 때문에 헝클어진 머리칼은 옛날에 쓰다듬었을 때보다 뻣뻣해져 있었다. 열네 살 어린아이의 머리칼과는 감촉이 전혀 다른데도, 어째선지 아주 익숙했다. 옛날에 느꼈던 이 온기만큼은 어째선지 변함이 없어서, 다시 요동치기 시작한 감정이 고통을 불러일으켰다.

그대로 나를 안아 창문 너머로 데려온 카이드의 머리를 끌어안고 나는 그 사람의 귓가에 속삭였다.

"······이제 거짓말은 충분해요."

그 순간, 나를 내리려고 몸을 숙인 카이드의 움직임이 멈추었다. 나는 어중간하게 안긴 채 그 어깨를 잡고 스스로의 힘으로 내려왔다. 땅에 서서 어깨에서 손을 떼었다. 금빛 눈동자가 내 손을 좇아 움직였다. 천천히 내 손을 좇는 눈동자 속에 비치는 나는 검지와 중지를 꽉 감싸 쥐고 있었다.

표정이 일그러졌다는 것을 알면서도 입가를 치켜 올렸다. 오랫동안 쓰지 않았던 얼굴 근육이 굳어서 그런 것만은 아니다. 여러 가지가 한데 섞여 표정이 일그러졌음에도 나는 숨기지 않았다.

재스민과 다른 사람들에게 등을 돌리고 있어서 진심으로 다행이라고 생각했다. 이런 얼굴은 그 시대를 모르는 아이들이 보아서는 안 된다. 이것은 아이들이 알아서는 안 될 일그러짐 그 자체다.

"감사합니다."

"무슨 말이지?"

"창문을 넘게 해 주셔서요."

눈가와 입가를 일그러뜨린 나를 멍하니 바라보는 카이드의 왼쪽으로 손바닥을 내밀었다. 그 앞에 있는 것은 마구간이다.

"가실까요. 시내로 가시는 거죠?"

주인님.

나를 틀림없이 그렇게 불렀을 이 사람은 지독하게도 기묘한 얼굴로 나를 보고 있었다.

그래서 나는 더욱 일그러진 얼굴로.

웃었다.

우리는 대화 한마디 없이 걸었고, 이내 마구간이 보이기 시작했다. 그런데 내 앞에서 걷던 카이드가 우뚝 멈춰 섰다. 나는 발치만 보고 걸어서 바로 알아차리지 못했다. 부딪칠 뻔했지만 황급히 옆으로 비켜서 피했는데, 그 앞을 보니 카이드가 갑자기 멈춘 이유를 알게 되었다.

마구간 입구에 기댄 청년이 있었다. 부드러운 금발을 바람에 흩날리며 치켜든 한 손을 가볍게 흔든 이자도르는 카이드처럼 하위 귀족의 평상복을 멋들어지게 입고 있었다.

"마차로 간다고 했잖아."

"비도 안 오는데 숨어서 마차를 이용할 귀여운 성격인 줄은 몰랐는데?"

혀를 찬 카이드에게 이자도르가 가볍게 웃었다.

"너, 쫓아올 거면 일 시킬 거야."

"짐꾼은 좀 봐줘. 난 여성보다 무거운 걸 들어본 적은 없거든."

"그럼 어지간한 건 다 들겠군."

"…………너, 그러다 칼 맞는다?"

내게 힐끗 시선을 보낸 카이드는 말에게 얹으려 했던 안장을 몇 번씩 들고 내리기를 반복하더니 잠시 생각에 잠겼다.

"셜리는 안장보다 가벼우니 걱정 마."

"깃털보다 가볍다고 해야지. 뭘 진지하게 확인해 보는 거야."

"깃털보다 가벼우면 아사 직전이잖아. 어서 식료품을 지원하고 의사단을 파견해."

"……세상에는 비유라는 시적 표현이 있는 거 알아?"

라이우스와 장래 기미를 짊어질 두 남자.

그 두 사람이 대화를 나누는 모습을 똑바로 서서 바라보았다. 아무리 몇 번씩 눈을 깜빡이며 확인해 봐도 과거에 이곳에 있었던 갈색 머리 소년과 과거에 이곳을 방문했었던 금발 소년이 장난치는 것으로만 보였다.

라이우스는 한 번도 타국에 점령당했던 적이 없다.

하지만 1년에 한 번 대대적으로 실시되는 축제의 이름은 '해방제'다. 전 영주 저택이 함락된 날이 아니다. 그로부터 며칠 후. 전 영주 일가의 마지막 핏줄이 끊어진 날.

내가 죽은 날은 라이우스의 악몽이 끝난 날이자 최고의 경삿날인 셈이다.

축제까지는 아직 2주일이나 남았는데, 이미 축제가 한창이라는 듯이 시내 온갖 장소에 장식이 달렸고, 각지에서 모인 사람들로 넘쳐나고 있었다.

대로에는 커다란 기둥을 몇 개나 세우고, 기둥들을 종이꽃으로 이어서 광장으로 향하는 길을 색칠했다. 모든 이가 집 정원에 꽃을 심고 화분과 꽃병을 총동원해서 집과 길, 시내 전체에 꽃이 화사하게 피어 있었다.

커다란 광장에는 4단 정도 높이로 무대를 세웠다. 그 벽 부분에는 무언가를 장식하려는지 텅 비워 놓았다. 공간의 크기로 보아 분명 그림을 걸 것 같은데, 비가 내릴지도 모를 상황을 고려했는지, 아니면 당일까지의 즐거움으로 남겨두려는지 그곳만 장식도 없이 새하얀 모습 그대로였다.

각종 장치가 설치되고 어수선하게 막이 쳐지는 광경을 멍하니 바라보았다.

어른은 물론 어린이들도 평소와는 다른 일상에 눈을 빛내고 있었다. 들뜬 공기에 밀려 꺄악 꺄악 소란을 피웠다. 같은 높은 목소리라도 어제 저택에서 난 날카로운 비명과 달리, 웃음소리도 웃는 당사자들도 천진난만하고 가벼웠다.

"난 카이드 님 할래!"

"에이! 치사해! 나도 카이드 님 할래!"

"안 돼, 선착순이야! 너는 전 영주님 해!"

아이들 중에서 몸집이 한층 큰 남자아이가 막대기를 휘두르며 카이드의 이름을 댔다. 남은 아이들에게서 불만이 넘쳐나 우우, 하는 불평이 울려 퍼졌다. '내가 카이드 님이다, 내가 카이드 님이다.' 모두 카이드가 된 장난꾸러기 소년들 속에서 사랑스러운 분홍색이 흔들렸다. 누군가의 여동생일까. 가장 어린 소녀는 소년들 사이를 열심히 돌아다니고 있었다.

"나는? 저기, 나는? 오빠, 나는?"

가장 작은 손이 잡아당긴 것은 처음에 카이드를 자처한 가장 큰 소년이었다. 그 아이가 그 소녀의 오빠이리라. 소년은 휘두르던 막대기의 끝을 땅에 대고 투덜댔다.

"뭐? 넌 공주님이 아니면 울 거잖아?"

"공쥬님이 좋아!"

"공주님이라니까."

소년들은 이마를 맞대고 의논에 들어갔다. 방금까지 나오던 불만은 들어가고 진지함 그 자체였다. 자신들이 어떤 역할을 맡을지 정하는 것보다 여자아이가 안 울게 하는 게 더 중요한 듯, 저것도 아냐, 이것도 아냐, 하고 열심히 지혜를 모았다. 그 안에 섞인 여자아이는 오빠들이 이끌어낸 결론이 언제 나오나 눈을 빛내며 기다리고 있었다.

"그럼 아가씨?"

누군가가 멍하니 중얼거린 역할을 듣고 소녀는 폴짝 뛰어오르며 기쁨을 표현했다.

"아아씨!"

"아가씨라니까. 그런데 아가씨는 적인가?"

"우리 아빠가 그러는데 엄청난 악녀였대!"

"아냐, 우리 엄만 좋은 사람이랬어."

"우리 아빠도 엄청 따뜻한 사람이라고 했어."

"어? 우리 삼촌은 엄청 무서운 여자라고 했는데. '아가씨한테 머리부터 와작와작 먹힐 거다.' 라고 했어."

머리를 맞대고 신음하는 아이들의 발치에서 여자아이는 기쁜 듯이 "아아씨, 아아씨" 하고 몇 번이나 되뇌고 있었다.

"애들은 순진하네."

이자도르는 내 옆에 서더니 지나가는 여성에게 손을 흔들었다. 여성은 가볍게 웃으며 한 손을 들었다. 그 뒤로도 계속해서 아무 여성에게나 손을 흔들었지만 아는 사이는 아니리라. 이자도르가 손을 흔들었던 여성들도 아주 싫진 않다는 듯이 아무렇지 않게 손을 흔들고 지나가는 사람도 있는가 하면, 얼굴이 새빨개져서 시선을 피하는 사람, 한쪽 눈을 감고 마주 인사하는 사람도 있었다. 천사처럼 사랑스러웠던 그 소년이 성인이 된 것이다.

나는 시간의 흐름을 느끼면서 한 걸음 옆으로 물러났다. 이자도르처럼 눈에 띄는 사람 옆에 있으면 아까 반응을 보였던 여성뿐만 아니라 다른 사람들에게도 시선을 받기 때문이다. 하지만 물러나자마자 이자도르가 바로 거리를 좁혔고, 반걸음의 간격이 있다고는 하나 오히려 아까보다 더 가까워졌으니 이 이상 물러나 본들 소용없겠지.

우리는 광장 한쪽에 서 있었다. 광장을 둘러싸듯이 노점이 늘어섰고, 그 뒤로 조금 돌아가면 노점에서 사 온 음식을 든 사람들이 앉거나 벽에 기대 서 있었다. 축제가 좀 더 가까워지면 테이블과 의자가 일제히 늘어서겠지만 지금은 아직 여러 물건이 잡다하게 쌓여 있었다. 이런 상태인데도 노점을 여는 것은 노점 주인의 상인 정신이 투철하기 때문일까, 그만큼 수요가 있기 때문일까.

휴게소 대신으로 쓰는 장소에서 먹고 마시는 사람들 속에 섞여 카이드가 돌아오기를 기다렸다. 카이드는 이자도르가 있다면 괜찮겠다며 나를 맡기고 혼자서 골목길로 사라졌다. 그로부터 그렇게 긴 시간은 지나지 않았지만 아까부터 한 번도 모습을 보이지 않았기 때문에 어디로 갔는지는 전혀 모른다.

"애들은 좋겠네. 자기들 영웅은 지금 뒷골목에서 불량배나 찾는 중인데 말이야."

"……불량배?"

볼일이 있다는 것은 알았지만 그 내용까지는 모르는 나를 향해, 이자도르는 눈꼬리에 점이 난 왼쪽 눈을 살짝 가늘게 떴다.

"응. 해방제라고 해서 꼭 선량한 사람만 오진 않아. 그 녀석을 죽이고 싶어 하는 놈들 역시 잔뜩 몰려들지. 본인이 가서 그놈들을 미리 확인하고 파악해 두면 편하거든. 뭐, 그 녀석을 어떻게 하려면 꽤나 많은 사람이 필요하고, 그 정도 사람을 모으면 눈에 띌 수밖에 없으니까 그 전에 처리하는 거지. 정말이지 적으로 돌리고 싶지 않은 남자야."

"……보고만 받을 순 없나요?"

"물론 보고도 올리게 하지만, 카이드는 스스로가 해야 한다고 생각하지. 그리고 혼자 짊어져야 한다고 생각해. 영주 업무도, 원한도, 상처도, 희생도, 불평도, 불만도, 왕족 살해의 오명까지 전부."

왕족 살해.

이렇게 오늘 날씨를 말하듯이 아무렇지 않게 입에 담아도 될 말이 아니다. 더구나 차기 영주가 될 사람이라면 더더욱.

내 시선마저 아무렇지 않게 흘리고, 이자도르는 아무것도 아니라는 듯이 말을 이었다. 이자도르가 가리킨 곳에는 아까 본 아이들이 있었다.

"벌써 15년이나 지났는데 라이우스의 보화가 초래한 혼란은 여전한가……. 그분도 참 죄가 많아."

흘러간 시선은 영주 저택 쪽으로 향했다. 이곳에서는 상자처럼 생긴 건물밖에 안 보인다. 하지만 이자도르의 눈에는 과거에 그곳에 있었던 흰 건물이 비치는 것만 같았다.

광장을 빠져나간 바람이 노점의 지붕을 흔들고, 쓰레기를 날리고, 아이들의 손에서 꽃을 빼앗았다.

지나가는 바람에 휘말린 사람들이 무심코 눈을 감았다. 습기를 머금은 강한 바람은 비의 기운을 진하게 품고 있었다. 폭풍으로 발전하지 않으면 좋겠다며 구름 색을 확인했다.

이자도르는 머리가 헝클어지지 않도록 한 손으로 머리를 잡고 살며시 눈을 가늘게 떴다.

"너처럼 어린 세대는 모르겠구나. 과거, 라이우스에는 보화라고 불린 공주님이 있었어."

"······라이우스의 무성화 말이죠."

"어, 그 이름을 아는구나? 그래. 꽤나 독특한 케이스라 여전히 처형을 하는 게 옳았는지 말이 많아. 순수했다는 사람도 있고, 무지도 죄다, 희대의 악녀였다는 사람도 있지···. 전해지는 일화가 가장 뒤죽박죽인 분이야. 무척 아름다운 분이시기도 했고. 그렇기에 그때 살려 둬선 안 됐어. 카이드가 옳았어. 살려두면 반드시 어딘가의 누군가가 떠받들겠지. 만인에게 이익을 주는 정책이 없는 이상, 어딘가에서 불만이 나오기 마련이야. 그래서 불온의 상징이 될 존재가 남아 있었다면 그 시절 라이우스는 버티지 못했겠지. 민중은 이기적인 존재라 과거의 고통은 언젠가 잊어버려. 그러다 고통이 사라지고 상처가 나으면 다음에는 눈앞에 있는 불만 때문에 괴롭다고 소란을 피워. 그런 주제에 상처 자국을 보면 과거의 상처도 아프다고 울부짖지. 이쪽도 아프다. 저쪽도 아프다. 그러다 모든 통증이 사라지면, 이번에는 다른 사람의 상처가 아프다면서 위에 있는 사람을 공격해. 불만을 토할 수 있는 상대가 있다는 건 참 좋지. 아주 부러워. 불만을 들어주는 사람의 고통에는 무관심하니까 더 그렇지. 귀족은 아랫사람을 인간으로 생각하지 않는다고 분한 듯이 말하는 주제에 자기네들이야말로 귀족을 사람으로 생각 안 해. 귀족에게 고통 따위는 없다고, 자신들과 같은 일로 상처 입거나 슬퍼하지 않는다고 생각하니까 악질인 거야. 그것만으로도 약하다는 건 충분히 특권이고 약한 자들이야말로 특권 계급이야. 책임과 선택은 짊어지지도 않으면서 결과를 짊어지는 것에는 불만을 가져. 우는 소리를 하며 타인에게 달려드는 걸 용서받아. 부러운 일이지. 그들이 하면 불만이라 부르고, 우리가 하면 잔학하다고 규탄하니까. 스스로 주먹을 휘둘렀으면서, 손이 아프니 맞은 쪽에게 책임을 지라고 하며 돈을 요구하는데 그게 또 통해. 이거야말로 차별이야."

"……상징 아래 사람이 모이는 법이죠. 저도 주인님의 판단이 옳았다고 생각합니다."

"이런, 미안해. 얘기가 샜네. 그나저나 똑똑하구나. 지방 학교이긴 해도 역시 만년 수석이야."

이자도르가 아무렇지도 않게 꺼낸 이야기를 듣고 놀라지는 않았다. 그들처럼 지위가 있는 사람은 조사하지 않은 상대를 가까이 두지 않기 때문이다. 하물며 이런 위험한 화제를 고르는 상대에 관해 모를 리가 없다. 만난 적이 없어도 알고 있다.

이야기한 적도, 글을 나눈 적도 없는데 아무렇지 않게 대화를 즐기는 상대보다 훨씬 많은 정보를 알고 있는 것이다.

빤히 올려다보니 이자도르는 이번에야말로 한쪽 눈썹을 올리고 어라, 하는 얼굴을 했다.

"놀라지도 않는군. 대담하기까지 해. 그래, 나는 널 알아. 아마 너보다 더. 셜리 힌스. 15년 전 비 오는 날 천에 감싸여 길가 돌 위에 버려져 있었다지. 그 후 카이너의 고아원에서 자랐고. 학업은 늘 우수했지만, 운동은 좀 서툴려나? 우수한 학업 성적 덕에 입양 제의도 많았지만 넌 모두 거절했어. 이 도시의 귀족뿐만 아니라 왕도에 사는 귀족에게도 제의가 왔었는데, 아까운 짓을 한 거 아니니?"

"수녀가 될 소녀를 양자로 삼아 보았자 보답해 드릴 수 있는 것은 아무것도 없습니다. 저를 양자로 삼아서 아깝다고 생각할 사람은 그분들입니다."

"대단하네. 여섯 살 때 쓴 작문 '장래희망'에 나온 목표가 지금까지 똑같은 건 정말 대단해. 어린아이라고는 생각할 수 없을 만큼 잘 썼는데도 상을 못 받은 건 내용이 희망적이지 않았기 때문이겠지. 그럼 카이너의 촌장이 자기 아들과 너를 결혼시키고 싶어 했던 건 알아? 아무래도 촌장 아들은 그렇게 똑똑하지는 않은 듯하니까 현명한 여성에게 주도권을 맡기고 싶었던 거겠지. 그래서 고아원 원장은 너를 여기로 보낸 거야."

분명 나는 눈살을 살짝 찌푸렸을 것이다. 이자도르가 이번에야말로 해냈다는 듯이 즐겁게 웃었다.

어쩐지 원장 선생님이 필사적이라고 생각했다. 수녀가 되는 것을 막으려는 것만이 이유는 아니었던 모양이다. 이곳에서 일하는 것이 결정되자마자 자세한 이야기를 들을 새도 없이 마치 야반도주를 하듯이 쫓겨났는데, 내가 수녀가 되지 못하면 당장이라도 죽을 것 같은 얼굴을 했었나 보다.

촌장의 아들…… 내 기억에는 매부리코에 난폭한 소년이었다. 진흙 덩어리를 던지거나 치마를 들치거나 머리를 잡아당긴 기억이 있다. 나뿐만 아니라 남녀 불문하고 웬만한 아이들은 같은 괴롭힘을 당했다. 체격이 좋고 남아돈다는 생각이 들 정도로 기운이 셌다. 그 기운으로 고아원 지붕을 고치기도 해서 나쁜 아이는 아니었던 것 같지만, 나중에 지붕을 부순 것도 그 아이였기 때문에 착한 아이도 아니었다는 생각이 든다.

하지만 지금은 나고 자란 마을의 촌장 아들도, 받아들일 리가 없는 그 사람과의 약혼 이야기는 아무래도 좋다.

"…………저를 조사해서 알아내신 게 있나요?"

"아니? 이상할 정도로 아무것도 안 나왔어. 하지만 널 조사한 건 나뿐만이 아니야. 널 고용할 때 카이드도 조사했겠지. 그리고 다리히나 와이퍼뿐만 아니라 왕도 분명 너를 조사했을 거야. 15년 동안 아무도 곁에 두지 않았던 라이우스 영주가 한 여자에게 관심을 줬거든."

나는 검지와 중지를 감싸 쥐고 바르게 펴고 있던 등에 더욱 힘을 실었다.

내게 어머님이 '귀족의 딸은 고개를 숙이고 싶어질 때야 말로 고개를 들어야 하는 생물이다.' 라고 가르쳐 주었었다. 하지만 고개를 들 수 없었다. 지금의 나는 귀족의 딸이 아니지만, 그 시절의 나였어도 고개를 숙이는 자신을 막지 못했으리라.

"라이우스는 너무 커. 그래서 15년 전에도 아무도 손을 대지 못했지. 왕은 손을 대지 않은 거지만. 이곳은 과거에 무공을 세운 장군과 결혼한 공주의 피가 이어진 땅이야. 그래서 전 영주의 뿌리를 따져 보면 왕족의 후손이 되지. 다른 영주는 왕족의 후손에게 손댈 수 없어. 다른 영주가 왕족의 피를 가진 자에게 손을 대면 왕에게 반의(叛意)가 있다는 여지를 줘. 라이우스가 너무나 막강한 권력을 가진 나머지, 왕은 라이우스 령을 해체할 생각을 했지. 그래서 손을 대지 않았던 거야. 다리히는 라이우스가 해체되면 자신이 그 땅을 하사받으리란 걸 알아서 전 영주의 행동을 부추기기까지 했어."

그렇다. 그래서 우리만의 낙원이 완성된 것이다. 그 누구도 제지하는 일 없이 순조롭게 완성된 낙원이 라이우스의 양분을 빼앗아 커져 갔다.

과거의 소원을 이룬 공주님. 사랑하는 사람과 부부가 된 당신의 피가, 당신이 사랑한 이 땅의 족쇄가 되었습니다. 당신의 자손인 저희가 족쇄가 되고 말았습니다.

공주의 피가 이 땅의 독이 된 것이다.

"이제 라이우스는 끝날 터였어. 다른 영주가 손댈 수 없는 이상, 라이우스의 영주를 물리칠 수 있고, 물리치는 반의를 허락받은 것은 라이우스의 영지민뿐이었기에 누구도 손을 못

대는 상황에 몰려 있었어. 그래서 설마 아주 옛날에 지방으로 쫓겨 간 약소 귀족이 기어오르리라고는 누구도 생각하지 않았어. 더구나 유행병으로 일족이 끊긴 열네 살 어린아이가 영주를 물어뜯으리라고 그 누가 생각했을까. 하지만 카이드는 해냈어. 일족이 이미 멸족했다고는 하나 들키면 그를 따르는 모든 사람과 그 가족뿐만 아니라 자칫하면 관련된 마을이나 도시, 그저 지나쳤을 뿐인 집락조차도 불탈 수 있는 위험을 무릅쓰고 용케 해냈어. 카이드가 마지막 반역자였어. 카이드를 놓치면 그 누가 나선다 해도 늦고, 카이드가 죽었다면 그 누구도 라이우스를 바로 세울 수 없었을 거야. 민중의 반의를 철저하게 꺾는 본보기는 가혹하면 가혹할수록 좋아. 카이드는 그걸 알았어. 그래서 절대로 실패할 리 없었던 거야."

"…………네."

"지금도 선명히 기억해. 나와 네 살 차이밖에 안 나는 그 녀석은 이미 완전히 어른 같은 얼굴을 하고 있었어. 영지민의 목숨에 라이우스의 미래와 왕족 살해까지. 아직 작았던 어깨에 그 모든 것을 짊어지고 영주가 됐어. ……우리 아버지는 말이지, 그 녀석이 불쌍하다고 했어. 영지민이 빼앗긴 것을 되찾기 위해 더럽힌 그 녀석의 손에는 돌아오는 것 하나 없다고. 그렇게 말하고 아버지는 카이드의 후견인이 됐어. 원래 기미는 그렇게 큰 영지가 아냐. 그래서 분할된 라이우스를 받아도 유지해 나갈 수가 없었지. 힘에 겨울 게 눈에 보여서 라이우스가 무너지면 곤란했어."

몸은 점점 차가워져 가는데 머릿속에서는 열기가 빙글빙글 소용돌이를 쳤다.

이미 저지른 죄가 너무 무거워서 분명 지옥에조차 가기 힘들 것이다. 그래서 나는 여기 있는 것이리라.

아아, 적어도 부모님과 조부모님은 지옥에 갔기를 바란다. 씻을 길 없는 죄는 모두 내가 가지고 갈 테니까, 그러니까 부디 지옥에서 벌을 받고 속죄해서 언젠가 선조님의 곁으로 가기를 바란다.

우리 앞에서 부모님의 손을 잡고 다리를 공중에 띄운 어린아이가 웃었다. 어깨동무를 한 소년들이 달려나가고, 볼이 발그레한 남녀가 잡은 손을 한 번 풀더니 깍지를 꼈다. 그리고 눈을 마주치고는 부끄러운 듯이, 하지만 싱글거리며 웃는 모습이 매우 눈부셨다.

"그 녀석이 결혼하지 않는 건 영주 자리를 세습하지 않기 위해서야. 세습한 결과가 이전의 라이우스였으니 다음에는 이름만 물려줄 거라나. ……그걸 구실 삼아 줄곧 혼자 살려는 거야. 가진 것 하나 없으면서 모든 걸 내어 줄 셈이지. 자길 친구라고 부르는 내 앞에서 태연하게. 정말 너무하지 않아?"

하늘을 바라본 이자도르와 반대로 나는 땅을 응시했다.

"라이우스는 카이드에게서 빼앗고, 아무것도 주지 않고, 갚지도 않아. 하지만 카이드는 앞으로도 계속 영주로 살아갈 생각이야. 참 현명한 영주지. 카이드는 라이우스의 순종적인 노예야. 자신은 아무것도 못 얻는다는 걸 알면서도 바라는 것 없이 썩어갈 생각이니까. 영주가 될 수 있는 건 사람이 아닌 자. 그게 조건이라면 카이드는 영주가 되기 충분해."

나는 손가락 두 개를 꺾듯이 쥐고 입술을 깨물었다.

"…………제가 어쩌길 바라시는 거죠?"

고개를 숙인 내 발치에 그림자가 졌다. 이자도르가 나를 보고 있음을 알 수 있었다. 얼굴을 들어야 하는데 내 시선은 깔끔하게 깔린 포석에 못 박혔다. 과거에 이 길을 맨발로 걸었었다. 지금은 깔끔하고 고르게 깔려 있지만, 내가 걸었던 길은 돌이 뜨고, 빠지고, 구멍이 뚫린 더러운 길이었다. 돌이 빠진 곳에 발이 걸려 벗겨진 신발을 두고 죽음으로 이어지는 길을 걸었다.

"너를 철저하게 조사한 건 말이지. 네가 카이드를 흔들어서야. 15년간 목석같던 카이드를 흔들었어. 메이드와 시찰을 오다니 전대미문의 사건이야."

"…………지금까지 몇 번이나 있었던 일입니다. 조사가 부족하신 게 아닌가요?"

"그땐 부하에 메이드도 몇 명이 함께였지. 단둘이서 내려간 건 처음이야. 직접 눈으로 보고도 믿기지가 않아. 색이라도 밝혔으면 그나마 나았을 텐데, 그렇지도 않은 모양이야. 자, 그렇다면 네 정체는 대체 뭐지? 궁금해 죽겠어. 그 카이드를 어떻게 흔들었지? 과거에 너희가 만난 적도 없었을 텐데. 네가 카이너 밖으로 나온 건 이번이 처음이고, 카이드도 그런 시골에 볼일도 없이 갈 만큼 한가하지는 않아. 그렇다는 건 고작 한 달 새에? 설사 운명적인 상대라 해도 너무 짧지. 첫눈에 반했다 해도 노력과 시간을 들이지 않으면 신뢰할 수 없어. 네 매력에 빠졌다는 설도 미안하지만 마찬가지로 믿을 수 없어. 가령 네가 카이드의 취향에 정확히 들어맞았다면 카이드는 오히려 너를 가까이하지 않았을 거야. 그럼 네 정체는 대체 뭘까? 너의 무엇이 카이드를 흔들었지? 길다면 길고 짧다면 짧은 한 달. 그런 말은 그 고지식한 녀석에게는 안 통하는 얘기야. 그 녀석이 상대라면 1년이 걸려도 놀랄 일은 아니니까."

나는 거의 부러뜨릴 기세로 쥔 손가락을 버팀목 삼아 얼굴을 들었다. 이자도르는 생각했던 것보다 가까이에 있었다. 눈꼬리의 점이 보였다. 역광이 진 그 얼굴에서 올라간 입가만은 똑똑히 보였다.

"너희를 만나기 전에 친한 사용인을 포섭해 얘기를 들어봤는데, 이렇다 할 뭔가가 있는 것도 아닌 듯했어. 정말 기묘하지 않아? 너는 다른 메이드와 같이 일을 하고 있을 뿐이야. 오히려 네가 카이드와 거리를 두려 한다고도 하더군. 그런데 카이드는 왜 네게 관심을 줄까?"

이자도르가 나를 탐색하고 있다. 나를 파악하려 하는 것치고는 아주 날카롭다. 하지만 내 비밀을 파헤치려는 것일 텐데 날 추궁한다기보다는 놀리는 것처럼 느껴진다. 그건 내가 비굴하기 때문일까.

"사실이 아닌 일에는 답변하기 어렵습니다."

"아니, 사실이야. 당사자들은 알아차리지 못한 건가…….
너희를 만나 보고 확신했어. 아무리 카이드라도 일을 마친 저
택에서, 거기다 나라는 손님을 앞에 두고 기껏해야 술이 오는
게 늦는다는 이유만으로 직접 가지러 갈까? 심부름이 늦는다
고 화를 내는 성격도 아닌데 말이야. 그리고 시선을 그렇게나
돌리면서 말은 잘해. 너는 카이드의 등을, 카이드는 네 등을
늘 좇고 있는 주제에 아무것도 아니라는 말이 통할 거 같아?
미안하지만 이건 카이드에게 말해야겠어. 다른 영주가 오기
전에 고쳐야 하거든."

나는 지적을 받고 나서 비로소 깨달았다. 그렇게나 카이드를
바라보고 있었던 건가. ……그래, 보고 있었을지도 모르겠다.

입술을 꽉 깨물었다. 차라리 입술이 찢어져 피가 나오면 좋
을 텐데 떨리는 입가에는 그럴만한 힘조차 실리지 않았다.

한데 묶은 흑발이 흔들리는 모습을, 태양보다 부드럽게 흔
들리는 금빛 눈동자를, 훌쩍 자란 키를, 시냇가에서 꼬고 있
던 다리를, 과거에 잡았던 그 손을.

분명 보고 있었다. 지난날 사랑했던 사람을, 처음으로 사랑
했던 그 사람을, 보고 있었다. 분명 보고 있었다. 줄곧, 줄곧
보고 있었다.

예나 지금이나 계속 보아왔다.

당신을 사랑했으니까.

"넌 대체 뭘까. 너는 카이드에게 무엇이 되어 줄 수 있지?"

"……저는, 모르는……."

"너는 내 친구를 저주에서 풀어줄 사람일까?"

"잘 모르겠습니다."

이자도르는 싱긋 웃더니 긴 손가락으로 내 턱을 잡았다. 강제로 올라간 턱이 아파서 얼굴을 희미하게 일그러뜨리며 다가오는 이자도르의 얼굴을 올려다보았다.

"그게 아니라 해도 책망하진 않아. 영주가 아니라 개인으로서 살아갈 희망이 보였다면 충분하지. 하지만 상처를 주는 것만은 용서 못 해. 그 녀석에게 더는 짐을 지울 수 없어. 단순히 그 녀석을 동경하는 거라면 지금 당장 떠나. 마지막까지 함께할 각오가 없다면 상처를 주기 전에 손 떼. 그 녀석이라고 상처 입지 않을 것 같나? ……늑대 영주는 무슨. 너희는 힘의 상징이랍시고 그렇게 부르겠지만, 늑대는 무리 짓는 동물이야. 그런데도 그 녀석 혼자만 앞에 내세우면서 무거운 짐을 지우는 거냐? 무리에서 쫓아낸 주제에 기생하는 해충들이 떠들긴."

"이자도르 님은 영지민을…… 아니, 평민을 싫어하시나요?"

라이우스 이야기민을 하고 있는 것은 분명 아니다.

여성이 좋아하는 잘생긴 얼굴이 돌변했다. 말투뿐만 아니라 얼굴까지 번쩍이는 게 마치 칼날 같았다.

"그럼 좋아하는 줄 알았나? 사실 단순히 약한 건 어쩔 수 없어. 자신이 어찌할 수 없는 연약함까지 뭐라고 하지는 않아. 하지만 연약함을 무기 삼아 귀족 출신을 비난하는 무리를 어떻게 좋아하란 거지? 약자는 죄인이 아니야. 하지만 그렇다면 강자는 죄인인가? 강자는 자신의 것을 빼앗겨도 기뻐해야만 하는 건가? 자신의 힘을 타인을 위해 쓰지 않으면 죄인인가? 자신의 힘을 스스로를 위해 쓰면 오만한 건가? 내 친구를 제물로 삼아 구원받는 꼴을 축복하고, 서로 기뻐하는 모습을 보고 흐뭇하게 생각할 줄 알았어? 그걸 귀족의 의무라고 부르고, 한 사람의 인생을 발판 삼아 살아가면서 그건 희생이라고 부르지 않는 건가? 나는 카이드처럼 착한 사람이 아니고 그만큼 관대하지도 않아."

미소 짓는다고 표현하기에는 너무나도 엄숙한 표정이다. 이 자도르처럼 평민을 싫어하는 귀족을 본 게 이번이 처음은 아니었다. 그래서 두렵지는 않았지만 괴로웠다.

그들은 평민을 싫어한다. 업신여기는 것이 아니다. 싫어하는 것이다.

태어났을 때부터 정해진, 남 위에 서는 자리에 앉는다. 제대로 해내지 못하면 그 앞에는 죽음이 기다리고 있을지도 모른다. 내 가족들처럼 악행의 끝을 보지 않아도, 내 행동이 단지 시대의 흐름에 따른 것이었다 해도 그 시대, 그 순간에 영지민이 허락하지 않으면 죄인 것이다. 무지도, 무능도, 무력도, 귀족인 것만으로도 죄가 된다.

교체로 끝나면 다행이다. 추방으로 끝나는 것 역시 괜찮다. 유배를 당해도 목숨은 건질 수 있다.

우리처럼 처형된 사람도 있었다. 우리는 정당한 심판을 받

앗을 뿐이지만, 개중에는 착한 사람도 있었다. 올바른 사람
도, 평범한 사람도, 지위를 악용하지 않고, 돈을 빼앗지 않고,
토지를 몰수하지 않고, 여자를 범하지 않고, 사람을 죽이지
않는. 그렇게 평범하고 선량하게 살아온 사람도 있었다. 물
론 공적이나 위대한 업적을 남길 수 있는 사람은 아니었으리
라. 다만 힘이 미치지 못했고, 앞을 내다보지 못했으며, 기근
을 극복하지 못했을 뿐이다. 가뭄을 버티지 못하고, 유행병을
막지 못하고, 날뛰는 도적단을 잡지 못했으며, 다른 영지처럼
부유해지지 못했다.

　나쁘지는 않았다.

　그저 뛰어나지도 않았을 뿐이다.

　귀족으로 태어나지만 않았더라면, 남의 위에 서는 자리에
태어나지만 않았더라면 소소한 나날을 행복하게 생각하고 가
족의 작은 생업 정도는 지켰을 사람들. 분명 평범하고 다정한
아버지가 되었겠지만, 영주로서는 무능한 사람들.

　그 자리에 어울리는 사람이 아니었다. 그저 그 사실만으로
벌을 받았다.

　무언가를 해낼 능력이 없었다. 무언가에 관해 몰랐다. 그것
이 죽음으로 직결되었다. 영지민에게도 자신에게도.

　언젠가 자신을 죽일지도 모르는 사람들을 지키며 거듭 고통
을 겪는다.

　그것이 영주다.

"영지민은 영주를 고를 수 있지만 영주는 영지민을 고를 수 없어. 이만큼 불공평한 제도도 없지."

"그것만이 세상의 전부는 아닙니다. 강자와 약자가 서로를 착취하지 않는 세상도 있어요."

"글쎄, 나는 모르겠는데. 그런 꿈같은 세상은 이야기 속에 존재할 뿐이야. 카이드도 알아. 알면서도 그 녀석은 계속 영주로 있는 거야. 그 녀석의 뜻이 그렇다면 지지해주는 게 친구의 의무지. 그러니 그걸 방해한다면 용서 못 해."

턱을 잡는 손가락의 힘이 뼈에 박힐 듯이 강해졌다.

"넌 어느 쪽이지? 강자가 서로 먹고 먹히는 건 괜찮아. 하지만 약자로서 그 녀석의 족쇄가 될 거라면 당장 떠나."

나는 다가온 이자도르의 눈동자를 마주 바라보았다. 그곳에는 증오가 소용돌이치고 있었다. 평민이 싫으냐고 물은 질문에는 두루뭉술하게 대답했다. 이자도르는 증오하고 있다. 불평등을 증오하고 있다.

하지만 그것뿐만이 아니다. 걱정하고 있다. 친구를, 친구의 행선지를, 카이드의 행복을, 예전부터 변함없이 카이드를 염려하고 있었다.

나는 턱을 쥔 손을 만졌다.

"당신은 카이드와…… 헬트와 변함없이 사이가 좋군요."

이자도르가 겹쳐진 손을 보더니 불쾌함에 일그러져 있던 눈을 크게 떴다.

"죄송해요, 이자도르 님. 당신의 소중한 친구에게 내가 돌이

킬 수 없는 상처를 주고 말았어요. 당신의 말씀대로 저는 그 사람의 족쇄 그 자체예요."

이자도르의 손이 내 손안에서 힘을 잃고 축 늘어졌다. 마치 손에 힘을 주는 방법을 갑자기 잊어버린 것처럼.

"뭐, 라고?"

나는 내려가는 손을 양손으로 쥐었다.

"조금만 기다려 주시겠어요? ……분명 카이드도 알아요. 알면서도 서로 찾고 있는 거예요. 건넬 말과…… 두 번째로 헤어질 방법을."

옛날에 한 번 이자도르와 이렇게 손을 잡은 적이 있었다. 평민을 싫어하지도 않고, 아버지처럼 훌륭한 영주가 되겠다며 꿈이 가득한 빛나는 눈으로 올려봐 주었다.

언제부터 변하기 시작했을까. 15년은 길다. 누구에게든 긴 시간이었다. 과거는 변하지 않는다. 그 무엇이 변하고 사라진다 해도.

그 변하지 않는 과거에는 또 한 사람이 있었다.

"…………너희들, 뭐 하는 거야?"

그래, 당신이 있었다.

놀람과 당혹스러움이 뒤섞인 얼굴로 카이드가 서 있었다. 어색하게 든 손을 어떻게 해야 할지 고민하느라 우리가 보는 앞에서 잠시 허둥대더니, 결국 팔짱을 껴서 진정한 듯했다. 팔짱을 끼고 선 키 큰 남자의 모습은 지나가는 사람이 보면 단순히 길을 막은 것에 불과했다. 자연스레 사람이 피해갔다. 개중에는 반대편에 서 있는 우리에게 동정이 실린 시선을 보내는 사람도 있었다.

나는 이자도르에게서 손을 떼고 카이드를 향해 몸을 돌렸다. 그리고 깊숙이 인사했다.

"다녀오셨어요, 주인님."

"어어, 방금 막 돌아왔어……."

"결과는 어떠셨나요?"

"……이자도르가 뭐라고 했나 보군? 생각보다 늘지 않았어. 축제가 가깝다는 걸 감안하면 적은 편이라고 할 수 있겠지. 시비 거는 놈들은 경비에게 넘겼지. 그건 둘째치고…… 진짜 뭐하고 있었어?"

카이드가 나와 이자도르를 번갈아 바라봤는데, 이자도르 역시 나를 보고 있었기 때문에 카이드의 시선도 내 쪽에 못 박혔다.

나는 검지와 중지를 감싸 쥐고 잠시 생각했다.

"주인님이 얼마나 훌륭한 분이신지 듣고 있었습니다."

"야, 니 무슨 소리 했어."

날카로운 시선을 받은 이자도르는 입을 다물었다. 몇 번이고 나와 카이드를 오가던 시선이 결국 내게서 멈추었다. 내가 말없이 올려다보자 당황한 듯이 이자도르의 눈이 흔들렸다.

"아, 그게……."

"셜리, 이 녀석 말은 흘려들어. 믿을 소리 하나 없으니까."

"거짓말은, 안 했어."

시선을 내게 향한 채, 어떻게든 말을 쥐어짠 이자도르에게 카이드는 수상쩍은 얼굴을 했다. 그리고 나를 보았다.

"저도 거짓말은 하지 않았어요."

"아, 아니, 네 말이 진짜라는 건 알지."

하지만 아직까지 이해가 가지 않는지 우리를 번갈아 보는 카이드 앞으로 한 걸음 나섰다. 나는 놀란 얼굴로 나를 내려다보는 이를 올려다보며 웃었다. 이번에는 일그러진 경련은 느껴지지 않았다.

"거짓말은 이제 충분해요."

나는 이번에야말로 제대로 미소 지었을까.

말문이 막힌 카이드의 대답을 기다리지 않고 이어서 말했다.

"옛날에 심한 거짓말을 했어요."

"…………들은 게 아니라 했다고?"

내가 라이우스를 위해 할 수 있는 일은 분명 아무것도 없다.

하지만 라이우스를 지키는 이 사람을 위해 할 수 있는 것이 있다.

우리가 자신을 위해서 망가뜨린 이 땅을 구하고 계속 지켜나간다. 우리 뒤처리하기 위해서 살게 만든 이 사람을 위해서 할 수 있는 일은 분명 내 안에 있다.

내가 억지로 지운 무거운 짐을 돌려받아야 한다.

"저는 거짓말쟁이거든요."

나는 인사하는 자세 그대로 머리를 숙이고 이야기를 중단시켰다. 두 사람이 무언가 말하려 하는 듯했지만, 무례인 줄 알면서도 계속 머리를 숙였다.

부탁이니 조금만 더 기다려줘.

난 당신의 잘못을 당신에게 고할 것이다. 그리고 내가 한 거짓말을 당신에게 사과해야 한다. 사과할게. 꼭 사과할 테니까. 반드시 용기를 낼 테니까.

그러니 부디 조금만 더 기다려 줘. 아주 조금만 더 내게 시간을 줘.

깊이 내려앉은 침묵을 깬 것은 카이드였다.

"……우선 일부터 끝낼까."

불쑥 나온 말에 나는 숙였던 고개를 들었다. 이자도르는 의미 없이 양손을 들더니 가슴 앞에서 흔들고 있었다. 흔든다기보다 손을 둘 곳이 없이 무언가를 안지 못한 채, 흩어버리고 있는 것처럼도 보였다. 어쩐지 작은 춤으로도 보이는 움직임을 보고 카이드가 한쪽 눈썹을 올렸다.

"뭐야, 이자도르."

"아, 아니…… 닌 이민 돌아갈래."

"멋대로 따라와 놓고 너……. 오늘은 짐을 옮길 예정은 없어."

"어? 아, 아아, 짐 옮기는 건 싫어."

말하면서도 이자도르는 뒷걸음질을 쳤다.

"……카이드, 나중에 얘기 좀 하자."

"우연인걸, 나도 할 얘기가 있는데. ……너 안색이 안 좋아, 왜 그래?"

"나중에, 나중에 얘기해. 나는 일단 저택으로 돌아가지."

"내 저택에 말이야."

"그래, 네 저택……으로, 돌아갈…… 가겠사, 오니, 나중에 말씀드리겠…….."

"……너 진짜 왜 그래?"

횡설수설하며 나와 카이드를 번갈아 보는 이자도르를 보고 있자니 걱정이 될 만큼 안색이 나빴다. 오늘은 하루 종일 누군 가와 번갈아 보기 바쁜 날인 것 같다.

이자도르는 번쩍 들었던 얼굴을 푹 숙이더니 곧장 달려나갔 다. 순식간에 멀어져 가는 등을 멍하니 바라본 카이드는 뭐라 말할 수 없는 눈으로 나를 내려다보았다.

"…………무슨 말이라도 했나?"

"…………질문에 질문으로 대답해 죄송하지만, 저도 질문 을 하나 드려도 될까요?"

"……그래."

분명 카이드에게 그렇게까지 완고하게 숨길 필요도 없는 일 이고, 오히려 이자도르에게는 내가 직접 알렸다고 할 수 있으리 라. 실제로도 그렇고. 하지만 이자도르가 그렇게까지 내 정체 에 관해 확신을 가질 수 있었던 이유가 무엇인지 신경 쓰인다.

분명 우리는 서로 알고 있다. 알고 있다는 사실도 안다. 하지 만 직접 말로 꺼내는 건 처음이라 입이 생각보다 잘 움직이지 않았다.

"제게 어딘가…… 눈에 띄는 특징이 있나요?"

카이드는 눈을 깜빡였다. 그리고 무언가 말하려고 입을 벌리려다가 갑자기 한 손으로 입을 가리더니 신음했다. 결국 카이드의 입에서 나온 것은 깊은 한숨이었다.

"……눈동자…… 눈동자가 당신이란 사실을 드러내니까요."

카이드의 금빛 눈동자가 원망하듯이 나를 바라보더니 말투를 바꾸어 작은 한숨을 내쉬는 것처럼 중얼거렸다. 아아, 확실히 내 눈동자만큼은 그때와 같다. 하지만 눈동자는 바꿀 길이 없으니 그렇다 쳐도 다른 부분은 모조리 바뀌었을 텐데.

고개를 갸웃거리며 생각에 잠기자, 어딘가 토라진 듯하면서도 침착한, 뭐라 말할 수 없는 얼굴을 하고 여전히 달라진 말투로 말을 이었다.

"…………당신이 먼저 말을 꺼내기로 마음먹을 때까지 기다렸는데 아무리 이자도르라고는 해도 남한테 먼저 털어놓다니, 자꾸 그러시면 저도 생각이 있습니다."

"당신의 이름을…… 꺼냈을 뿐이에요."

"그것만으로도 그 녀석이 그런 반응을 보이다니. 그렇단 말이지, 그것만으로……"

나를 빤히 바라보는 금빛 눈동자에서 천천히 시선을 돌렸다. 급하게 돌리면 좇아올 것 같았기 때문이다. 그가 늑대라고 불리는 이유를 조금은 알 수 있었다. 등을 보이면 추격당할 것 같아서 시선을 마주한 채 슬금슬금 뒤로 물러섰다.

피해 봐도 여전히 쏘아보는 시선이 느껴졌다.

나도 알아. 알고 있어. 카이드가 이미 눈치챘다는 것도 알아.

그래도 조금 더 기다려줘. 아직 할 말을 하나도 정리하지 못했어. 15년이라는 시간이 있었는데 왜 멍청하게 이러느냐고 스스로도 생각했다. 결국 나는 할 말을 정리할 용기조차 모으지 못한 바보였던 것이다.

나는 저택에 일하러 들어왔을 때 배운 방법을 썼다. 즉시 머리를 숙여 얼굴을 숨기는, 힐다 씨가 직접 전해 준 방법이다. 웃음이 나오는 것을 숨기고자 배운 방법이었지만 다른 분야에서도 활약이 대단했다.

메이드장 대리를 맡은 수완가 메이드의 기술에 카이드가 한숨을 내쉬었다.

"일을 마치러 가자."

"알겠습니다."

한 달 동안 이어져 온 연극은 우리 사이에 흐르던 분위기를 바꿔 주었다.

카이드는 주로 사람의 흐름을 보고 있는 듯했다. 순찰대의 움직임을 보고 지도에 표시를 하고는 무언가를 적어 갔다. 내가 말없이 올려다보고 있으니 시선을 눈치채고 쓴웃음을 지었다.

"나는 머리가 안 좋아서 말이야. 직접 내 눈으로 봐야 머리에 들어와. 이래서야 터무니없는 지시에 따라야 하는 현장이 불쌍하군."

붕괴 직전의 라이우스를 열네 살에 다시 세운 사람은 자조적인 느낌도 없이 그렇게 말했다. 분명 진심이리라.

카이드의 머리가 나쁠 리가 없다. 그만큼 힘들어서 필사적으로 몸부림쳤겠지. 혼란스러운 라이우스에서 적과 아군을 판별하는 것은 무엇보다 어려웠을 것이다.

이렇게 한차례 무너진 영지를 다시 세운 예는 어디에도 없다. 내가 힐다 씨에게 배운 방법도, 사무아가 팀에게 가르쳐 주겠다고 의욕을 보였던 요령 따위는 아무것도 아니다. 전 사람이 남긴 지혜는커녕 관련 사례조차 없는 사건들 속에서 목숨을 위협받으며 라이우스를 되살린 것이다.

카이드는 내가 아무것도 모른 채 느긋하게 보냈던 시절과 같은 날을 보낸 적이 없다.

하물며 집사와 메이드도 교대를 하건만, 카이드는 누구와도 교대하지 않는다. 밤에도 늘 불빛이 꺼지지 않고, 아침이면 이미 옷을 갈아입고 업무를 보고 있다. 책상에 너무 오래 앉아 있는 거 아니냐고 집사장이 말하면 인정하나 싶다가도 검술 훈련을 하러 갔다.

하루도 쉬지 않고 삐짐없이.

독을 마신 다음 날마저도.

전부 혼자서 하지 않아도 된다. 전부 혼자서 지키지 않아도 되고, 전부 혼자서 버리지 않아도 된다. 누군가와 함께 지켜도 된다. 누군가에게 어리광을 부려도 된다. 물론, 이자도르가 말했듯이 영주로서의 바람직한 자세라는 것이 분명히 있다. 영주로서 가져야 할 올바름이라는 것이 이 세상에는 존재한다. 이상이라고 불리는 모습, 영지민이 상상하는 모습, 이렇게 되었으면 하고 바라는 소망을 한데 모아 만든, 보통 사람은 도저히 따라할 수 없는 모습. 그런 영주로서의 올바른 모습이라는 것이 확실히 존재한다.

하지만 그 모습을 따라가지 못한다 한들 그것이 카이드를 죽일 이유가 되지는 않는다.

누구도 카이드가 그런다고 해서 비난하지 않는다. 그렇게 생각할 수는 없는 것일까. 그토록 자신을 깎아 내고, 억누르기까지 했는데도 아직 부족하다며 남들이 바라는 모습을 따르듯이 스스로를 깎아 낸다. 누군가가 이제는 충분하다고 말해도 계속 자신을 깎는다.

그것은 자만이 아니라면 내 탓이지 않을까.

검지와 중지를 감싸 쥐고 올려다본 시야 끝에서 금빛 눈동자가 묘한 얼굴을 했다.

그 얼굴을 올려다보면 내 감정이 점점 배어 나온다. 아까 눈동자에 내가 비친다는 말을 들은 지 얼마 안 됐다. 내 가슴에서 솟아오르는 감정을 들키고 싶지 않아서 영주를 수행하는 메이드의 입장을 구실 삼아 고개를 숙였다.

쓴웃음을 짓는 듯한 기척은 있었지만 그 이상 따지지 않은 카이드에게 감사했다.

"어라, 주인님 아니십니까."

얼이 빠진 듯도 하고 느긋하면서 맥이 빠진 듯한, 뭐라 표현하기 힘든, 예를 들자면 평화라는 단어가 가장 어울릴 것 같은 목소리가 뒤에서 들려왔다.

목소리보다도 더 귀에 꽂히는 이 말투를 들은 적이 있었다.

"세실?"

카이드는 몸을 돌리지 않은 채, 여전히 심각한 얼굴로 지도에 무언가를 적고 있었다. 딱히 기분이 나쁜 것은 아니다. 아마 눈이 뻑뻑한 것이리라. 카이드는 눈시울을 비비며 두통을 참듯이 미간에 주름을 짓고 있었다. 안 그래도 바쁜데 지금은 축제를 앞두고 바쁜 상황이 극에 달한 상황이다. 그런 가운데 수면 부족도 극에 달했으니 오늘 정도는 저택에서 쉬어도 될 텐데.

"다 끝났나?"

"물론이죠, 올해도 회심의 역작이 완성됐답니다."

"그걸 걱정한 게 아니야. 축제 무대그림 말이야."

"으윽!"

"너 진짜…… 아침마다 캐롤리나가 사과하러 오는 거 알아……?"

"으윽…….

"무대 장식 책임자의 얼굴도 하루가 다르게 새파래지고 있으니까 빨리 좀 그려 줘."

웃을 때 눈꼬리에 약간 주름이 생기는 이 사람은 세실 폭스.

캐롤의 남편이다.

캐롤과 도망치기 전부터 이따금 귀족 저택에 불려가 그림을 그리던 화가였지만, 지금은 상당히 유명한 화가가 된 모양이다. 다만 예술가에게 기질이라 내키지 않을 땐 붓이 무척 느리다던가.

그렇구나, 무대의 비어 있던 벽 부분은 이 사람의 그림이 들어갈 곳이었던 거구나. ……굉장히 넓던데 괜찮을까.

기분 좋게 작업하는 것 같으니 상관은 없지만 되도록이면 캐롤에게 걱정을 안 끼쳤으면, 하고 바라며 뒤에 서 있는데 갑자기 치맛자락이 둥실 떠올랐다. 바람으로는 움직이는 게 불가능한 특정 부분만이 떠오르더니 다리와 치마 사이 틈으로 바람이 지나가는 감각에 무심코 짧은 비명을 질렀다.

내 비명에 카이드가 튕기듯이 고개를 돌렸다. 그리고 험상궂은 시선을 발치로 향하더니 이내 날카로운 표정을 풀었다.

"아델."

"안녕하세요, 주인님! 잘 지내고 계신가요! 그리고 이 사람은 누구예요?"

"그래, 안녕. 잘 지내기야 한다만 다른 사람이 놀라니까 우선 그 손 좀 떼 줄래?"

"아델, 넌 왜 자꾸 사람 옷을 잡아당기니."

내 치마를 쥐고 위아래로 흔들었다가 잡아당기는 의문의 행동을 한 사람은 열 살쯤 됨직한 여자아이였다. 귀엽게 주근깨가 난 볼에 두 갈래로 딴 머리. 머리에는 옆에 리본이 달린 귀여운 모자를 썼다.

누군가와 닮은 소녀는 새침한 얼굴로 검지를 세웠다.

"옆으로 잡아당기면 알아챌 때까지 시간이 걸리지만, 아래로 잡아당기면 바로 알아채잖아?"

"고작 1초 차이로 사람을 놀라게 하면 못써. 죄송합니다…… 그…… ."

"주인님 직속 메이드인 셜리 힌스라고 합니다. 메이드장께는 항상 신세 지고 있습니다."

"그랬군요. 전 세실 폭스라고 해요. 이 애는 제 딸인 아델입니다."

역시. 세실이 소개한 여자아이는 캐롤을 똑 닮은 얼굴을 빛내며 치마 자락을 잡은 채 꾸벅 인사했다.

캐롤과는 다 큰 다음에 만났지만, 어릴 때는 이런 모습이었겠다고 생각하니 너무나도 사랑스러웠다.

"예뻐라…… 귀여워…… ."

무심코 입을 움직이면서 악수하려고 손을 내밀자, 아델이 탁 쳐 냈다. 내가 놀라서 눈을 휘둥그레 뜨자 아델은 작은 입술을 뾰족하게 내밀고 고개를 돌렸다.

"내가 엄마를 닮아서 귀엽단 소린 이제 질렸어. 나는 나로서 귀여워! 내가 귀여운 거라고!"

"뭐, 넌 얼굴도 성격도 확실히 엄마를 빼닮았지. 딸이 거듭 실례를 드렸네요. 죄송합니다, 셜리 씨."

"아뇨…… 저야말로 실례했습니다."

나는 머리를 숙이고 사죄한 후, 아델이 뿌리친 손을 빤히 쳐다보았다.

"……미움을 샀나 봐요."

"아, 저기…… 점심이라도 먹을까?"

어깨를 축 늘어뜨리고 손을 빤히 보고 있는 내게 할 효과적인 위로의 말을 찾지 못한 카이드는 노점을 빙글 둘러보았다.

"출발하기 전에 먹었습니다."

외출하니 미리 배를 채워 놓으라고 지시한 것은 카이드인데 설마 잊어버린 것일까.

그런 생각을 담아 올려다보자 카이드는 아무렇지 않게 말했다.

"그것과 이것을 합쳐 양이 딱 맞을 거라고 생각했는데, 예상이 맞았군. 원망할 거면 평소보다 더 먹지 않은 자신을 원망해."

방금 세실처럼 으윽 하는 목소리가 나올 뻔했다. 그래서 옷을 갈아입는 김에 식사를 하고 오라고 거듭 말했구나. 시내로 내려가는데 식사를 하고 가느냐고 다들 이상하게 여겼다. 이럴 줄 알았다면 빵은 먹지 말고 왔어야 했다.

나는 속아 넘어간 기분이 들어서 카이드를 원망스럽게 올려다보는데, 그 모습을 즐겁게 내려다보던 카이드가 문득 먼 곳으로 시선을 향했다. 왠지 저쪽이 소란스러웠다.

"잠깐 보고 오지. 세실, 셜리를 부탁해."

카이드는 말을 끝내자마자 검을 차고 잰걸음으로 떠났다.

아냐. 그러면 안 돼, 카이드. 순식간에 인파 속으로 사라진 등을 보고 한숨이 새어 나왔다. 그러면 안 돼, 카이드. 당신은 영주니까 거기에는 메이드를 보내고 네가 여기에 있어야 한다고.

그렇게 생각한 것은 나뿐만이 아니었는지 세실도 머리를 긁적이며 쓴웃음을 지었다.

"저분도 참 여전하시네. 내가 가도 됐는데."

"저기, 진짜 평범한 메이드 맞아? 그 목걸이, 카이드 님이 주신 거 아냐?"

아델은 치마를 올렸다 내리는 독특한 행동을 고칠 생각이 없나 보다. 두둥실 떠오르는 감촉에 반사적으로 치마를 누르고 말았다. 아델이 작은 손가락으로 가리킨 곳에는 아까 재스민에게 받은 목걸이의 푸른 꽃 모양 장식이 흔들리고 있었다.

아델이 여전히 치마를 잡아당기는 바람에 다리를 구부려 웅크리고 앉았다.

"아니, 룸메이트 분이 주셨어. 재스민이라는 무척 착한 분이야."

"그래, 그 이름 캐롤리나에게 들은 적이 있어. 옛날의 자신을 보는 것 같다면서 쓴웃음을 지었지."

"엄마랑 비슷하다고?"

물끄러미 목걸이를 쳐다보는 작은 머리와 커다란 눈이 귀여워서 입가가 풀어졌다. 이런 말을 하면 화를 낼지도 모르지만, 역시 캐롤과 닮아서 귀엽다.

"그 꽃 귀엽다. 무슨 꽃이야?"

"히아신스."

"오오, 멋지군요."

세실이 불쑥 목걸이를 들여다보더니 색을 확인하고 부드럽게 웃으며 그리 말했다. 역시 화가다. 그림을 그릴 때 배경에 넣는 꽃의 꽃말에는 박식한 듯했다. 이 자리에서 혼자만 꽃말을 모르는 아델은 뭐가 멋진 거냐며 세실의 바짓가랑이를 잡아당겼다. 온 힘을 다해 잡아당기는지 바지가 벗겨질 것 같았다.

양손으로 바지를 잡으면서 세실이 몸을 구부려 뜻을 가르쳐 주자 아델은 갑자기 흥미를 잃고 지금까지 힘껏 잡아당기던 바지를 불쑥 놓았다. 세실은 풀려났지만 멋지게 엉덩방아를 찧었다.

땅바닥에 넘어진 아버지에게는 눈길도 주지 않고 아델은 작은 손을 꼭 쥐었다.

"내가 카이드 님을 생각하는 마음이랑 똑같네!"

무심코 눈을 동그랗게 떴다.

세실은 아이고야, 하고 맥 빠진 소리를 내면서 같은 말투로 이어서 말했다.

"아빠 생각에 그 마음은 못 이룰 것 같은데."

아버지의 느긋한 반대에 아델의 눈이 치켜 올라갔다. 상당히 되바라지고 앙칼진 여자아이다. 어쩌면 캐롤보다도 더.

"아빠도 엄마랑 사랑의 도피 했잖아."

"그래서 그런 거야. 영주님은 안 돼."

"……할아버지랑 할머니는 힘내라고 했어. 포기 안 하면 기회가 있을 거랬어. 카이드 님, 결혼 안 했으니까."

"으음, 그분들은 권력을 좋아하시거든."

"왜 못 이룬다는 건데? 내가 어려서 그래? 하지만 금방 클 거야. 공부도 학교에서 1등이라고."

"안 돼. 난 너를 사랑하니까."

무슨 뜻인지 모르겠다며 아델의 기분은 차츰 나빠져 갔다. 세실은 바지에서 흙을 털고 아델 앞에 웅크려 앉았다.

"영주님은 있지, 이미 마음에 둔 상대가 있으셔. 만약 네가 영주님과 결혼을 해도 널 특별하게 여기지 않으실 거야. 영주님은 평생의 사랑을 잃으셨거든."

"차였어?"

"글쎄다……. 아빠는 잘 모르겠구나. 변하는 게 나쁜 건 아냐. 한 번 한 맹세를 어기는 것도 반드시 나쁘다고는 못 해. 사람이 살아가려면 때로는 잊기도 해야 한단다. 하지만 영주님은 자신이 변하는 것도, 용서받는 것도 용납 못 하셔. 영주님을 구원하려면 기적이 필요하지……. 그래, 이 세상은 우리가 생각지도 못한 일들로 가득해. 그렇다면 이 아빠는 어떤 아름다운 기적보다도 다정한 기적이 일어났으면 좋겠구나."

눈을 가늘게 뜨고 먼 곳을 바라보는 아버지를 보며 소녀는 볼을 부풀렸다.

"무슨 소린지 잘 모르겠어."

"전부 이해할 필요는 없단다."

"안 돼! 듣는 사람이 이해를 못 하면 설명이 안 되잖아! 그러면 점수를 못 받아."

"하하하, 아델은 철저하구나."

"아빠가 너무 대충인 거야. 그래서 오늘도 양말을 짝짝이로 신었잖아!"

"한쪽이 없었어."

"거짓말, 내가 어제 옷장에 넣었단 말이야."

"아델은 집안일을 잘해서 참 장해."

"아빠가 너무 못하는 거겠지. 아빠가 만든 수프를 생각해
봐. 어떻게 만들면 그렇게 간이 세질 수 있어?"

"신기하지?"

길에서 아버지와 어린 딸이 웃음을 나눈다. 그 광경이 드문
것이 아니라 당연해 보였다.

따뜻한 세상이, 따뜻한 라이우스가 돌아온 것이다. ……아
니, 아니야. 그 사람이 이렇게 만든 거야.

하지만 이 세상 속에 그 사람이 없다니, 그래선 안 돼.

인파를 누비듯이 갈색 머리칼이 스르륵 나타났다. 저렇게 사
람이 붐비는데도 부딪치지 않고 지나가다니 대단하다. 능숙하
게 인파를 헤쳐 나가는 모습을 보면 이런 일에 익숙한 듯했다.

아델은 돌아온 카이드를 보고 뺨을 물들인 채 기쁜 듯이 서
있었다. 굉장하다, 굉장히 귀엽다.

"대낮부터 주정뱅이끼리 날뛰고 있어서 둘 다 순찰대에 넘
기고 왔어. 셜리, 미안하지만 조금 눈에 띄니 장소를 바꾸자.
그럼 가 보마, 세실, 아델."

"실례했습니다."

나는 황급히 머리를 숙이고 익숙한 갈색 머리칼을 따라갔다.

"사귀는 건 아닌가 봐. 손도 안 잡았잖아."

"역시 이해될 때까지 설명해 줄 걸 그랬구나."

뒤에서 그런 목소리가 들려왔다. 소동이 일으킨 웅성거림에 쫓기듯이 우리는 그 자리를 뒤로했다.

걸어가면서 먹는 데에 서툰 나 때문에, 우리는 작은 광장 분수에 앉아 식사를 마쳤다.

어떻게 다들 걸어가면서도 용케 입가에 음식을 안 묻히고 먹는 것일까. 어린아이마저 아장아장 걸어가면서 아무렇지 않게 음식을 먹는 모습을 보고 살짝 침울해졌다. 하지만 카이드는 이런 내 모습을 보고 화내지 않았고, 걸으면서 먹는 게 불편하면 앉아서 먹으면 된다고 간단히 결론을 내렸다. 그리고 보통은 앉아서 먹는다는 말까지 해 주었다. 아까는 노점에서 산 고기만두를 먹으며 잘도 걸었으면서.

"속에 뭘 넣은 거지?"

"예이, 후추라는 남쪽 향신료입니다요."

"맛있는걸."

"그렇죠? 제 눈은 틀림이 없다니까요. 다만 여자들은 너무 많이 넣었다고 불평합니다."

"그렇겠지, 많이 넣으면 맵겠어. 그래도 괜찮은걸. 후추라, 기억해 두지."

노점에서 그런 대화를 나누었다. 노점 주인은 좋은 옷차림을 한 손님이 새로운 향신료에 흥미를 보이자 기뻐하며 이것저것 알려주었고, 카이드는 그것을 끝까지 들었다. 남의 말을 잘 들어 주는 성격인 것이다. 주인은 말하기 편한 데다 기뻐 보였다.

카이드에게 이제 괜찮다고 하니, 한입에 먹을 수 있는 튀김 과자를 파는 노점에 줄을 서게 했다. 그럼 딱 한 입만 먹겠다고 하니, 통째로 주었다. 그러다 이 이상 먹었다간 탈이 나겠다 싶은 순간에 맞춰 그만두었다. 이것이 통찰력의 차이인 것일까, 아니면 단순히 카이드가 유별난 것일까.

카이드는 쓰레기를 한데 모아 쓰레기통에 넣고 왔다. 그리고 그건 내가 할 일이라며 노려보는 나의 눈을 피했다.

"자, 그럼. 확인할 건 다 했고 돌아갈 때까지 아직 시간이 좀 남았는데, 어디 가고 싶은 곳 있나?"

"있어요."

내 대답이 예상 밖이었는지 금빛 눈동자가 크게 뜨였다. 사실 스스로도 내가 이런 말을 할 줄 몰랐기 때문에 피차 마찬가지였다.

서로 멍하니 서 있는 광경을 옆에서 보면 엄청나게 한심해 보일 것이다. 하지만 입 밖으로 꺼낸 말은 주워 담을 수 없다. 아니, 주워 담을 필요도 없다.

조금 서두르자. 아직 축제까지 며칠이 남았다. 그동안 용기를 내서 할 말을 정리하고 그 사람에게 전하자.

그러려면 꼭 해 둬야 할 일이 있다. 그 사람에게 조금만 그 준비를 조금 도와 달라고 하자.

"그게…… 어디인지……?"

저도 모르게 바뀐 카이드의 말투에 살짝 웃고 말았다. 지금까지 살면서 가장 자연스럽게 웃었을지도 모른다. 카이드의 금빛 눈동자가 아까보다 크게 뜨였다가 바로 가늘어졌고, 이내 눈썹을 모으더니 입술을 깨물었다.

분노한 것으로도 보이는 표정은 어쩐지 울음을 터뜨리기 직전의 어린아이로도 보였다.

"사고 싶은 게 있는데 어디에서 파는지 난 잘 몰라서. 알려줄 수 있니?"

"사고 싶은 것?"

"응, 우선 자수 실. 색은 보라색. 다음은 붉은 머리 장식. 다음은 어어…… 무거운? 무거운 맛이 나는 엽궐련. 마지막으로 달지 않은 술. 전부 예산으로 살 수 있는 것 중에 가장 비싼 걸 사고 싶어."

내가 차츰 살 것을 이야기하자, 처음에는 의아한 얼굴을 했던 카이드도 바로 이해한 듯했다. 카이드는 눈을 살짝 내리 뜨고 머리를 내리듯이 숙였다. 마치 집사가 고개를 숙이는 듯한 동작을 했는데, 누가 길에서 억지로 멈추게 한 것 같았다.

"……허락해 주신다면 제 돈으로 사 오고 싶습니다. 그렇게 하면 말씀하신 물건을 모두 준비할 수 있습니다."

카이드가 쥐어짜 낸 목소리에 나도 마찬가지로 숙이려던 고개를 멈추었다.

"괜찮아……. 이게 내가 처음으로 직접 번 정직한 돈이니까. 이걸로 사는 게…… 좋을 거야. 내게도 그 사람들에게도. 그래야 할 것들이야."

내가 일해서 처음으로 번 돈. 한 달 치 월급을 넷으로 나눴으니까 금액으로 치자면 미미하다. 그래도 어떤 의미에서는 내가 처음으로 보내는 선물이다.

내가 그렇게 말하자 카이드가 겨우 고개를 들었다. 그곳에 있는 사람은 몹시 지친 듯한, 배가 고픈 듯한, 넘어진 듯한, 미아가 된 듯한 미덥지 않은 얼굴이었다. 그리고 내일을 찾는 듯한, 누군가를 찾는 듯한, 누구 것인지도 모르는 물건을 주운 듯한 흔들리는 눈을 하고 있었다.

그런 얼굴을 했는데도 이상하게 생각하지 않은 것은, 분명 나도 같은 표정을 짓고 있기 때문이겠지.

"그럼 적어도 그날, 곁을 허락해 주십시오."

"……응. 나도 할 얘기가 있어."

"……얘기요?"

"응, 얘기를 나누자. 그리고 끝내자. 이번에야말로 우리 제대로 끝을 맺자."

헬트.

그렇게 부르자, 카이드는 사용인이 인사할 때보다 더 깊숙이 고개를 숙이고 "네, 아가씨." 하고 대답했다.

제4장 당신과 나의 이별

축제까지 남은 날짜를 한 손으로 셀 수 있을 정도가 되자 손님 대부분이 모였다. 소문이 자자한 다리히 영주도 그중 한 사람이다. 이야기는 들었지만 너무나도 굉장해서 모두가 압도되었다. 이곳에 오래 있었던 사람에게 들어 보니 매년 굉장해진다고 한다.

우선 멀리 있는 계단 쪽에 마차가 기울어져 있었다. 그리고 가까이 와서 보니 한층 더 큰 위화감을 느낄 수 있었다. 보통 마차의 세 배는 됨직한 거대한 마차에 엄청나게 넓은 입구. 그 안에서 나타난 것은 어디가 목이고 머리인지 그 경계를 알 수 없는 남자였다.

그 사람이 마차 안에서 몸을 움직일 때마다 거대한 마차가 삐걱거리며 세차게 흔들렸다. 마차 바닥이 뚫렸다는 말이 무슨 뜻인지 소름이 돋을 정도로 실감할 수 있었다. 옛날에도 거구였지만, 그래도 이 정도는 아니었을 텐데. 매년 굉장해진다는 말의 무게를 새삼 실감했다.

"굉장하네."

"굉장하네요."

"굉장하군."

저녁 식사 때 모두가 입을 모아 말했다. 설사 휴식 시간이라도 사용인이 주인의 손님에 관해 노골적으로 떠들 수 없었기에 주어를 뺀 솔직한 감상이 나왔다.

이참에 덧붙이자면, 조블린은 저택의 낮은 계단에서 굴러떨어졌다. 부축해 일으키는 데 다리히의 사용인만으로는 힘이 모자라서 우리 저택 사용인을 총동원했을 뿐만 아니라 카이드까지 가세할 정도의 대소동이었다. 상태를 전하러 온 조블린의 집사에게 들어 보니 다행히도 큰 부상은 아닌 듯했다. 집사를 향해 미소 지으며 다행이라고 말하는 모두의 마음은 하나였다.

우리 주인님은 가벼워서 다행이야.

카이드도 장신의 성인 남성이라 결코 가볍지는 않을 것이다. 하지만 조블린의 경우에는 본가에서 소를 키운다는 청년이 조블린을 일으키는 것보다 소를 일으키는 것이 더 편했다고 투덜거릴 정도였다.

오늘은 그런 대소동이 외에는 딱히 사건이 없었으니 별 탈 없이 끝났다고 할 수 있겠지. 다른 영지에서 온 수많은 손님을 맞이한 저택은 일상의 어딘가 느긋했던 목가적인 분위기를 벗어던졌고, 행여나 신경 쓰지 못한 부분이 있는지 확인하기 위해 모두가 동분서주하고 있었다.

우리도 요 며칠간은 침대에 쓰러지듯이 눕는 나날이 이어졌다. 하지만 카이드는 대체 언제 자는지 궁금할 만큼, 언제 봐도 항상 움직이고 있었다. 손님을 상대로 연회를 열고 축제를 준비하는 등 어디를 가도 얼굴을 볼 정도였다. 그러다 시선이 마주쳤다. 과연 내가 보고 있는 것일까, 카이드가 보고 있는 것일까. 분명 양쪽 모두 보고 있었겠지. 이자도르가 카이드에게 말해 두겠다고 했는데, 결국 이야기 하지 않은 것일까, 아니면 말해 봤지만 개선되지 않은 것일까. 이자도르가 그날 이후로 나와 얼굴이 마주칠 것 같으면 먼저 몸을 돌리는 바람에 아직 묻지 못했다. 이자도르가 그렇게 도망쳐도 내가 고개를 돌릴 때면 방금까지 도망치던 보라색 눈동자와 눈이 마주쳤다. 이럴 거라면 차라리 가까이에서 마주하고 싶다.

분주하고 어수선한 비일상에 쫓겨 시간이 지나갔다. 바쁜 일정에는 큰 축제를 둘러싸고 어딘가 들뜬 분위기가 뒤섞였고, 손님이 늘어서 생긴 긴박함도 녹아들어 있었다. 어딘지 신기하고 꿈같은 시간이 눈 깜빡할 사이에 지나갔다.

그리고 순식간에 그날이 찾아왔다.

평소와 같이 저녁 식사를 마치고 나는 늘 함께 밥을 먹는 룸메이트에게 양해를 얻어 일어섰다. 재스민은 디저트를 먹으면서 사무아와 팀에게 무언가를 말하려다가 황급히 남은 케이크를 먹어 치웠다.

"잠깐만, 셜리. 씻을 거면 같이 가자."

"지금부터 조금 일이…… 약속이 있어서요."

"약속?"

"네, 늦어질지 모르니 먼저 주무세요."

의아하다는 표정을 지은 세 사람에게 살짝 머리를 숙이고 식당을 나왔다. 내가 오기 전까지는 늘 셋이서 먹었다고 들었다. 하지만 지금은 당연하다는 듯이 나를 끼워주는 세 사람이 서로 얼굴을 마주 보며 고개를 갸웃거렸다.

일단 방으로 돌아가 업무복에서 사복으로 갈아입었다. 거울을 보면서 평소에 묶고 다니던 머리를 풀었다. 기분 탓일까. 요즘 들어 머리 색이 조금 변한 것 같다. 전에는 여물 같았던 색이 지금은 살짝…… 금빛이 도는 느낌이다.

나는 잠시 고민하다가 넣어 두었던 푸른 목걸이를 꺼냈다. 그리고 목에 걸려는데 손이 떨려서 제대로 할 수 없었다. 쓴웃음을 지으면서 애써 건 목걸이를 상의 안에 넣고 옷 위로 쥐었다.

몇 번이고 심호흡하다가 얼굴을 들었다. 분명 여러 번 심호흡을 했는데도 거울에 비친 나는 끔찍이도 새파란 얼굴을 하고 있었다.

나는 누구에게도 안 들키도록 저택 뒤로 돌아 숲속으로 모습을 감추었다. 주변은 예전과 달리 거의 평지가 되었고 냇가나 들판도 사라져 있었다.

하지만 이 한구석만큼은 나무가 남아 있었다. 물론 헬트와의 만남의 장소였던 자작나무는 없지만.

어차피 뒤는 산이고 이곳은 높은 담에 둘러싸였으니 전망이 조금 나빠도 상관없을 거라며 방치했을지도 모른다. 입구 쪽은 밖에서도 보이겠지만 이렇게 깊은 곳은 사용인조차 찾지 않을 테지.

지시받은 장소를 목표로 어두운 숲을 달렸다. 손에 든 짐이 달그락 소리를 냈다. 지도는 없어도 상관없다. 여기서 방향을 헷갈릴 만큼 길치는 아니다. 하물며 처음 온 곳도 아니다. 밖에는 그다지 못 나갔지만, 저택 안은 말 그대로 내 정원이나 마찬가지였다.

언제부터 밤바람에 나무가 흔들리는 소리를 안 무서워하게 되었을까. 그 시절까지는 열일곱 살인데도 귀신이 나올 것 같아서 무섭다고 생각했다. 사실은 나 자신이 내가 무서워하는 불확실한 귀신보다 더 무섭고 추악한 괴물이었던 주제에 잘도 그리 말했다 싶어 웃음이 나올 뻔했다.

하지만 실제로는 웃고 싶어지지도, 웃음을 터뜨리지도 않았다. 묵묵히 걸어가다 보니 불빛이 덩그러니 떠 있었다. 깜짝 놀라지는 않았다. 저기 있는 게 귀신이 아닌 것은 물론이고 누구인지도 안다. 이 사람을 목표로 해서 감감한 밤을 헤치고 여기까지 왔으니 말이다.

카이드는 등불을 들고 말없이 서 있었다. 어둠에 섞일 듯한 흑발 속에서 반짝반짝 빛나는 금빛 눈동자는 사냥감을 노리는 늑대처럼 보일 줄 알았는데, 고개를 숙이고 앞머리로 눈을 가리니 내리뜬 눈이 무엇을 비추는지조차 알 수 없었다.

내가 온 것을 눈치챘는지 카이드는 놀라지 않고 조용히 무릎을 꿇었다. 사용인의 예라기보다 마치 신하의 예 같았다. 나는 목덜미를 모두 드러낼 만큼 고개를 푹 숙인 무방비한 모습을 내려다보았다.

"헬트…… 아니, 카이드라고 불러야 할까?"

"아가씨께서 편하신 대로 부르셔도 됩니다."

"……역시 여기선 헬트가 낫겠다."

"네."

아직 저택에는 저녁 식사를 안 한 사람이 꽤 있는 시간대.

이런 시간에 바쁜 이 사람이 시간을 낸 것은 기적이다. …… 아니, 기적은 아니다. 헬트가 애쓴 것이다. 이 시간과 장소를 정한 것은 헬트이긴 하지만 그래도 조금 미안하다. 하지만 그럼에도 나머지는 나 혼자서도 할 수 있으니까 돌아가서 쉬라고 말하지 않는 것을 마음속으로 사과했다.

"여기에 묻어도 돼?"

"아뇨, 이쪽으로 오십시오."

헬트는 주어가 없는 문장임에도 제대로 알아 듣고 소리 없이 일어서서 거듭 숲 안쪽으로 나아갔다. 나는 그 등을 묵묵히 따라갔다. 밤이슬에 젖은 흙이 풍기는 냄새가 나무 향기와 뒤섞여 나를 차분하지 못하고 전전긍긍하게 만들었다.

도착하는 데는 별로 시간이 안 걸렸다. 목적지에 도착하자 헬트는 아무 말 없이 내 시야에서 벗어났다. 나는 그 모습을 좇을 수 없었다. 지금까지 헬트의 등만이 보이던 내 시야에 갑자기 돌 다섯 개가 비쳤기 때문이다.

그게 무엇을 의미하는지 바로 이해할 수 있었다. 빠르게 이해할 수 있었던 것은 내가 그 당사자이기 때문일까.

나는 숨을 삼켰다. 이런 게 이 세상에 존재할 줄은 몰랐다.

얼핏 보기에는 평범한 돌이다. 글자가 새겨진 것도 아니고, 같은 크기의 돌이 같은 간격으로 늘어서 있을 뿐이다. 다만, 간격이 일정하니 누군가가 일부러 늘어놓았구나, 하고 짐작할 수는 있겠지만 그뿐이리라.

그럼에도 나는 알 수 있었다. 이것은 우리의 묘비다.

가장 오른쪽 돌 옆에 큰 꾸러미가 있었다. 돌에 이끼나 잎이 붙어 있지 않은 걸 보면 꾸러미 안에는 청소 도구가 들어 있나.

내 시선을 알아차린 헬트가 그 꾸러미를 풀더니 등불을 가까이 가져갔다. 불꽃이 일렁이는 그곳에는 어리석은 여자가 한 명 있었다.

"⋯⋯⋯⋯⋯저건, 나?"

이것은 한 장의 그림이다. 옛날의 내가, 아무것도 모르는 어리석은 내가 행복하게 웃고 있었다.

"캐롤리나, 세실, 그 밖에 열 몇 명 정도 더 있는데, 그들에게 받은 조문품입니다."

그림 아래에는 꽃이, 목걸이가, 과자가, 장갑이, 손수건이 놓여 있다. 이곳엔 등불의 불빛밖에 없는데도 마치 대낮처럼 환하게 보인 것은 이 광경이 너무나도 예상 밖인 나머지 눈이 부셔서일까.

"조문품을 놓은 이들은 이미 저택을 나갔거나 쫓기던 상황

이었습니다. 하지만 이후에 각지에 흩어져 있던 이들이 차례
차례 돌아와 저택에서 일하고 싶다고 했습니다. 그리고 저를
감시하겠다고도 했고요."

"……감시?"

헬트에게 어울리지 않는 말에 선물에서 그에게로 시선을 옮
겼다. 하지만 아래쪽에서 빛이 비치는 바람에 카이드의 얼굴
은 그림자에 가려져 제대로 보이지 않았다.

"제가 만약 전 영주처럼 되면 절대로 용서하지 않겠다더군요.
아가씨를 속이고, 배신하고, 죽인 제가 그 죽음마저 무의미하
게 만들면 날 죽일 거라고 했습니다. '물론 전 영주는 용서할 수
없는 사람이 맞고, 라이우스를 구해준 것은 고맙다. 하지만 아
가씨를 속인 것만은 죽어도 용서 못 한다' 라고 했습니다."

"……너는 아버님이나 다른 가족들과는 달라."

"저도 그들과 같은 생각입니다. 만약 저도 모르는 사이에 똑
같은 짓을 벌인다면 그들이 알려 줄 겁니다. 그때 전 이 무덤
을 옮기고 옮긴 자리에서 목숨을 끊을 생각입니다."

그렇게 단언한 목소리에는 떨림이나 당혹감이 묻어나지 않
았다. 이미 결심한 것을, 줄곧 결심하고 있던 것을 말했을 뿐
이었다.

어떤 말도 나오지 않았다. 무슨 말을 해야 좋을지도 모르겠
다. 이럴 수가, 이 사람은 정말 외톨이지 않은가.

조문품 중에는 편지가 있었는데, 뒤집어 보니 캐롤의 이름
이 있었다.

나는 양손으로 편지를 쥐고 기도하듯이 이마에 갖다 댔다. 아아, 캐롤. 캐롤, 그러면 안 돼, 캐롤. 다정한 넌 그런 말을 해선 안 돼. 그런 짓을 해서는 안 돼. 상처를 입어서는 안 돼. 그 다정함으로 다정한 사람에게 칼을 겨누고 함께 상처를 입겠다니. 이 사람들에게 그런 짓을 시켜서는 안 돼.

편지를 쥔 채 꼼짝도 하지 않는 내게 그가 가만히 말을 걸었다.

"왼쪽부터 나이순입니다."

"…………고마워. 무덤이 있을 줄은 생각도 못 했어."

"……공식 발표는 들판에 버린 것으로 되어 있지요."

"그래. 그렇게 들었어."

입술을 꼭 깨물고 편지를 살며시 놓았다. 그리고 짐을 풀어 왼쪽 가장자리 묘에 작은 술병을 올렸다.

이 술, 달지 않고 도수가 강해서 맛있대요. 예산 안에서 사느라 손바닥보다 작은 병밖에 못 샀지만, 할머님께서 할아버님도 연세가 연세이신 만큼 술은 줄이라고 자주 말씀하셨으니 딱 좋을지도 몰라요.

그 옆에 있는 무덤에는 자수 실을 놓았다.

색이 진하고 선명한 게 조금 화려할지 모르겠어요. 하지만 무척 아름다운 색이니 보라색을 좋아하셨던 할머님은 잘 사용해 주실 거라 믿어요.

그 옆에 있는 무덤에는 엽궐련을 놓았다.

죄송해요, 아버님. 저 엽궐련은 연기가 맵다는 것밖에 몰라요. 설명을 들어도 역시 가벼우니 무거우니 하는 건 잘 모르겠어요.

하지만 가게 사람이 친절해서 무거운 걸 좋아한다면 이게 좋다며 한 개비를 줬어요. 그러니 한 개비로 만족해 주세요. 만약 두 개비를 샀더라면 어머님의 머리 장식을 못 샀을 거예요.

그 옆에 있는 무덤에는 머리 장식을 놓았다.

어머님이 좋아하는 붉은 꽃이 달린 머리 장식이에요. 동쪽 나라에 피는 귀한 꽃을 본떴대요. 어머님의 아름다운 금발에 하시면 더 빛나 보일 거예요. 죄송해요. 어쩌면 어머님이 싫어하시는 '싸구려 모양'일지도 몰라요. 하지만 더 비싼 걸 샀더라면 아버님은 속이 빈 담배를 피우시게 될 뻔했어요.

나는 양손을 모으고 눈을 감았다. 용서받지 못할 짓을 저지른 사람들이다. 분명 명복을 비는 것조차 용서받지 못하리라. 하지만 부디 딸로서, 가족으로서 비는 것만은 용서해 줄 수 없을까.

"늦게 와서 죄송해요. ……사실은 이런 일이 아니면 이곳을 찾을 생각은 없었어요. 카이너…… 제가 자란 곳은 카이너라는 곳인데, 그 옆 마을에 작은 수도원이 있어서 그곳에서 신세를 지며 일생을 마칠 생각이었어요…………. 하지만 지금은 이렇게 묘비나마 찾아뵐 수 있어서 기뻐요. 할아버님, 할머님, 아버님, 어머님 부디 화내지 마세요. 부디 원통하게 여기지 마시고, 저주하지 마시고, 원망에 빠지지 마시고 세상을 떠나시길 바라요. 만약 도저히 용서가 안 된다면 부디 뻔뻔하게 살아 있는 저를 저주하고 원망하세요. 부탁드려요. 그리고 언젠가 제가 죽으면 함께 지옥으로 데려가 주세요. 그렇게 라이우스의 악몽을 끝내요."

밤바람과 잎이 맞닿아서 나는 소리가 마치 울부짖는 것처럼 들렸다. 이 세상에서 우리 가족의 죽음을 애도한 사람이 몇이나 될까. 반대로 울며 기뻐한 사람들은 셀 수 없을 정도였다. 어쩌면 애도한 사람은 정말 아무도 없었을지도 모른다. 이 저택의 화초만은 울어 주었을까, 아니면 그것들도 우리 때문에 불타 버려 원망하고 있을까.

모르겠다. 여전히 모르겠다. 내가 이곳에 존재하는 이유도, 어떻게 살아가야 하는지도. 지금까지도 내가 무엇을 해야 하고, 무엇을 하면 안 되는지 모르고 있다. 애초에 무언가를 고민한다는 것은 용납되는 일일까. 내가 살아 있는 것 자체가 죄인데 어떻게 살아가라는 것일까.

물론 즐거울 때도 있었다. 하지만 기쁘다고, 행복하다고 생각할 때마다 누군가가 이런 행복을 누릴 수 있는 것은 영주님 덕분이라고 말했다. 악독한 전 영주가 죽어서 이렇게 행복한 것이라고. 다 영주님이 죽어 주신 덕분이라고, 더 빨리 죽었으면 좋았겠다고.

그래, 그 말이 맞다. 우리가 라이우스를 고통에 빠뜨렸다. 그러니 그들이 하는 말이 옳고, 무엇 하나 틀리지 않았다. 하지만 괴로웠다. 용서받지 못하는 죄 때문에 괴로워서 견딜 수 없었고 마음이 갈피를 못 잡았다. 어찌할 바를 모른 채 불안한 마음으로 15년 동안 계속 방황했다. 15년이나 지났는데도 앞으로 어떻게 해 나가야 할지 모르겠다.

모든 것을 잊고 살기에는 떠안은 업보가 너무 많았다.

모든 것을 저주하며 살기에는 저지른 죄가 너무 무거웠다.

모든 것을 사랑하며 살기에는 나의 사랑이 너무 괴로웠다.

아직도 마음의 짐을 덜어내지 못하고 삶의 방식도 결정하지 못한 나는, 마침내 도착한 가족의 무덤 앞에서, 존재하지 않으리라고 생각했던 그 무덤 앞에 와서 더는 감정을 억누르지 못하는 지경에 이르렀다.

나는 손으로 얼굴을 가리고 고개를 숙였다. 파르르 떨리는 목소리가 밤바람의 아름다운 음색을 방해했다. 그래도 멈추지 않았다.

"미안해, 난 우리 가족을 아직도 사랑해. 나나 우리 가족은 절대 용서받을 수 없어. 하지만 난 가족을 사랑해. 바뀌지 않아, 미안해, 바꿀 수 없어. 용서받을 수 없다는 걸 알아. 하지만 도저히 가족을 미워할 수 없어, 미워할 수 없어. ……나의 어머님이야. 아버님과 할아버님과 할머님이야. 미안해, 용서해줘, 미안해. 사랑해, 미안해, 미안해……."

"…………가족을 미워하는 이를 비난하는 사람은 있어도, 사랑하는 것을 비난하는 사람은 없습니다. 그런 일로 용서를 구하지 않으셔도 됩니다. 가족이니 사랑해도 괜찮습니다. 가족을 사랑하는 것이 뭐가 죄란 말입니까. 그런 일로 울지 않아도 됩니다. 가족을 사랑하는 건 당연한 일인데 어째서 비난한단 말입니까. 괜찮아요, 괜찮습니다, 아가씨."

가족을 위해 우는 것조차 용서받을 수 없는 죄인데 어째서 헬트는 용서해 주는 것일까.

나는 슬퍼해선 안 된다. 분노나 기쁨, 평온함을 느껴서도 안된다. 애초에 감정을 느끼는 게 허락될까. 즐거움을 얻기는커녕 우리 때문에 죽은 사람들이 두 번 다시 얻을 수 없는 것 전부를 느끼는 것은 용서받아도 괜찮을까.

그런 생각을 하니 눈물이 멈추지 않았다. 무언가가 무너져 내리듯이 넘쳐흐른 눈물은 얼굴을 가린 손을 뚫고 흘러내렸다.

"싫으면 밀어내셔도 됩니다…………. 잠시 실례하겠습니다."

그 말뜻을 이해하기도 전에, 이미 내려와 있다고 생각했던 밤의 장막이 내려오기 시작했다.

아주 따듯한 밤이었다.

내 머리와 허리를 감싸 안은 헬트는 아주 무방비한 상태였다. 내가 그 가슴에 칼이라도 찌르면 어쩌려고 이러는 것일까. 하지만 그런 생각을 할 여유는 없었다.

헬트의 온기가 내게 녹아들었다. 옛날에는 내가 헬트의 머리를 끌어안아 준 적도 있는데, 지금의 내 처지로는 헬트를 안아 줄 수 없다. 이 넓은 등에 손도 못 두른 채, 얼굴을 가리고 이마를 묻었다.

이렇게 누군가에게 안긴 것이 얼마 만일까. 기억나지 않는다. 이번 생에서는 나에게 다가오는 사람을 모두 쳐 내고 말았다. 나를 품으려 했던 사람들은 다들 하나같이 상처 입은 얼굴을 했다. 미안하다는 말밖에 할 수 없었다. 그 사람들이 잘못한 것은 하나도 없는데 상처를 주고 말았다.

모르겠다. 모르겠다. 지금도 모르겠다.

어떻게 살아야 할까. 어떻게 사는 게 올바른 삶일까. 어떻게 살아야 속죄할 수 있고, 어떻게 살아야 더 이상 그 누구에게도 상처를 안 입힐 수 있으며, 어떻게, 어떻게 살아야 할까. 이번 생을 어떻게 감당하면 좋을까. 무엇을 버리고 무엇을 버리지 말아야 할까. 갚아야 한다, 속죄해야 한다. 하지만 누구에게, 어떻게 해야 하지? 15년 동안 살아온 이 몸을 어떻게 해야 영지 사람에게 빚을 갚을 수 있을까. 이런 하찮은 마음가짐으로 어떻게 해야 죽어 간 수많은 사람들에게 속죄할 수 있을까.

나는 줄곧 방법을 찾지 못한 채 방황하며 그저 고집스럽게 살아오기만 했다. 분명 몇 번을 다시 태어나도 어리석은 자신에게서 쭉 벗어나지 못할 테지. 차라리 전혀 다른 사람으로 태어났다면 무언가가 바뀌었을지도 모른다. 하지만 불행하게도 내 모습 그대로 무엇 하나 변하지 않은 채 다시 태어나고 말았다. 여전히 한심하고 현명함과는 거리가 먼 생활을 하며 방황해 온 15년의 세월. 현명한 삶의 방식이란 무엇인지 깨닫지 못하고 성장하지 못한 채 계속 방황하다 결국 헬트의 품에 이르고 말았다. 따듯한 온기에 감싸여 마구 샘솟는 감정을 필사적으로 억눌렀다. 눈물을 삼키고 눈에 마개를 잠그고 떨지 않기 위해 이를 악물었다.

이래서는 안 된다. 이런, 이런 짓을 하러 여기 온 게 아니다. 울부짖고 위로받기 위해 온 것이 아니다.

헬트는 내가 가슴을 살포시 떠민 것을 알아차리고 몸을 물려 땅바닥에 무릎을 꿇고 고개를 숙였다. 나도 그 앞에서 두 무릎을 꿇었다.

코를 훌쩍이고 눈가를 비비고 나자 간신히 목소리가 나왔다.

"헬트, 네가 한 행동은 옳았어. 차기 영주로서 무엇 하나 틀리지 않았어. 확실히 하기 위해 모든 것을 속인 것도, 우리를 모두 죽인 것도."

"저는…….."

"하지만 딱 하나 잘못했어."

그는 튕겨 오르듯 고개를 들었다.

"네 실수는 단 하나, …………나를 끝까지 믿지 못한 거야."

네 실수가 나를 죽였다.

그리고 네 실수가 라이우스를 구했다.

그러니 분명 당신이 옳았다.

크게 뜬 금빛 눈동자를 보자 다시 눈물이 넘쳐흘렀다. 하지만 이번에는 어린아이처럼 울지 않았다. 몸을 떨고 감정을 드러내며 흘리는 눈물이 아니다. 모든 감정이 한 덩어리로 응축된 것처럼 흘러 떨어져 지면에서 튕겨 나갔다.

"너는 거짓말을 할 필요가 없었어. 그러지 않아도 됐어. 한마디, 단 한마디만 하면 됐어. 나는 그 한마디로도 가족을 버렸을 짐승이었으니까. ……너도 알고 있었잖아? 내게는 부모님이 정한 약혼자가 있었다는 걸. 열여덟 살이 되면 결혼하려고 했어. 그런데도 네 고향에 가고 싶다고…… 너와 집을 나가고 싶다고 말하는 여자였어. 나는 악마라고 불린 그 사람들의 딸이니까 부모도, 가족도 버릴 수 있는 짐승이었어. 가족을 사랑하지만 그들이 아닌 나 자신만을 생각하는 딸이었어. 그러니까 네가 한마디만 해 줬다면 나는 너를 도왔을 거야. 가족을 죽이는 것을 도왔을 거야. ……나는 악마니까."

헬트가 입을 살짝 벌렸다가 바로 다물었다. 무슨 말을 해야 좋을지 몰랐던 것이리라.

오늘은 지금까지 필사적으로 할 말을 찾아 온 내가 유리했다.

"하지만 지금은 알아. 내가 어떤 태도를 취했든 나를 살려 뒀으면 반드시 화근이 됐을 거야. 분명 어떻게 발버둥 쳐도 결국 우리 모두가 죽는 방법밖엔 없었을 거야. 그것 외에 라이우스를 재건할 수 있는 길은 없었어. 내가 살아 있었으면 네게 족쇄 정도가 아니라 치명상이 됐을 거야. 그 정도로 우리는 원망을 받았어. 우리는 한 치의 빈틈없이 깔린 악이었어. 그러니 우리가 죽은 건 어쩔 수 없는 일이야. 너는 옳은 일을 했어. 라이우스에 다시 한번 혼란에 빠질 만한 기력은 이미 남아 있지 않았어. 화근을 안은 채 앞으로 나아갈 여유조차 없는 라이우스를 만든 장본인은 우리야. 너는 라이우스를 멸망에서 구했어. 너와 내가 그렇게 만날 수밖에 없었던 건 나 때문이야. 내가 더 현명했더라면, 세상을 알았더라면, 알려고 했더라면…… 분명 다른 식으로 만날 수도 있었을 거야. 하지만 이미 그렇게 만나 버렸으니 더 이상……. 그렇게 끝내는 게 최선이었던 거야."

무서웠으리라, 두려웠으리라.

헬트는 일이 틀어졌을 때 얼마나 많은 것을 잃을지 누구보다 잘 알고 있었다. 하지만 내게 아무것도 이야기하지 않았다. 아니, 이야기할 수 없었다. 전부 내 탓이다.

나보다 세 살 어린 열네 살이었다. 그런데 영지민의 목숨과 라이우스를 전부 등에 짊어진 헬트에게 모든 것을 잃을 각오로 정체를 드러내라고 말할 수 있는 사람이 있을까. 하물며 내가 상대다. 생각이 없고, 생각하려고 하지도 않았던 나를 보고 같이 짐을 짊어지자는 생각을 할 수 있을 리가 없다. 아아, 역시 내 탓이었다.

"그리고 나도 거짓말을 했어."

"……그건 모릅니다. 저는 당신에게 지독한 거짓말을 하고 모든 것을 배신했습니다. 하지만 당신은 아무것도 하지 않으셨습니다."

거짓말을 했다. 아주 지독한 거짓말을. ……지독한 거짓말을 했다.

제일 중요한 것을 거짓으로 고했다.

"미안해, 헬트. 나는 거짓말을 했어. 네 고향에 가고 싶다고 말해 놓고 그러지 못했어. 나는 거짓말쟁이야."

언젠가 감옥 안에서 간수가 이야기하는 것을 들었다.

헬트가 나를 고향에 있는 수도원에 보낼 생각이라고. 그 소식에 젊은 신임 영주를 향한 간수들의 불안감이 커져갔다. 라이우스의 보화에게 홀린 거냐고 말했다. 간수들의 반응은 분명 영지민의 반응과 비슷했을 것이다.

영주라는 생물에 강한 불신을 안고 있었다. 그 사람들은 깊은 의심에 빠져 있었다. 자신들을 구해준 영웅에게도 그런 시선을 보낼 만큼.

화가 안 났다고 하면 거짓말이다. 슬프지 않았다고 하면, 허무하지 않았다고 하면, 분하지 않았다고 하면, 비참하지 않았다고 하면 거짓말이다.

배신당해서 화를 냈다. 슬프고, 허무하고, 분하고, 비참했다. 두 번 다시 얼굴을 보고 싶지 않았고, 두 번 다시 목소리를 듣고 싶지 않았다.

하지만 막상 얼굴을 보니 역시 슬펐다.

그것이 가장 비참했다. 비참하고 부끄러워서 죽고 싶었다. 그래서 나는 이제 끝내고 싶은 마음에 스스로 죽음에 매달렸다.

"그런 결말을 초래한 건 나였어. 그런데 네가 그 결말을 짊어지게 만들었어. 미안해, 헬트. 너를 15년 동안 괴롭히려던 건 아니었어. 나는 네게 화나지 않았고 원망하지도 않아. 나는 물론이고 그 누구도 너를 비난하지 않아. 그러니까 헬드, 너는 행복해져도 돼. 아니, 행복해져야 해. 라이우스에서 제일 행복해지지 않으면 곤란해. ……미안해, 내가 너를 괴롭히고 말았어."

재회하고 나서야 깨달았다. 헬트는 어디에도 없었던 것이 아니라, 여기에 있었다. 카이드 안에 엄연히 존재했다. 다정한 헬트가 좋았다. 조금 심술궂을 때도 있었지만 너무나 따뜻했던 헬트를 정말 좋아했다.

"아가씨께서 사과하셔야 할 일은 하나도, 정말 아무것도 없습니다. 저는 당신을 속인 악당이자 가해자입니다. 피해자인 당신이 사과할 필요는 하나도 없습니다. 제가 당신께 미리 알리지 못했던 건 스스로가 나약했기 때문입니다. 저 스스로 목을 조르다 당신에게 그 대가를 치르게 했습니다. 그러니까……."

"저기, 헬트. 하나만 가르쳐줘."

나는 말하는 도중에 끼어들었다.

"날 좋아했어?"

헬트가 숨을 삼켰다는 것은 보기만 해도 알 수 있었다. 그리고 금빛 눈동자가 흔들리지 않은 것도.

그것만으로도 사실임은 충분히 알 수 있었다.

"…………신분이 너무나도 차이 난다는 것은 알고 있었지만, 그래도 진심으로 사모했습니다."

몸이 떨렸다. 심장 안쪽에서 기쁨이 솟아올랐다.

"나도야, 헬트. 나 너를 정말 좋아했어. 처음으로 누군가를 좋아하게 됐어. 지금은 그 상대가 너여서 다행이라고 생각해."

그렇게 말했지만 헬트의 표정은 여전히 굳어 있었다, 나도 분명 같은 얼굴을 하고 있을 것이다.

"그러니까 이제 확실하게 이별하자."

거짓으로 시작된 사랑이었다. 적어도 마지막은 진실되게 끝내고 싶다.

헬트는 무언가를 말하려다가 입을 다물고 고개를 숙였다.

"…………알겠습니다, 아가씨."

그 모습에 쓴웃음이 나왔다. 남녀가 이별하는 것뿐인데 한쪽이 무릎을 꿇고 고개까지 숙이다니.

"헬트, 일어나. 서로 대등하게 이야기하자. 영주 말투를 써도 괜찮아."

"……애써 아가씨께 그 말투로 이야기했던 건데, 너무하시는군요."

"헬트."

"절 헬트라고 부르신다면 지금 이 말투를 써도 문제없겠죠."

뭐, 그렇기는 하다.

일어선 헬트는 역시 키가 크다. 올려다본 금빛 눈동자 저편에는 하얀 달이 비쳤다.

우리가 몰래 숨어서 사귀던 때에는 낮에만 함께 있을 수 있었다. 사귀면서 가장 로맨틱한 상황은 아마도 지금이리라. 그 상황에 이별 이야기를 하고 있자니 쓴웃음만이 나왔다.

"……앞으로 어떻게 하실 건가요?"

"예정내로 수녀가 될 거야. 지금까지는 라이우스의 미래를 위해서만 기도할 생각이었지만, 앞으로는 네 행복도 정성껏 기도할게."

"무덤을 지택 근처로 이장할까요? 적이도 매년 제가 성묘하는 것보다 그 편이 그들도 기뻐할 겁니다. 성묘라고 해 봤자 아가씨의 무덤 외에는 술병을 땅바닥에 꽂아 놓을 뿐이니까요."

나는 생각지도 못한 제안을 듣고 눈을 깜빡였다. 제안은 고맙지만 그런 짓을 해도 괜찮을까.

"원래 제가 퇴임할 때 이장할 생각이었습니다……. 그런데 한 가지 허락받고 싶은 게 있습니다."

"그게 뭔데?"

"제게 당신의 묘비를 넘겨주시지 않겠습니까?"

헬트의 시선은 나를 넘어 가장 가장자리에 있는 돌을 보고 있었다.

"그거면 돼?"

"……싫진 않으십니까? 가족분들 묘와 떨어지게 됩니다."

"그건 상관없어……. 그런데 이제 와서 새삼스럽지만, 여기 묻힌 시체에 목은 있어?"

"함께 고이 묻었……습니다."

헬트는 말미에 무언가가 떠오른 듯이 얼굴을 돌린 채 말했다. 나는 그 모습을 밑에서 올려다보았다. 빤히 보고 있자, 헬트는 시선을 어디다 둘지 모른 채 허둥대더니 결국 체념하고 털어놓았다.

"…………다만 아가씨의 머리카락을 한 움큼 받았습니다."

"어머, 나 그때 씻지도 않았고 불에 그을리기까지 했었어! 그래, 갖고 있을 거면 부디 씻어서, 씻어서 가지고 있어 줘!"

"지금 그게 문제인가요?"

"당연하지……."

이 세상 누가 좋아하는 사람이 자신의 더러운 머리카락을 가지고 있기를 바랄까. 게다가 아마 목이 떨어진 뒤에 잘라 냈을 테니 피투성이였을 게 뻔하다. ……그걸 생각하면 씻어 두지 않았을까. 그때 그대로 가지고 있다면 아무리 그래도 조금…… 조금 정도가 아니라 통곡할 일이다.

서로의 눈이 마주치고 왠지 묘한 기분이 들어서 쓴웃음을 지었다. 옛날에는 이렇게 눈이 마주치면 행복해서 미소를 지었는데, 지금은 쓴웃음만 나온다.

"헬트, 지금까지 정말 고마웠어."

미안하다는 말을 하려고 했지만, 아마 한번 말하기 시작하면 서로 사죄만 할 것이다. 게다가 그랬다간 승자가 없을 게 뻔하기 때문에 사과의 말은 삼켰다. 헬트도 알고 있는지 복잡해 보이는 얼굴을 하면서도 내 인사를 순순히 받아 주었다.

"네, 저야말로……. 그나저나 아가씨, 식사는 제대로 드세요. 그 누구도 배불리 먹는다고 해서 화내지 않으니까요."

"……그래 볼게."

내가 손을 내밀자 커다란 손이 맞잡아 주었다. 둘 다 떨고 있었지만 서로 모르는 척 했다.

"……아가씨."

"왜?"

"만약, 만약에 제게도 다음 생이 있다면 그때는 다시 한번…… 아니, 그때야말로 고백해도 될까요?"

나는 놀라서 눈을 깜빡였다. 아무래도 농담이 아닌 모양이다.

내 손을 잡는 힘이 점점 세졌다.

"그때는 대답이 '그래'가 아닐지도 모르는데?"

내가 적당히 얼버무리자 헬트가 부드럽게 웃었다.

이번 생에서 처음 본 부드러운 미소였다. 헬트 때문에 괴로움으로 가득했던 가슴이 눈물이 나올 만큼 따뜻해졌다. 만약이 열기 때문에 죽는다면 그보다 행복한 일은 없으리라.

"온 힘을 다해 설득하겠습니다."

"사, 살살 부탁해."

"싫습니다."

"적어도 말은 끝까지 하게 해 줘."

나는 잡은 손을 놓았다. 손을 완전히 놓기 전까지도 손가락안쪽이 맞닿아 있어서, 미련이 남은 듯한 그 모습에 쓴웃음이나왔다. 이건 단순히 서로의 미련에 불과하다. 하지만 불쾌하지는 않았다.

이제는 속이 후련해졌으면 좋겠다. 그때는 어쩔 수 없었다며 활짝 웃을 수 있다면 얼마나 좋을까. 그때 일을 과거라고하기에는 서로가 너무 가까웠고, 인연이었다고 하기에는 지나치게 애틋했다.

둘 다 복잡한 성격이었다. 상대를 억지로 빼앗기에는 겁쟁이였고, 어쩔 수 없다며 포기하기에는 아무래도 집념이 강했다. 헬트가 첫사랑이었기에 이런 사실을 몰랐었다. 그래도 원령이 되기 전에는 알아서 다행이다.

손끝이 멀어지다가 마지막으로 손톱이 스쳤다.

"안녕, 헬트."

"안녕히 계십시오, 아가씨."

우리 대신 나무가 울고 있었다.

대화가 끊어지고 우리는 말없이 무덤에서 등을 돌렸다. 저택으로 돌아가려는 우리 귀에 누군가가 풀숲을 헤치는 소리가 들렸다. 카이드가 얼른 내 앞에 서서 검에 손을 가져갔다.

등불 불빛이 흔들리며 그림자가 다가왔다.

"주인님!"

달려온 것은 캐롤이었다. 무척 당황한 모양인지 머리에 나뭇잎이 붙어 있는 것도 모르는 듯했다.

황급히 말을 꺼내려던 캐롤은 카이드 뒤에 있는 나를 보고 눈을 동그랗게 떴다.

"주인님, 아무리 셜리의 행동거지가 그분과 비슷하다지만 여긴……아무리 그래도 이건 무례하십니다!"

"그 얘긴 나중에 하지. 그보다 무슨 일이지?"

카이드가 재촉하자, 눈을 치켜뜬 캐롤이 정신을 차렸다.

"사용인 식사에 독이 섞여 있었는지 팀이 저녁을 먹다 쓰러졌습니다!"

"뭐라고?"

카이드의 목소리가 급격히 커졌다.

그럴 수가, 얼마 전까지 같이 저녁 식사를 했는데.

"팀이 먹은 쿠키에 들어 있었나 봅니다."

"팀의 상태는 어떻지?"

"바로 토하게 하고 의무실로 데려갔습니다. 생명에 지장은 없다고 합니다만…… 사무아가 넣은 게 아니냐며 소란이 일어났습니다."

무심코 카이드와 얼굴을 마주 보았다.

"처음에는 요리사를 의심했는데, 만약 요리사가 범인이라면 사용인 전원의 식사에 독이 들어 있었을 겁니다. 그래서 가장 가까이 있던 사람이 수상하다는 결론이……."

확실히 팀은 사무아가 일을 가르쳤기에 거의 붙어 다녔다. 식사도 함께 먹는 경우가 많긴 했지만, 그런 짓을 할 사람이 아니라는 건 나도 잘 안다.

이야기를 나누며 거의 달음박질에 가까운 속도로 숲을 빠져나갔다. 이미 한차례 소동이 일어서 타 영주의 사용인들이 이리저리 뛰어다니는 저택 사용인을 붙잡고 자초지종을 묻고 있었다.

카이드는 혀를 차고 달리기 시작했다.

"미안, 나 먼저 가겠어. 캐롤리나, 셜리를 부탁해."

"알겠습니다."

카이드는 인사도 받지 않고 달려 사라졌다. 이곳저곳에서 카이드를 부르는 목소리가 들렸다.

캐롤이 멍하니 서 있는 내 등을 가볍게 두드렸다.

"너는 의무실에 가 줘. 재스민이 팀을 걱정하다가 쓰러졌어."

"재스, 민."

나는 튕겨 나가듯이 달리기 시작했다. 뒤에서 캐롤이 놀라 소리쳤지만 고개를 돌릴 여유는 없었다. 하지만 전생에서도 이번 생에서도 전력질주를 한 경험이 없었기 때문에 바로 속도가 떨어졌지만, 한 번도 멈추지 않은 채 계속 달렸다.

  나는 옆구리를 누르며 의무실로 뛰어 들어갔다. 여섯 개의 침대 중 가장 안쪽과 그 반대편 앞쪽 커튼이 닫혀 있었다.

  가장 앞쪽에서 진단서를 들여다보던 의사에게 다가갔다.

  "선생님, 팀과 재스민은 어떻게 됐나요?"

  "괜찮으니까 그렇게 지독한 얼굴로 달려오지 않아도 돼. 너까지 쓰러져서 일거리를 늘리지 말아줘."

  40대 중반에 접어든 의사는 두꺼운 안경을 추켜올리고, 진단서를 들여다보던 시선을 들었다.

  "팀은 사무아가 바로 음식을 토하게 한 데다가 그리 강한 독도 아니어서 금방 좋아졌어. 재스민은…… 진정제를 놓으니 곧 일어날 거야. 흥분하니까 약도 잘 안 들더라……. 본인 얘기를 하고 있으려니 일어났네. 너 재스민이랑 같은 방이었지? 좀 달래 주렴."

  커튼 안쪽에서 신음소리가 나서 황급히 안으로 들어갔다.

  "재스민, 설리예요. 들어갈게요."

  안에 들어가니 아까까지 이야기를 나누었던 이와 같은 사람이라고 생각할 수 없을 만큼 초췌한 모습을 한 재스민이 있었다. 일어나려고 했지만 몸이 세대로 움직이지 않는지 침대에 올려놓은 팔꿈치가 부들부들 떨렸다.

  다급히 재스민을 부축하려는데, 재스민이 아플 정도로 내 팔꿈치를 세게 움켜쥐었다.

"티, 팀이, 피, 피를 토해서, 피가, 손바닥에 잔뜩, 새빨갛게."

"괜찮아요, 괜찮아. 선생님이 바로 토하게 해서 괜찮다고 말씀하셨어요. 괜찮아요."

"사무아는, 범인이 아니야."

"응, 나도 그렇게 생각해."

항상 반짝이는 빛을 지니고 있던 눈에 눈물이 고였다.

"후배가 생긴 건 처음이라면서, 정말, 엄청 기뻐했어. 자기가 제몫을 하는 집사로 만들어 주겠다면서, 본인도 햇병아리 주제에, 바짝, 기합이 들어가서는. 잔뜩, 잔뜩, 요령을 가르쳐 준다고, 했고. 정말, 즐겁게, 자기가 쓴 메모를, 잔뜩, 줬고."

"응."

"팀이 피를 토했을 때도, 누구보다 빨리, 움직여서."

"응."

"접시에, 독이, 남아 있을 테니까, 그러면 안 되는데, 하나도, 신경 안 쓰고, 손끝으로 찍어서 먹어 보고 확인하다, 먹은 걸 전부 토하고⋯⋯."

"응."

"사무아는 아니야⋯⋯."

"응. 나도 그렇게 생각해. 사무아는 착한 사람이니까. 아주 착한 사람이니까 절대 범인일 리가 없어."

"걘, 말실수가 잦아⋯⋯."

"⋯⋯맞아, 자주 하지."

"하지만 그건 사람을 제대로 보고 있어서 나오는 소리야. 그러니 사무아는 절대 아니야. 주방장님도 범인이 아니야. 늘 한 사람 한 사람 살피면서 저 사람은 이걸 싫어하니까 달착지 근하게 만들어 주라고 하든가, 그 녀석은 고기만 먹으니까 채소도 좀 먹이라든가 같은 말을 하니까."

"응…… 아니야. 절대 아니야. 그러니까 재스민은 안심하고 좀 자 둬."

분명 억지로 일어났겠지. 재스민의 눈은 공허했다. 하지만 그 눈에서 눈물을 뚝뚝 흘리면서 필사적으로 말했다. 붉어진 피부도, 충혈된 눈도, 헐떡이는 듯한 호흡도 전부 애처로웠다.

원래 이렇게 우는 아이가 아니다. 누구야, 누가 울렸어. 누가 이렇게 재스민을 울린 거야.

분노가 부글부글 끓어올랐다. 둔하게 녹슬었던 감정이 물을 끓이듯이 서서히 온도를 높여갔다. 누군가가 이 아이들을 울리고 피로 물들였다. 이런 고통을 알 필요가 없는 시대에 태어나 평화롭게 지내는 아이들을 누군가가 울린 것이다.

"범인이 미워. 꼭 잡아낼 거야……. 그래서 사무아와 팀, 주방장님과 모두의 앞에서 무릎을 꿇게 할 거야. 그리고, 그리고……."

"응…… 하지만 사무아가 돌아왔을 때, 재스민이 이렇게 상한 모습이면 무척 걱정할 거야. 그러니까 지금은 일단 자자. 그리고 기운이 나면 같이 범인을 찾아보자. 알았지?"

굳어 있는 재스민의 몸을 주물러 주고 가만히 침대에 눕히자, 역시 무리를 했는지 바로 눈꺼풀이 감기기 시작했다. 몇 번씩 깜빡이던 눈꼬리에서 눈물이 흘러 떨어졌다.

　내가 다시 이불을 덮어 주는 모습을 멍하니 바라보던 재스민이 피식 웃었다.

　"……후후, 왠지 이상해."

　"뭐가?"

　"셜리가 말을 잔뜩 했어. ……어쩐지 꿈같아……. 그리고 언니 같아……. 멋져, 셜리. 정말 멋져."

　재스민은 웃으면서 듣는 사람의 얼굴이 빨개질 만한 칭찬을 계속하더니 무언가를 그리워하듯 눈을 가늘게 떴다.

　"있잖아, 셜리…… 내가 왜 셜리를 좋아하는지 알아?"

　"……아니요. 어째서 좋아해 주시는지 늘 신기했어요."

　"신기하면 물어보면 됐을 텐데. 나, 셜리랑 얘기하고 싶어서 말할 거리를 늘 찾고 있었거든."

　볼을 부풀리며 쓴웃음을 지은 얼굴이 어린아이 같으면서도 어딘가 어른스러워서 '그래, 이 아이는 이제부터 어른이 되는구나' 하고 깨달았다.

　"있지, 셜리가 처음 여기 왔을 때 돌을 주웠잖아?"

　"돌이요?"

　"응, 산처럼 쌓인 빨래 더미를 갖고 가느라 앞이 안 보이는 애 앞에 있던 돌 말야. 그때 셜리는 힐다 씨에게 저택 안내를 받고 있었던가? 너는 힐다 씨 뒤에서 걷고 있었고, 거기로 빨래를 들고 비틀대는 애가 걸어 왔어. 그런데 그걸 보고 셜리가 그 애 앞에 있던 작은 돌을 주워서 옆에 놓았어. 그때 네가 착한 애라고 생각했어."

고작 그런 걸로 지금까지 내게 잘해 줬다고? 신기하게 생각하는 내 마음이 얼굴에 드러났는지 재스민은 그런 나를 보고 소리 내 웃었다.

"그래, 당연하지. 그런 행동을 자연스럽게 한다는 게 대단한 거야. 그리고 아무도 알아차리지 못했던 것을 남몰래, 당연하다는 듯이 하는 셜리가 정말 좋아졌어. 친구가 되고 싶어서 가슴이 두근거렸어. 그러다 같은 방이 돼서 엄청 기뻤어."

재스민은 키득키득 웃음소리를 내며 계속 말했다.

"그랬는데 생각보다 말수가 엄청 적어서 깜짝 놀랐어. 우울해 보이지도 않았는데 왜 그러는지 모르겠어서 더 좋아졌어."

에헤헤 웃으며 이불을 코 밑까지 끌어올린 재스민의 눈동자가 몽롱하게 흐릿해졌다. 잠이 오고 있다는 것을 알 수 있었다.

"사무아와 팀도, 다른 사람들도 셜리를 더 알고 싶어 해. 나도 잔뜩 알고 싶어. 뭘 좋아해? 뭘 싫어해? 어떻게 하면 그렇게 우아할 수 있어? 사용인 파티에 참가 안 한다는 거 진짜야? 시끄러운 게 싫어서 그래? 맛있는 음식이 잔뜩 나오는데, 혹시 먹는 것도 싫어하는 거야? 그러면 뭘 좋아해? 나 셜리랑 춤추고 싶어. 춤은 잘 못 추지만 열심히 연습할 거고, 원피스가 없으면 내걸 빌려줄게. 아직 한 번도 안 입어서 깨끗해. 그리고 안 맞으면 잘라도 되니까…… . 나는 셜리가 웃었으면 좋겠어……."

그 말을 끝으로 스르륵 잠이 든 재스민을 보고 안심했다. 마지막까지 내 소매를 쥐던 손가락을 살며시 펴서 이불 속에 집어넣었다.

나는 재스민이 잠든 것을 확인하고도 멍하니 의자에 앉아 있었다.

지금 온갖 곳에서 사람들이 밀어닥치고 있다. 그렇기 때문에 평소 이상으로 각종 장소의 출입이 엄격하게 통제되고 있다. 애초에 사용인용 식당은 내부인이 아니고서야 들어갈 수 없다. 오히려 외부인이 들어갈 필요가 없는 장소이기에 더욱 그렇다. 하지만 이 저택에서 일하는 사람은 철저한 조사를 거쳐 채용된 사람들이다. 그렇다면 15년 전에 처형된 사람의 관계자가 있을 리가 없다. 그리고 애초에 팀에게 독을 먹여서 어쩌려는 것일까. 무차별 범죄인가? 그렇다면 더더욱 목적을 알 수가 없다. 어쩌면 단순히 카이드의 평판을 떨어뜨리기 위해서일까. 하지만 그렇다면 한 사람이 아니라 더 많은 사람을 노렸을 것이다.

모르겠다. 나는 이마를 누른 채 생각에 잠겼다.

무의식중에 재스민에게 받은 목걸이를 손으로 만지고 있었다. 푸른 히아신스. 변함없는 「　」. 세실은 히아신스의 꽃말을 알고 있었지. 나중에 아델도 깨달을 텐데 그러다 카이드에게 히아신스를 들고 달려들면 어쩌지. 내가 카이드에게 가진 마음과 똑같은, 아무런 망설임도 없는 순수함을 유치함이라고 해야 할까, 아니면 강함이라고 해야 할까.

변함없다…… 변함없다…… 변함없다?

나는 벌떡 일어났다.

커튼에서 뛰쳐나온 나를 보고 의사 선생님이 소리를 질렀다.

죄송하다 외치고 달려나갔다. 스쳐 지나가는 사람이 무슨 일인가 싶어 내 쪽으로 눈길을 보냈지만 그걸 신경 쓸 틈은 없었다.

나는 곧장 카이드에게 달려갔다.

하지만 카이드는 여기저기로 바삐 움직이고 있어서 바로 찾지 못했고, 결국 캐롤을 찾아 전언을 부탁할 수밖에 없었다.

잠시 복도에서 기다리자 얼마 안 있어 다급한 발소리가 들리기 시작했다.

"셜리."

"주인님, 바쁘신데 죄송합니다. 급히 드릴 말씀이 있습니다."

"그래, 알겠어. 캐롤리나, 다른 사람들에게는 집무실에 있다고 전해줘."

"알겠습니다. 주인님은 저녁까지 드셔야 할 테니 차와 간단한 요깃거리를 준비하겠습니다."

의아한 얼굴을 한 캐롤에게 가볍게 고개를 숙이고 둘이 마실 차를 받아 카이드와 함께 방에 들어갔다. 여전히 안에는 바닥에 떨어진 서류가 흩어져 있었다. 정리할 틈이 없었을 것이다.

카이드는 의자에 털썩 앉고는 머리를 마구 헝클었다. 나는 길게 내쉬는 한숨 소리를 들으면서 차를 따랐다.

"아가씨, 할 이야기라는 게 무엇인가요?"

"그렇게 바로 태도를 바꾸다니 훌륭하다는 말밖에 안 나오네……. 카이드, 나는 네 아가씨가 맞지?"

"…………그렇다고 확신합니다만."

이제 와서 무슨 말을 하느냐는 듯이 눈썹을 모은 카이드에게 차를 건네고 나도 컵을 들고 그 앞에 앉았다.

"나 말고 전생의 기억을 가진 사람이 없다고는 단정 못 해."

"……그건………… 그렇다면 아무리 현재의 인과 관계를 조사해도 나오지 않았습니다. 짐작하는 대상이…… 열다섯 살 전후이신가요?"

"아마 그럴 거야."

"아가씨, 전생의 기억을 가진 자 특유의 표식 같은 것은 없습니까?"

표식. 그런 게 있었나.

카이드는 생각에 잠긴 나를 굳은 얼굴을 하고 빤히 바라보았다. 뭔가 단서가 필요하다. 현재의 인과 관계로 사람을 특정할 수 없는 이상, 지금 고용된 청년 모두가 범위에 들어간다. 나는 무릎에 올린 내 손을 빤히 바라보았다. 뭔가 없을까. 손, 손가락, 발…….

"……그러고 보니 점이 같은 위치에 있었던 것 같아."

"점?"

그래, 점이다. 몸 구석구석을 확인한 게 아니니까 확신할 순 없지만, 하고 덧붙였다. 카이드는 나를 빤히 쳐다보다 흠칫하며 아아, 하고 소리를 냈다.

"목에 있는 점 말씀이군요."

"발목에 있어."

잠시 침묵이 내려앉았다.

"…………목에 있어?"

"…………발목에 있습니까?"

카이드에게는 보이지 않는 곳을 말하나 싶어서 내심 조마조
마했는데, 반대로 내게 보이지 않는 곳을 말했다.

카이드가 가볍게 헛기침을 했다.

"두 곳이나 일치하니 조금은 신빙성이 생기는군요……. 아
가씨, 혹시 관계자의 몸에 난 점 위치를 파악하고 계십니까?"

"……말도 안 되는 소리 하지 마. 애초에 나는 누구와도 거
의 접점이 없어. 아버님은 내가 손님과 만나는 걸 그다지 바라
지 않는 것 같았고. 내가 점의 위치를 알 만큼 접점이 있었던
사람은 가족과 너, 월과 월의 아버님 정도야."

"…………아아, 윌프레드 말인가요?"

카이드가 전 약혼자의 이름을 낮은 목소리로 읊조리자 갑자
기 헛기침이 나왔다.

"윌프레드의 점도…… 어지간히 눈에 띄는 위치에 있던 것
말고는 몰라."

"그렇겠죠. 그것은 차차 생각해 보죠. 아무튼 팀에게 독을
먹인 범인을 붙잡으면 알 수 있는 일입니다."

"……그러네."

사무아는 아니다. 기이드도 그렇게 확신한 것 같아서 안심
했다.

대화가 중단돼 내려앉은 침묵에 마음이 살짝 불안해졌다.
할 말은 다 전했으니 차를 다 마시면 바로 돌아가자. 다시 한

번 재스민의 병문안을 가고, 괜찮다면 팀의 상태도 확인하고, 가능하다면 사무아도 만나고 싶다.

왠지 모르게 불안한 것은 카이드도 마찬가지였는지, 무의미하게 손가락을 움직여 컵을 잡은 후 차를 마셨다.

나도 마시자. 그리고 얼른 돌아가자.

그렇게 생각하고 잔에 입을 댄 나를 향해 카이드가 주먹을 휘둘렀다.

순간 무슨 일이 일어났는지 몰랐다.

고통보다도 열기와 저릿함이 먼저 찾아왔다. 화끈함과 저릿함이 내 볼과 손바닥을 지끈지끈 괴롭혔다. 방 반대편까지 날아간 컵이 요란한 소리를 내며 깨졌다. 아직 내용물이 들어 있던 찻주전자도 쓸려서 땅에 떨어져 산산조각이 났다.

나는 넋이 나간 나머지 아픈 볼과 손바닥을 감싸쥘 생각도 못하고 카이드를 올려다보았다.

카이드는 나를 때리던 엉거주춤한 자세 그대로, 마치 악몽에서 깨어나 안긴 어린아이처럼 포근하게 웃었다.

쿨럭.

아주 묵직하고 끈끈한 소리가 나더니.

카이드에게서 뿜어져 나온 붉은 액체 한 방울이 내 볼에 떨어졌다.

카이드가 곧장 한 손으로 입가를 가린 채 얼굴을 돌리자, 입에서 엄청난 양의 피가 쏟아져 나왔다.

"카이, 카이, 드."

팔다리에 힘이 안 들어간다. 나는 푹 주저앉은 채 기어서 카이드에게 다가갔는데 카이드 역시 기어가며 나를 피했다.

"손대, 지, 마……!"

내가 쫓아가자 카이드는 필사적으로 거리를 벌리더니 갑자기 움직임을 우뚝 멈추었다. 그리고 깨끗한 손을 뻗어서 옷자락을 잡아당기더니 내 볼에 떨어진 피를 힘껏 닦았다.

나는 안심되어 희미하게 웃었지만, 또다시 카이드가 토한 새빨간 액체를 보고 이번에야말로 튀어 오르듯 일어섰다.

"누, 누가, 누가, 의사 선생님 좀 불러주세요!"

"주인님, 무슨 소리입니까. 주인님!"

내가 달려나가려던 것과 동시에 다른 사람들이 뛰어 들어왔다. 그리고 방 안의 참상에 숨을 삼켰다.

"주인님!"

"누구든 좋으니 의무실로 가! 어서! 되도록이면 피는 직접 닿지 않게 해!"

"주인님, 정신 차리세요, 주인님!"

"전부 토하세요, 얼른!"

"주인님, 주인님!"

방에 사람이 점점 밀려 들어왔다. 그때마다 나는 벽까지 물러났다.

"검식은 잘한 거 맞아?!"

"식사를 내기 직전에 반드시 하고 있습니다!"

"그릇에 묻혀 놓은 건가?!"

"그릇도 전부 닦아서 내고 있습니다!"

갑자기 카이드와 자주 있던 남자가 무시무시한 얼굴로 내게 달려들었다.

"이 자시이이이이이이이이이익!"

"기다려! 아직 그 아이가 범인이라고 확정된 게 아니야!"

"난폭한 행동은 하지 마세요!"

그 사람은 마치 늑대인 양 눈을 번뜩이고 목 안쪽까지 보일 만큼 큰 소리를 지르며 달려들더니 내 멱살을 잡고 흔들었다. 하지만 상대가 고함을 지르는데도 나에게는 들리지 않았다.

캐롤과 다른 사람들이 남자의 팔에 매달려 나를 떼어 놓았다. 나는 그 반동으로 나가떨어지는 바람에 벽에 부딪혀 주저앉았다. 흐트러진 머리카락 사이로, 허둥대며 소리치는 사람들 사이로 카이드가 보였다.

더 이상 토할 게 없는지 헛구역질을 하더니 몸이 피 웅덩이 위로 쓰러졌다.

온 세상이 붉다. 과거에 이 땅에서, 이 붉음 속에서 모든 것을 잃었다. 그 붉음이 또 이 땅을 물들인다. 그리 뜨겁지는 않았지만, 반대로 몸의 핏기가 전부 사라져 갈 만큼 차가웠다.

또 그 붉음인가.

"싫어…………."

뻗은 손이 떨리고 몸에 힘이 들어가지 않았다.

카이드는 피가 묻어 더러워지는 것도 개의치 않고, 필사적으로 음식을 토하게 하려는 사람에게 몸을 맡긴 채 흐릿한 금빛 눈동자를 뜨고 나를 보며 천천히 손가락을 뻗었다.

하지만 이내 그 손가락마저도 피바다 속으로 가라앉았다.

"싫어……."

"일어서, 일어서라. 네년, 주인님께 무슨 짓을……. 이봐!"

남자는 캐롤과 사람들을 뿌리치고 다시 내게 달려들다가 당황한 목소리를 냈다.

"싫어……."

어제 먹은 다과 이야기로 웃음꽃을 피우던 가족이.

흰 성 같은 저택이.

아름답게 유지되던 정원이.

사랑했던 그 사람이.

붉게 사라져 간다.

붉음이, 그 붉음이.

다시 그 사람을 데리고 간다.

나는 부들부들 떨리는 손으로 아까 키이드가 피를 닦아 주었던 볼을 만졌다. 그대로 손톱을 세우고 꽉 잡았는데 조금도 아프지 않았다. 하나도 안 아픈데 꿈이 아닌 현실이라니 말도 안 된다.

싫어, 붉음이, 그 붉음이.

난 하나도 안 아픈데.

"싫어어어어어어어어어어어어어어어어어어어어!"

이 붉음이 날 괴롭게 한다.

방금까지 내 멱살을 잡았던 남자가, 감정이 폭발한 듯이 울부짖는 나를 황급히 끌어안았다. 그리고 그대로 날 방 밖으로 데리고 나갔지만 내 절규는 멈추지 않았다. 이런 건 사람이 하는 말이라고 할 수 없다. 짐승의 신음 소리보다 더 원시적인, 그저 이 세상에 감정을 표출하기만 하는 포효다.

"정말로 이 아이는 범인이 아닌 건가?!"

"부탁한다! 너라면 해독제를 찾을 수 있을 거야!"

"범인을 찾아! 해독제를 가지고 있을 거다!"

나는 산발된 머리와 함께 얼굴을 감싸 쥐었다. 그리고 그대로 머리를 끌어안은 채 벽을 타고 미끄러지듯 주저앉았다.

"해독제……."

머릿속이 붉게 깜빡이는 가운데 그 말이 맴돌았다.

해독제가 있으면 카이드는 살 수 있다. 카이드는 사라지지 않는다. 헬트는 죽지 않는다. 헬트는 붉음에 끌려가지 않는다.

"점."

점이다. 떠올리자, 옛날의 기억을. 기억 못하면 다른 기억을 헤집어서라도 건져 올리자.

머리를, 얼굴을 쥐어뜯으면서 중얼거리는 나는 누가 봐도 이상할 것이다. 그래도 상관없다. 나는 이상한 사람이라고 몇 번이나 스스로 밝혀 왔다. 그것을 감안하든 말든, 이상하게 보이든 말든 상관없다. 카이드가 죽지 않을 수만 있다면 뭐든 상관없으니까.

아버님은 오른쪽 귓불에.

헬트가 웃었다.

어머님은 목덜미에.

헬트가 웃었다.

할아버님은 왼쪽 뺨에.

헬트가 장난치며 말했다.

할머님은 입가에.

헬트가 웃었다.

과거를 떠올리려 할 때마다 헬트가 기억 속에서 미소 짓고 있었다. 그러지 마, 나오지 마. 지금 너를 죽게 하지 않기 위해서라도 부탁할게.

하지만 불가항력이었다. 내 세계는 대부분이 아버님께 받은 것으로 이루어졌기 때문에 진정으로 내 것이라고 부를 수 있는 것은 그리 많지 않다. 그래서 내가 처음으로 좋아한 사람의 기억이 태반을 차지하고 말았다.

"점…… 점……."

윌 아버님의 점 위치는 잘 모른다. 윌의 점 역시 마찬가지다. 애초에 그렇게 많이 만나지도 않았기 때문이다.

그저 한 달에 한 번 찾아와 차를 마시고 정원을 잠시 산책할 뿐이었다.

'영주님이 부르셔.'

윌은 그렇게 말하며 다과회에 나타나지 않는 나를 데리러 왔다.

'자, 나의 공주님. 손을 주시겠습니까?'

나는 내민 손을 담담히 잡았다.

"셜리, 우리 쉬자. 응? 괜찮으니까 부탁이야, 쉬자."

나는 울먹이는 캐롤의 목소리에 얼굴을 들었다.

옆으로 시선을 옮기니, 나를 방 밖으로 데리고 나온 남자가 몸을 구부려 손을 내밀고 있었다. 그 남자가 품속에 나이프를 찬 것이 보였다. 남자는 맨손이었다. 주머니를 보니 피로 붉게 물든 장갑이 처박혀 있었다.

장갑. 점. 장갑. 점.

장갑 사이로 그 사람의 점이 보였다.

나는 윌과 또 다른 누군가에게서 같은 점을 본 적이 있다.

붙임성이 좋고, 사람 좋은 미소와 성격으로 모두에게 사랑받는, 번거로운 일도 싫어하는 내색 하나 없이 오히려 앞장서서 도우러 가던 소년.

마치 헬트 같았던 그 소년에게서 같은 점을 보았다.

"……팀."

"어?"

"팀이 가지고 있어."

나는 남자의 품으로 부딪치듯이 파고들어 나이프를 빼앗고는 달려나갔다. 뒤에서 무슨 소리가 들렸다. 하지만 내 발은 멈추지 않았다. 이제 청각까지 붉게 물들었나 보다. 마치 붉은 물속에 빠진 듯 귀가 먹먹해서 소리가 제대로 머리에 들어

오지 않았다.

오늘은 그날이 아니다. 저택은 불타지 않았고, 머리만이 뒹굴던 가족은 그 사람이 만들어 준 무덤 아래에서 나와 함께 잠들어 있다.

분명 그럴 텐데도 모든 감각이 붉게 칠해졌다. 시각에도, 청각에도, 뇌에도, 모든 감각에 붉음이 새겨져 있었다.

도중에 카이드에게 달려가는 의사 선생님들과 엇갈렸다. 그쪽에서 뭐라고 외쳤지만 하나도 알아들을 수 없었다.

사고가 한계에 다다라 머릿속이 붉게 칠해져 짓눌려갔다. 지금까지 이렇게 오래 달린 적은 없었다. 이렇게 빨리 달린 적도 없었다. 정신을 차리니, 나는 누가 봐도 넘어질 것 같은 속도와 자세로 달리고 있었다.

나는 아까 뛰어들어 갔던 의무실로 뛰어들었다. 의사와 그 조수는 모두 카이드에게 달려갔는지 안에는 아무도 없었다. 가장 바깥쪽 침대의 커튼은 여전히 닫혀 있었다.

달라진 것이 있다면 제일 안쪽 커튼이 열려 있고, 안색이 나쁜 팀이 엷은 미소를 띤 채 열린 창문 앞에 서 있다는 점이었다.

"생각보다 빨리 왔네. 그 녀석은 죽었어?"

"해독제를 내놔."

내가 나이프를 움켜쥐고 한 걸음 나서자, 그 모습을 보고 팀이 불쾌한 듯이 눈살을 찌푸렸다.

"곰도 잡는 독이니까 사람이라면 죽는 게 당연한데."

"해독제를 내놔."

"그 대단한 늑대도 곰잡이 독에는 순식간에 죽을 줄 알았는데……. 독의 향과 맛을 죽이느라 굉장히 고생했단 말이야."

"윌프레드 올코트!"

"무섭다. 화내지 마, 이제 그런 사람은 없으니까."

팀, 아니 윌프레드는 지독한 미소를 입가에 올렸다. 치료를 받기 위해서인지 더러워져서인지는 모르겠지만, 윌프레드는 장갑을 벗고 있었고, 소매 단추도 풀어져 있었다. 윌프레드는 그 손목에 있는 점을 무의식적인지 손끝으로 쓰다듬었다.

그 표정에 팀의 모습은 없었다. 내가 아는 윌프레드의 모습역시 없었다. 하지만 이렇게 말을 해 보니 알 수 있었다.

말할 때 숨 쉬는 법, 다음 말을 꺼낼 때까지의 간격. 그런 사소한 부분이, 인위적이지는 않은, 그러나 버릇이라고 부르기에도 애매한 행동들이 그때 그대로였다.

"나는 그 녀석을 죽일 수만 있다면, 그 독에 내가 당한다고 해도 상관없었어. 그러니 해독제 같은 건 애초에 가지고 있지도 않았어."

"…………거짓말이야."

"진짜야. 원래 그 정도 독이면 즉사했어야 하니까 필요 없는 것도 있지만, 만약에 그런 걸 가지고 있다가 그 녀석이 살아나기라도 하면 곤란하잖아? 그건 그렇고."

윌프레드의 눈이 가늘어지더니 햇볕에 타지 않은 하얀 손이 나를 가리켰다.

"칼끝을 겨눌 상대가 잘못됐잖아. 아무리 세상 물정 모르는 공주님이라도 누가 자기를 죽였는지 정도는 알 텐데?"

"지금 카이드를 죽이려고 하는 게 누군지는 똑똑히 알아."

"네게 실망했어. 처음으로 나와 같은 사람을 발견하고 그게 너였다는 것을 알았을 때, 내가 얼마나 기뻤는지 알아? 네 목에서 점을 발견했을 때 내가 얼마나 기뻤는지. 그 시절의 너와는 조금도 안 닮은 눈을 하고 이곳에 있는 너를 보고 기뻤어. 그래, 너도 그 남자에게 우리와 같은 고뇌를 맛보게 하고 싶을 거라고, 너도 나와 같은 마음일 거라고 생각했지. 그런데 넌 뭘 하고 있는 거지? 단지 그 녀석을 용서하러 온 것뿐인가? 우리를 죽인 그 녀석에게 구원이라도 받을 셈이야? 약소 귀족 따위에게 모든 걸 빼앗긴 이 땅에서? 말이 안 되잖아."

말이 안 되는 건 네 쪽이라고 생각했다. 하지만 한편으로는 그 말이 맞다는 생각도 들었다. 그런 건 아무래도 좋다고도 생각했다.

그런 건 다 아무래도 좋으니까 해독제가 있는 곳을 말해.

윌프레드는 품에서 병 두 개를 꺼내더니 노골적으로 반응을 보인 나를 향해 코웃음을 쳤다.

"그렇게 탐욕스러운 눈빛을 보인들, 이건 해독제가 아냐. 다른 종류의 독이지. 목숨을 빼앗기는 힘들지만 휘발성이라서 편리해. 몸이 약한 사람이라면 많이 들이마시지 않아도 후유증이 남을 테지. 그리고 또 하나는 독이 아니라 단순한 황산이야."

"……그러면 내가 겁먹을 줄 알아요?"

"옛날의 너였다면 통했을지도 모르지만 지금의 네게는 무리인 것 같군. 하지만 너는 지금부터 내게 붙을 거야. 그 남자를 욕하고, 이 저택 사람을 비웃으며, 네 눈동자 색과 같은 푸른 우정의 징표도 내던지게 되겠지."

나는 팀이 작은 병 끝으로 가슴팍의 목걸이를 가리켜서 눈살을 찌푸렸다. 넌 15년 동안 최면술이라도 터득한 거야? 그런 게 아니고서야, 도저히 불가능한 일을 뭐 그리 즐겁게 떠들고 있는 거야!

그렇게 고함을 치려 했던 나의 뒤에서 작은 목소리가 들렸다.

"……셜리?"

잠이 덜 깼는지 조금 멍한 목소리에 나는 반사적으로 고개를 돌렸다.

단추를 살짝 풀고 편한 차림을 한 재스민이 비틀거리면서 커튼에서 나오더니 눈을 크게 떴다.

재스민 눈에는 독을 마셔 창백한 얼굴을 한 동료에게 나이프를 들이대는 여자가 비치고 있었다. 여자는 머리가 산발이 되어 옷이 흐트러진 채 핏발 선 눈을 하고 있으리라. 어떻게 봐도 정상이 아닌 모습이다.

"사, 살려주세요, 재스민 씨! 셜리 씨가 이상해요!"

떨리는 목소리로 외치더니 마치 현기증이라도 일어난 듯이 비틀거리며 창틀에 기대는 '팀'을 보고 재스민이 비명을 질렀다.

창틀에 쓰러진 '윌프레드'의 손이 유리병을 흔들었다.

저건 어느 쪽 병이었지? 아니, 어느 쪽이든 간에 아무리 약한 독이라도 이렇게 몸 상태가 안 좋은 재스민이 들이마시면 어떻게 될지 모른다. 황산은 말할 필요도 없다.

팀은 스스로 독을 마셔서 안색이 나빠졌음에도 불구하고 새하얀 입술로 엷은 웃음을 띠었다.

"실은 병이 또 하나 있는데 동료가 가져갔습니다. 내가 신호하면 우물에 던질 거예요⋯⋯⋯ 재스민 씨, 도망치세요, 재스민 씨⋯⋯."

작은 목소리로 덧붙인 뒤에 힘없이 입에 담는 말은 천연덕스럽기 그지없었다. 방금까지는 살려 달라고 매달렸으면서 이번에는 도망치라니.

윌프레드가 이런 남자였나. 잘 기억이 안 난다. 나는 윌프레드에 관해 제대로 모르기 때문이다.

일그러지고 추악한 낙원에 둘러싸여 있던 나의 약혼자가 되었을 정도니까 원래부터 이런 남자였는지도 모른다. 아니면 요 15년 동안에 이런 모습으로 변한 것일까.

어느 쪽이 됐든 내가 취할 수 있는 수단은 분할 만큼 남아 있시 않았다.

나는 나이프를 거꾸로 쥐고 연약하디 연약한 '팀' 의 머리카락을 움켜쥐었다. 팀은 무섭다는 듯이 작게 신음했지만, 나는 진저리를 치며 드러난 목덜미에 나이프를 들이댔다. 그리고 차갑고 냉혹하게 과거에 처형대 위에서 영지민을 내려다보던 눈으로 재스민을 보았다.

"가까이 오지 마."

목소리가 떨리지는 않았다.

탁탁탁탁 수많은 발소리가 계속해서 들렸다.

이자도르가, 캐롤이, 사무아가, 낯익은 사람들이 일제히 나를 보고 숨을 삼켰다. "팀!" 하고 비명을 지른 것은 옆방을 쓰는 메이드다. 맛있는 과자 가게를 찾았다며 옆방을 쓰는 우리에게도 과자를 나눠준 다정한 아이였다.

"셜리, 대체, 왜 이런 짓을······."

평소에는 단정하게 올리고 다니던 앞머리를 내린 채, 잠시 못 본 사이에 초췌해진 사무아의 모습을 보고도 안심했다. 무사히 풀려난 듯해 다행이다.

나는 진심으로 그렇게 생각했다. 하지만 하루 만에 눈에 띄게 초췌해진 모두에게 내가 선사하는 것은 휴식이나 치유가 아니다.

배신이다.

"지긋지긋했어. 재스민도, 너도, 팀도 성가시기만 해. ······ 그리고 그 남자도."

나는 말하면서도 분노를 참을 수 없었는지 희미하게 웃음을 띤 월프레드의 머리카락을 세게 움켜쥐었다. 이번에는 진짜로 신음소리를 냈지만 나는 전혀 기쁘지 않았다. 이 나이프로 월프레드를 내리칠 수 있다면 얼마나 좋을까.

지독하게 끈적이면서도 바싹 마른 입안에서 필사적으로 혀를 움직였다.

"기왕 뭔가를 줄 거면 보석이나 주지, 정작 내가 받은 건 알 사탕이나 구움과자뿐이었어. 난 이런 곳에서 썩을 사람이 아니야. 더 위로 올라가 부자가 되어서 누구나 부러워하는 행복한 삶을 살 거야."

거짓말이야.

"카이드를 손에 넣지 못한다면 내가 차기 영주님이라도 되어야겠다고 생각했는데, 그 남자가 그걸 방해했어. 그뿐 아니라 나를 해고하려고 했어. 그래서 죽인 거야. 팀에게 독을 먹이면 사무아도 함께 처리할 수 있고, 친구 둘이 없어지면 시끄럽게 따라다니는 너도 조용해질 테니 말이야."

거짓말, 이야.

이미 창백한 얼굴이 더욱 창백해진 재스민의 다리가 휘청거렸다. 반사적으로 달려가 부축한 사무아는 이 현장을 보고도 아직 못 믿겠는지 얼굴에 곤혹스러움을 드러내고 있었다.

"저기, 메이드장. 그 남자는 죽었지? 곰 잡이 독을 썼으니 죽었겠지. 곰도 잡는 독인걸. 그리고 이자도르 님. 우리를 방해하던 그 남자가 사라졌으니 이제 저를 봐 주실 거죠?"

이자도르가 무슨 말을 하려다 입을 다물었다. 그리고 작게 무언가를 중얼거렸다. 여기서는 입모양도 잘 안 보이지만 근처에 있는 누군가에게는 틀림없이 들렸을 것이다.

나는 곤혹스러워하는 캐롤에게 마음속으로 사죄했다. 사실은 이곳을 떠나기 전에 너에게만이라도 전하고 싶었어. 나는 카이드를 원망하지 않으니 이제 나와 관련된 일로 카이드를 비난할 필요는 없다고.

그렇게 전하고 싶었다.

뒤쪽으로 사람들이 더 모이기 전에 독을 마셔 약해진 '팀'을 창밖으로 떠밀었다. 부상자를 옮기기 편하도록 창문도 낮고 큰 데다 여긴 1층이니까 떨어져도 문제는 없을 테지.

내가 떨어진 팀을 뒤따라 나가는데, 요 한 달 동안 즐거운 일이 없어도 늘 반갑게 나를 불러주던 목소리가 들렸다.

"셜리!"

나는 입술을 꼭 깨물고 창문을 넘는 동시에 고개를 돌렸다.

"시끄러우니까 꽥꽥 소리 지르지 마. 꼭 일일이 소리를 질러야만 말이 돼? 네 그런 점이 싫다는 거야. 시끄럽기 짝이 없고 듣기만 해도 목이 마르다고. 누가 우물에 가서 물이라도 길어다주지 않을래? 아, 재스민, 네가 다녀와도 돼. 그리고 그대로 떨어져 주면 조용해지겠지."

재스민은 얼굴이 새파래진 채 이를 딱딱 부딪치고 있었지만 눈물은 흘리지 않았다. 그래, 울 수 없겠지. 사람이 지나치게 슬프거나 고통스러우면 어째선지 눈물이 나지 않는다.

나는 천천히 손을 들어 목걸이 줄에 손가락을 걸고 비틀었다. 툭, 하고 간단히 목걸이가 끊어졌다. 늘 빛나던 재스민의 눈동자가 일렁, 하고 일그러졌다.

"이것도 놓고 갈게. 여기에 놓고 갈 테니까 카이드에게 바치면 되겠네. 망가진 목걸이라, 그 남자에게 어울리는 꽃이야."

나는 창틀에 놓은 목걸이의 꽃 부분을 손끝으로 튕겨 떨어뜨렸다. 달각, 하고 작은 조개껍데기가 떨어지는 소리를 마지막으로 나는 '팀'에게 나이프를 들이댄 채 슬금슬금 뒤로 물러섰다.

멍하니 나를 바라보는 사람들의 눈동자 중에는 내가 아는 눈동자도 여러 개 있었다. 나는 모르는 15년이라는 시간을 카이드와 함께 보낸 사람들. 카이드는 다시 이 땅으로 돌아온 그사람들에게 감시받는다고 말하면서도 어딘가 안심한 듯이 보였다.

"캐롤."

그 사람들이 카이드 곁에 있는 이유가 무엇이든 상관없다. 이 혼란스러운 라이우스에서 절대로 배신하지 않는 사람들의 존재란 카이드에게 얼마나 큰 도움이 되었을까.

나는 창문으로 새어 나오는 빛이 아슬아슬하게 비치는 위치까지 멀어지고 입가를 끌어올렸다.

"헬트를 부탁해."

"…………아가씨?"

캐롤이 내게 익숙한 그 눈동자를 크게 뜸과 동시에 등을 돌렸다.

"안녕."

"잠깐만, 셜리, 기다려!"

"팀! 기다려, 팀을 내놔!"

비통한 고함 소리가 달려가는 내 등에 꽂혔다.

하지만 나와 윌프레드는 한 번도 돌아보지 않고 어둠 속으로 사라졌다.

어차피 저택 문이 닫혀 있어 도피처 따위는 없었다. 우리가 우왕좌왕하고 있으면 화살이라도 쏘지 않을까 하고 생각하는데, 방금까지 위협받던 강아지 같았던 얼굴을 했던 윌프레드가 히죽이는 웃음을 띠었다.

"이쪽으로 와."

"……정말로 해독제가 없어?"

"없어. 만에 하나 살아나면 속이 부글부글 끓는 정도로는 안 끝나. 그야말로 한 번 죽은 정도로 부족할 정도지."

나는 빼앗은 나이프를 윌프레드의 등에 대고 묵묵히 달렸다. 이젠 옆구리가 아팠다. 토해내는 숨결에 가시가 섞인 건 아닐까 싶을 정도로 목도 아팠다.

어디로 가는 거지. 어차피 어디로도 도망칠 수 없을 텐데. 만약 누군가 활을 겨눈다면, 그쪽에서 신호를 주고받기 전에 내가 먼저 윌프레드의 목을 조르고 함께 화살에 맞을 텐데.

바깥에서는 휘발성 독이 바로 바람에 날아갈 테고, 황산은 못 던지세만 하면 가장 가까이 있는 나만 피해를 보는 걸로 그칠 것이다. 저쪽에서 신호만 주고받지 않으면 된다.

몸에 가려 보이지 않는 곳에서 몇 번이고 주먹을 쥐었다 폈다. 승부는 한순간이다. 아, 그런데 신호가 휘파람이라면 어떻게 해야 할까. 팔을 깨물면 될지도 모르지만, 한쪽 팔만 깨물어서야 제압할 수 없다.

다행히 키는 비슷하니까 박치기가 좋을까. 주먹으로 때리는 방법도 있지만, 만약 통하지 않는다면 소용이 없다. 손가락이 부러져도 좋으니 온 힘을 다해 때리면 조금은 먹힐까.

달리면서 이곳저곳에서 들리는 고함 소리의 저편에 있을 불빛으로 의식을 향했다.

카이드, 헬트.

아아, 어느 쪽이든 상관없어. 둘 중에 네가 원하는 모습이어도 되니까, 부탁이니까, 어느 쪽이든 좋으니까 살아 있어 줘.

안 돼. 아직 너무 일러. 내세에서 다시 만나자고 약속하긴 했지만 이런 이별은 내가 바라던 게 아니야.

"하핫! 혁명으로 영지를 손에 넣은 영주에게 잘 어울리는 최후야!"

어린아이 입에서 나올 말치고는 너무나도 악하고 비뚤어진 소리를 듣고, 내 눈앞에 붉은 액체와 쇠 냄새가 되살아났다. 자신은 많은 피를 토하면서도 내 뺨에 묻은 피 한 방울을 걱정하던 그 사람의 모습이.

"……윌프레드 올코트. 만약, 만약에 카이드가 죽는다면 나는 널 절대 용서하지 않을 거야."

"그건 불공평하지. 가족과 자기 자신을 죽인 남자는 용서한다는 거잖아. 뭐, 그건 나중에 천천히 얘기하자. 여기를 나간 다음에 말야."

"여길 나갈 수 있을 리가 없어. 문은 모두 닫혀 있다고."

평상시라면 몰라도 이런 사태가 벌어진 상황에서 문지기가 도망치는 두 사용인을 내보낼 리가 없다. 설령 어느 쪽이 인질인지 모른다고 해도 놓아줄 리가 없다.

그런데도 윌프레드는 히죽 웃었다.

"우리 둘만으로는 못 통과한다면 여길 지나갈 수 있을 만한 사람과 같이 나가면 된답니다. 세상 물정 모르는 공주님."

나는 눈살을 찌푸린 채 그 말의 진의를 파헤치다가 깨달았다.

이곳은 손님이 타고 온 마차를 모아 놓은 장소다. 윌프레드는 그중에서 가장 거대하고 비스듬히 기울어져 있는 마차 앞에 멈추고 '어째선지' 잠기지 않은 커다란 문에 손을 댔다. 늦은 밤인데도 '어째선지' 말 한 마리가 매인 마차가 쉽게 문을 열었다. 그리고 안에 있는 살덩어리를 보고 나서야 겨우 상황을 이해했다.

오늘은 비교적 평온한 날이었다.

저녁 식사까지 있었던 말썽이라고 해 봐야 다리히 영주 조블린, 즉 눈앞의 이 남자가 별것도 아닌 계단에서 넘어져서 일으키느라 고생했던 것이 다였다.

"그래서 일은 어떻게 됐지?"

"독을 먹이기는 했습니다만, 곰 잡이 독이었는데도 즉사하지 않더군요. 그 자식 정체가 뭡니까, 무슨 괴물인가요?"

"귀족이지만 짐승 같은 놈이라 쓰레기를 먹고 살아남은 탓에 이상하리만치 속이 튼튼한 거겠지. 아무튼 수고했다. 내 마차에 타는 것을 허락하마."

"예."

조블린 앞에 앉아 있던 사용인이 일어나 의자 아래쪽을 차 올렸다. 그러자 그곳이 달칵 열리고 좁은 공간이 나타났다. 사용인은 그곳에 들어가더니 다시 안쪽 판자를 들어 올렸다.

"여성분부터 타시죠."

마치 귀족 영애를 에스코트하듯이 우아하게 손을 내민 윌프 레드가 역겨웠다. 혀를 차는 것은 바로 이럴 때 하는 행동임을 깨달았다.

"…………이런 소동이 일어난 뒤에 바로 마차를 출발시키 면 범인이라고 자백하는 거나 다름없어."

"하지만 명확한 증거도 없이 다른 령 영주를 추궁을 할 수 없 는 게 약점이지. 자, 빨리 들어가. 아니면 공주님이라 내가 안 아 줘야만 들어갈 수 있나?"

나는 노골적인 모욕에 말없이 윌프레드를 노려보았다. 윌프 레드는 뭐가 즐거운지 소리 내 웃었지만, 조블린은 살덩어리 를 흔들며 머리를 기울일 뿐이었다. 고개를 갸웃거린 듯도 했 지만, 살에 파묻힌 탓에 목이 어딘지 알 수 없었다.

"네가 간절히 원하기에 어떤 여자인가 궁금했는데 아무짝 에도 쓸모없는 계집이었군. 표정은 우울한 데다 살집도 없어. 그야말로 안을 마음이 확 달아나는 계집이야."

"……당신과 비교하면 그 누구도 살집이 없지요."

"후훗, 말은 잘하는군."

조블린이 웃느라 살덩어리가 흔들리자 마차도 함께 흔들렸다. 마차가 통째로 흔들리는 탓에 이 남자의 움직임에 온 세계가 흔들리는 것이 아닐까 하는 착각에 빠졌다. 남자는 자신이 일으킨 진동에 모두가 흔들린다는 사실을 전혀 개의치 않아 했다.

"당신에게는 아무 짝에도 쓸모없는 계집일지 모르지만, 제게는 세상에 둘도 없는 여자입니다. 그 누구도 이 여자를 대신할 수 없습니다. 그 누구도 저를 이해해 주지 못 했지만 이 여자만은 저와 같은 세상을 볼 수 있습니다. 이 여자만이 저와 같은 세상을 바라봐 준단 말입니다."

"너는 늘 수수께끼 같은 말만 하는구나. 뭐, 됐다. 어서 저택을 나가지."

"예. 자, 공주님, 안으로 들어가시지요."

"……싫어."

윌프레드는 닫힌 문을 힐끗 바라보는 나를 향해 어깨를 으쓱거리더니 문 앞에서 반걸음 정도 물러나 마차에 달린 선반을 열었디. 뚜껑이 단단히 닫힌 병 안에 천이 든 섯을 보자마자 몸을 날려 거리를 벌렸다. 하지만 유일한 입구가 막힌 이상, 아무리 넓다 해도 어차피 마차 안이었다. 나는 바로 벽에 부딪혔다.

조블린의 남자 사용인이 나를 뒤에서 잡아 눌렀다.

"놔!"

아까 내가 '팀'에게 한 것과 반대로, 이번엔 내가 머리카락을 붙들린 채 억지로 고개를 들었다. 나는 더 크게 소리 지르며 날뛰려 했지만, 코와 입이 축축한 천에 둘러싸여 그러지 못했다.

"네가 이렇게 왈가닥인 줄 알았으면 승마라도 권할 걸 그랬어. 하지만 네 아버님 비위를 맞추기 귀찮으니 죽어도 말 안했겠지만."

나 역시 죽어도 사양이라고 말하고 싶었지만 약품 냄새가 나는 천에서 흘러나온 무언가로 인해 급속히 의식을 잃어 갔다.

카이드, 라고 중얼거려 보았지만 천에 흡수된 소리는 밖으로 나가지 못했다.

빗소리가 그치지 않는다.

벌써 이틀째 세찬 비가 계속 내리고 있다.

영주가 독살당할 뻔한 영지에는 있을 수 없다.

그렇게 잘라 말하고 저택을 나온 다리히 영주 일행은 계절에 맞지 않는 폭풍을 만난 탓에 발이 묶여 아직노 라이우스를 빠져나가지 못하고 있었다.

큰 숙소도 없는 시골 마을에서 발이 묶인 조블린은 그 거구를 흔들면서 항상 초조해했다. 그 몸에 맞는 방이 없어서 대신에 헛간처럼 입구가 넓은 곳을 써야만 했던 것도 화가 난 원인 중 하나인 모양이다. 그런 일에 화를 낼 여유가 있으면 자기 뱃살부터 빼면 좋을 것을. 하지만 거기까지는 생각이 못 미쳤는지, 여기에 올 때까지 사 모은 과자를 한 손으로 움켜쥐고 물을 마시듯 들이키기 바빴다.

이런 점 때문에 어머님이 저 남자는 더러워서 싫다고 하셨구나, 하고 새삼 깨달았다.

헛간 근처에는 시계탑이 있었고, 매일 여섯 시간이 지날 때마다 종을 울려 시간을 알렸다.

아까 종이 울렸으니 날이 밝았을 것이다. 나는 비가 들이치지 않도록 굳게 닫힌 창문에 기대 빗소리를 들었다.

이 방에는 나와 조블린, 사용인 세 명만이 있다. 애초에 사용인 모두가 들어갈 수 있는 곳도 아니었다. 다른 사용인은 가엽게도 시계탑에서 지내고 있다. 하루에 네 번, 온 마을에 울려 퍼지는 종소리를 가까이에서 듣는 것은 참 괴로울 것이다. 여기도 시계탑과 가깝다고는 하나 같은 건물은 아니었기에 종소리 때문에 펄쩍 뛰는 일은 없었다.

월프레드는 어딘가로 훌쩍 나가더니 무언가 정보를 모아서 돌아왔다. 그리고 매번 어깨를 늘어뜨리고 중얼거렸다.

"아직도 안 죽었어."

그 말만이 내게 구원이었다.

그 뒤로 월프레드와는 이야기를 하지 않았다. 조블린과 하는 대화를 들어 보니 아직 스스로가 월프레드라는 것을 안 밝혔다는 사실을 알아차렸기 때문이다.

"사랑스럽게 조른다면 네게도 나눠 주마."

조블린은 체온 때문에 녹은 초콜릿을 손에 묻힌 채 상자에 든 나머지 초콜릿을 보여 주었다. 나는 그런 조블린을 마치 오물을 보듯 흘겨보았다. 사실 무엇에 비유한들, 핥아서 침투성이가 된 손은 더러울 뿐이었다.

조블린은 아침을 먹은 지 얼마 되지도 않았는데 벌써 배가 고픈 모양이다. 강한 비바람 소리 때문에 일찍부터 일어난 탓도 있으리라. 하지만 애초에 하루 종일 무언가를 먹고 있는 사람이니 날씨는 그다지 상관없을지도 모른다.

"가까이 오지 말아 주시겠어요? 같은 방에 있는 것만으로 구역질이 날 것 같아서요. 스스로가 얼마나 더러운지 깨닫지 못하신다면, 돼지우리에 있는 돼지만도 못한 존재가 되시는 거죠."

"후후, 시골 계집 주제에 말은 잘하는구나. 제법 영애처럼 입을 놀린단 말이야."

"당신이 훌륭한 영주님처럼 말을 못하는 것뿐이겠죠. 자신의 무능을 제 탓으로 돌리시면 곤란합니다."

살덩어리는 거구를 흔들며 웃었다.

그리고 갑자기 무표정한 얼굴을 했다.

"나를 화나게 해서 무슨 말을 듣고 싶은 거냐, 계집."

차라리 미친 듯이 화난 멧돼지처럼 돌진해서 저기 있는 창문이나 입구를 부숴 주면 좋겠다고 생각하다가 무리임을 깨달았다. 조블린의 체형이라면 힘은 충분하겠지만, 앉아 있는 것도 버거워 보이는 몸을 굳이 일으켜 돌진해 오지는 않으리라. 언제든지 돌진해도 상관없지만 지금은 움직일 기미조차 없다. 좀처럼 일어서지 않는 사람이기에 그럴 가능성은 더욱 희박했다.

무표정한 조블린과 반대로 나는 더욱더 크게 미소 지었다.

"당신이야말로 이런 시골 계집에게 시중을 들게 해서 무슨 말을 듣고 싶으신 건가요?"

나를 대화 나누기 만족스러운 상대라고 판단한 듯해서 다행이다.

이 남자는 허술해 보이는 외모와 달리 용의주도한 야심가다. 그렇지 않았다면 다른 영지를 호시탐탐 노리면서 오랫동안 영주 자리에 앉아 있지 못했을 것이다. 남자는 요 며칠 동안 나와 나눈 대화가 유의미하다고 판단한 듯, 창문에서 몸을 떼고 등을 폈다.

남자는 살에 파묻힌 얼굴 속에서 유달리 작아 보이는 눈을 알아보기 힘들 만큼 가늘게 떴다.

"방심할 수 없는 팀이나 너, 라이우스의 애송이도 그렇고, 요즘 애들은 무섭군. 배짱이 두둑하기 그지없어."

"칭찬해 주셔서 영광입니다만, 당신에게 칭찬을 받아도 전혀 기쁘지 않습니다."

"이것 참 무섭군. 처음에는 시시한 시골 계집이라고 생각했는데, 팀처럼 방심할 수 없는 남자가 양보 못한다고 할 정도라니. 재미있어 보여서 끼어든 게 정답이었어."

생각하기에 따라서는 그저 동그라미로만 보이는 눈이 나를 빤히 내려다보았다.

"네가 그 늑대 영주도 길들인 건가?"

"늑대는 사람을 따르지 않기에 늑대인 겁니다. 사람에게 꼬리를 흔드는 건 늑대가 아니라 개지요. 그런 것도 모르시나요?"

그리고 꼬리를 흔들지도 않고 사람을 따른다면 그건 개도 무엇도 아닌.

그저 인간일 뿐이다. 사람이 사람으로서 다른 사람을 좋아한다. 그저 그뿐이다.

하지만 그것을 가르쳐 줄 생각은 없다. 카이드는 인간이라는 사실을, 딱히 고민하지 않아도 누구나 알만한 것도 모르는 자에게는 아무리 가르쳐 줘 봐야 이해 못 한다. 그리고 같은 사람을 사람 취급하지 못하는 인간이야말로 사람이 아니다.

조블린은 껄껄 웃어넘기더니 콧김을 내뿜으며 초콜릿을 움켜쥐었다. 손의 열기 때문에 녹은 것도 개의치 않은 채 입안에 던져 넣고는 손에 묻은 것을 핥았다.

"한 번쯤은 손을 대야겠군. 적당한 검은머리 남자를 골라 애라도 낳게 해서 뒤를 봐주려고 했건만. 아까운 일이로고."

조블린은 사람이라면 입에 담기도 어려운 말을 미치 초골릿의 종류를 말하듯 아무렇지 않게 내뱉었다. 자신의 목적을 위해서라면 수단을 가리지 않는 것이 다리히의 영주다. 과거의 아버님처럼 추악하지만 훨씬 교활한 남자다.

"저같이 촌스러운 시골 계집이 아니어도 상대라면 얼마든지 있으시잖아요. 볼일이 없으시다면 저는 이만 돌아가도 될까요? 분부하실 것이 있으시다면 받들겠습니다."

"뭐, 그렇게 서둘러 결론 낼 것도 없다. 어차피 폭풍만 사라지면 금방 다리히에 도착해. 그때 가서 여유롭게 생각해도 되겠지."

"생각하실 건 아무것도 없습니다."

조블린은 두꺼운 혀로 손가락을 핥고는 우습다는 듯이 몸을 흔들었다.

"무도회장에, 드레스에, 요리에, 하객. 생각할 거리라면 얼마든지 있을 텐데? 비록 시골 계집이라 할지라도 결혼할 때만큼은 기대를 품어야지. 안심해라. 내가 아낌없이 원조해 주마."

나는 순간 조블린이 무슨 말을 하는지 이해할 수 없었다. 나는 어떤 얼굴을 하고 있었을까. 넋이 나간 멍한 얼굴이었을까, 진지한 얼굴이었을까.

어떤 얼굴을 했는지는 몰랐지만 상대를 웃게 만들기에는 충분했는지, 조블린은 기분 좋은 듯이 거구를 흔들어 댔다.

"…………네?"

내가 가까스로 쥐어짜 낸 말에 살덩어리가 껄껄 웃었다.

"내게도 마침 나이가 찬 손녀가 있는데, 저것한테 빠져 있지. 물론 가족으로서는 둘의 사랑을 응원하고 싶다만, 역시 이런 일은 본인들 의사가 가장 중요한 법 아니겠나. 저것이 네가 아니면 도무지 싫다고 뻗대니 결국엔 나도 젊은이들 사랑을 응원해 주고 싶어진 것이야."

아까는 적당한 검은 머리 남자를 골라 아이를 낳게 하고 싶다고 했으면서 이번에는 내 사랑을 응원한다고 한다.

조블린도 월프레드도 일구이언이 무슨 뜻인지 몸소 가르쳐 주었다. 하지만 나 역시 다르지 않다. 나 또한 태연하게 거짓말을 했다. 중요한 사실은 거짓말로 덮고 모순투성이 삶을 살아왔다.

나는 저택을 나온 뒤로 계속 생각했다. 저택을 나갈 때 본 모두의 얼굴을. 지금도 빗소리를 들으면서 계속 떠올리고 있었다.

슬퍼 보였다, 괴로워 보였다, 아파 보였다. 그뿐만이 아니다. 이번 생에서는 모두 나를 향해 쓴웃음을 지을 때가 많았다. 물론 다정한 사람은 많이 있었다. 친절한 사람도, 따뜻한 사람도. 그 사람들은 나를 보고 쓸쓸하게 웃었다.

그 얼굴을 떠올리고는 생각했다.

어쩌면 나는 이 15년 동안 헛되이 살아왔던 것일지도 모른다. 고집스러울 정도로 내가 행복을 느끼지 않는 것만이 속죄라고 생각했다. 그런 생각에 주변 사람들에게 상처를 입히고, 걱정을 끼치고, 어두운 얼굴을 하게 만든 것이다. 그런 고집스러운 자신에게 취해서 상처 입는 것도, 괴로운 것도, 슬픈 것도 모두 내가 전생에서 저지른 죄 때문이라고 죄책감을 키워 갔다. 나는 행복해서는 안 된다는 것을 핑계 삼아 주위를 불행하게 만들며 도망쳐왔던 것일지도 모른다.

진정으로 과거의 빚을 갚고 싶다면, 진정으로 속죄하고 싶었다면…….

스스로 불행해지려는 듯이 행동하거나, 나를 안타깝게 여기는 따뜻한 사람들에게 상처를 주는 것이 아니라 저지른 죄만큼 모두를 행복하게 만들자고 마음먹어야 했다.

카이드처럼 누군가를 행복하게 만들기 위해 애썼으면 좋았을 텐데, 그것과는 정반대로 따뜻한 사람들의 마음을 갈가리 찢었다. 지금이라면 그런 얼굴이 아니라 웃는 얼굴로 만들었어야 했음을 아는데.

나는 늘 틀린 답을 고르고 만다. 그리고 뒤늦게 깨닫는다.

행복해져서는 안 된다며 주위 사람을 멀리하고 담을 쌓고, 결국 아무것도 알려고 하지 않았다.

그때와 똑같다. 그 시절, 아무것도 모른 탓에 재앙으로 변했던 나와 조금도 달라지지 않았다.

아아, 나는 정말로 어리석은 여자다. 이제 와서, 이제 와 깨달아서 어쩌자는 것일까. 그 따뜻했던 사람들에게 돌이킬 수 없을 만큼 상처를 주고, 그걸 멀어진 다음에야 겨우 깨닫다니.

카이드, 아아, 카이드. 미안해, 정말 미안해.

이자도르, 나는 족쇄가 아니야. 나는 저주였어. 내 불행에 취해 주위에 불행을 흩뿌리는 재앙이었어.

"오, 팀인가."

"너무하십니다, 조블린 님. 열심히 생각했던 일생일대의 청혼을 위한 대사를 못 쓰게 되지 않았습니까."

"후후, 덕분에 시기를 잡는 게 승부를 판가름한단 걸 배우지 않았나."

어느새 돌아왔는지 흠뻑 젖은 상의를 벗은 윌프레드가 어깨를 으쓱거리며 머리를 쓸어 올렸다.

"그럼 적어도 설명할 시간 정도는 주십시오."

"후후, 어차피 비가 이렇게 많이 오니 시간은 많을 게야."

"단둘이 있어야 제대로 설명을 할 수 있지 않습니까. 그 여자는 온실 속의 공주님이니까요."

"시골 계집을 상대로 부끄러움도 없이 잘도 말하는군. 한때는 네가 그렇게까지 빠져든 게 이상했다고 생각했지만, 음, 재미있는 계집이야. 좋다, 내 마차를 빌려주지. 충분히 얘기하고 오도록."

"분에 넘치게 감사할 따름입니다. 역시 배포가 크시군요."

"뭐, 울적한 날씨에 꽤나 날 즐겁게 해 줬으니 말이다. 하지만 그 마차는 돌아갈 때도 타야 하니 더럽혀서는 안 돼."

"특별히 주문한 물건에 그런 번거로운 짓은 안 합니다. 그럼 가자, 셜리."

나는 당연하다는 듯이 내민 손을 잡지 않고 일어섰다.

윌프레드가 한쪽 눈썹을 솜씨 좋게 추켜올렸다.

"어라, 공주님 혼자 설 수 있으십니까?"

"설 수 있게 해 줬어."

계속 실수를 저지르는 나를 내버려두지 않고 옆에 있어준 사람들이 오랜 시간에 걸쳐서 가르쳐 주었다. 아직이다. 아직 아무런 보답도 못 했다. 아직 어떤 사과도 하지 않았다. 모두에게도, 그 사람에게도.

카이드. 미안해. 카이드.

내가 매달려서 너를 불행에 빠지게 하고 말았어. 이번에는 불행에 빠진 너를 확실히 끌어 올릴게. 밝은 곳으로 데려갈게. 반드시 데려갈게.

그러니까 부탁이야, 죽지 마. 부탁이니까 늦지 마. 나에게 너무 늦었다고, 시간에 맞추지 못했다고 말하지 마.

무슨 일이 있어도 반드시 돌아갈 테니까 제발 죽지 마. 부탁이니까 살아 있어 줘.

하느님, 부탁드려요. 앞으로 있을 제 행운을 전부 써 버린대도 상관없어요. 운이 하나도 없다고 해도 어떻게든 행복해질게요. 이제 두 번 다시 스스로 불행을 바라지 않을게요. 불행을 도피처로 삼지 않을게요. 무슨 일이 있어도 행복해지기 위해 노력할게요. 저와 마주친 사람이 슬픈 삶을 살지 않도록 신경 쓸게요.

그러니까, 부탁이니 하느님.

그 사람을 제발 살려 주세요.

팀은 빗속에서 마차 무리로 가더니 다른 마차의 세 배는 됨 직한 마차를 그대로 지나 작은 마차의 문을 열었다. 그 마차에는 딱히 불쾌한 기억이 없어서 나야 상관없었지만, 조블린의 지시를 따르지 않는 건가 싶어서 멍하니 바라보고 있었다. 그런데 팀이 뒤에서 등을 밀었다.

문이 닫히고 빗소리가 차단되었다. 천장을 똑똑 때리는 소리는 울리지만 빗소리 자체는 거의 잦아들었다.

"아마 저기에는 누군가가 들어가 있을 거야. 너도 얘기를 들려주고 싶지 않잖아?"

"그렇지."

작기는 해도 네 명이 마주 보고 탈 수 있는 마차다. 마차 나름 대로 넓기는 했다.

나는 우산을 써도 의미가 없는 장대비 속에서 젖은 머리를 닦았다. 그리고 무릎을 마주하고 앉아 검지와 중지를 감싸 쥐었다.

"나를 보내 줘."

"질문이 하나 있어."

정말이지 남이 하는 이야기를 듣지 않는 남자다. 뭐, 나도 상대의 이야기를 듣기 전에 내 희망사항부터 요구했으니까 같은 부류이리라.

나는 할 수 없이 입을 다물었다. 현재 주도권은 윌프레드에게 있으니 말이다.

윌프레드는 입을 다문 나를 보고 검지로 자신의 무릎을 톡톡 두드렸다. 이것은 윌프레드의 버릇이다. 팀일 때는 한 번도 못 본 걸 보면 본인도 알고 있는 버릇이리라.

"넌 나와의 약혼을 계속 거부해 왔어. 아버님에게도 줄곧 약혼 파기를 요구했고."

"당신이 이런 사람인 줄 알았다면 더 깊게 혐오감을 품었을 텐데. 그게 뭐 어쨌는데?"

"저택에서는 네가 그 녀석의 약점이 됐으면 해서 바람을 넣었는데……. 너 설마 그 무렵에 이미 그 녀석과 사랑하는 사이였나?"

눈 깜빡임 한 번조차 놓치지 않으려는 집요한 시선에 겁먹을 이유는 없다.

"그게 뭐 어때서?"

윌프레드가 눈을 크게 떴다.

아무리 세상 물정을 모르는 바보 아가씨라 해도 귀족 여식의 결혼이란 가문을 위한 것임을 알고 있었을 터다. 그래서 헬트와 사귀는 것이 알려지면 헬트가 해고되어 만날 수 없게 된다는 사실도 알고 있었다. 실제로는 해고되어 더는 못 만날 뿐만 아니라 그 목숨마저 잃었을지도 모른다.

그때는 거기까지 생각이 못 미치긴 했지만 우리는 누구에게도 들키지 않도록 몰래 사귀었다. 그때는 헬트가 무언가를 숨기는 데 뛰어나다는 사실을 몰랐지만, 어쨌든 사귀는 사실을 상당히 잘 숨겼었다. 그리고 원래 메이드들은 나에게 다가오지 않기에 친한 사용인 역시 굉장히 적었다.

그 몇 안 되는 친한 사람 중 한 명은 캐롤이었다. 캐롤에게만은 비밀을 털어놓았다. 그래서 헬트를 만나러 갈 때면 늘 캐롤이 도와주었다.

하지만 아버님은 그럴듯한 이유도 없이 결혼을 거부하는 내 부탁을 들어주지 않았다. 아버님 나름대로 내가 가장 행복하게…… 지금 상태 그대로, 변함없는 수준으로 살아갈 수 있는 상대를 골랐을 테니 더욱 그랬다.

"하, 하하, 아하하하! 그러면 너는 사용인 정도가 아니라 연인에게 배신당한 건가! 정말이지 걸작이 따로 없군!"

윌프레드는 배를 잡고 눈물을 흘리며 한바탕 웃더니 그렇다고 대답한 나의 멱살을 잡았다.

"너 바보냐? 그렇다면 더더욱 뭘 하고 있는 거야."

"나는 아무것도, 아무것도 안 했어. 그 사람을 행복하게 해 주기 위해 아직 아무것도 못했어."

퍽, 하고 얼굴을 때리는 소리와 함께 시야가 흔들렸다. 따귀를 때린 것일까, 주먹을 휘두른 것일까. 어느 쪽이든 상관없다.

뺨을 맞아 돌아간 얼굴을 원래대로 돌렸다. 열기와 마비를 느끼고 나서야 그 느낌이 통증이라는 것을 깨달았다. 하지만 그게 어쨌다는 것일까.

"자기가 성녀라도 된 줄 알아?"

"그렇게 말해 주다니 착하네. 하지만 굳이 따지자면 역신에 가까울걸?"

나는 터진 입가를 대충 닦고 침을 뱉었다. 팀은 조금 놀라 얼굴을 일그러뜨렸는데 그것은.

왜곡된 기쁨의 표현이었다.

"괜찮은 얼굴을 하게 됐군. 옛날에는 욕 하나 할 줄 모르는 시시한 여자였는데. 다만 불만이 있다면 그 시선이 잘못된 곳을 향하고 있단 것 정도야."

"……윌프레드, 왜 이제 와서 나를 고른 거야. 지금의 나는 이미 라이우스 영주의 외동딸도 아니고, 왕족의 피도 잇지 않은 데다 후견인도 없는 평범한 시골 처녀에 불과해. 너는 옛날부터 나를 좋아하는 게 아니었잖아."

"얼굴과 몸은 아주 참 좋아했거든."

변태다.

내가 대답하기 곤란한 말에 입을 다물자, 윌프레드는 히죽히죽 웃었다. 무릎 위에 팔꿈치를 대고 깍지 낀 손바닥 위에 턱을 올린 채 나를 보았다.

"그야, 쓸쓸하니까."

윌프레드는 마치 다정하다고 착각할 만한 목소리로 말하며 미소 지었다.

"전생의 기억을 가진 채로 이제 무엇 하나 우리 손에 넣을 수 없는 곳에 태어나는 건 굴욕에 불과해. 우리는 억울하게 죽었다는 원한을 가진 채, 그 녀석의 칭찬을 듣고 자랐어. 너도 그랬겠지. 우리는 잠자리에서 듣는 이야기에서 몇 번이나 죽었지? 음유시인의 아름다운 노랫소리에서, 떠돌이 예술가의 종이 연극에서, 학교 수업에서, 어린애들 놀이에서 몇 번이나 죽었지? 그런 꼴을 한 우리 이야기를 듣고 사람들이 몇 번이나 기뻐했지?"

"……우리가 미움받는 건 당연해. 벌을 받아 마땅했으니까 그런 취급당하는 것 역시 당연해."

"우리가 죽는 꼴을 보며 누군가가 손뼉을 치고 환성을 지르며 기뻐했어. 이제 없는 사람이라니 아무래도 상관없겠다는 듯이 저지르지도 않은 죄까지 뒤집어씌웠지. 어린애들은 나를 본뜬 인형을 갖고 놀았어. 인형의 목을 쥐고 돌리고, 몽둥이로 때리고, 돌을 던졌지. 부모는 그걸 보고 혼내지도 않았어. 날아온 돌에 맞는 고통도, 휘두른 몽둥이에 맞는 고통도 모르는 주제에 그 꼴만은 아무렇지 않게 재현했어."

"윌프레드."

"하지만 우리는 확실히 여기 있어. 아직도 여기 있다고. 아무도 믿지 않아도, 인정하지 않아도 우리는 여기 있어. 있다고. 아직 끝나지 않았어. 끝났다고 생각하는 녀석들한테 그걸 모조리 깨닫게 해 줄 거야."

"윌!"

나는 윌프레드가 짐승이 이를 드러내듯이 입을 벌리는 모습을 보고 무심코 소리쳤다.

윌프레드는 순간 놀란 얼굴을 하고 송곳니를 거두었다.

"이제 나를 그렇게 부르는 건 너뿐이야."

당연하다. 우리는 다른 인간으로 살아왔으니까.

설령 속은 예전의 우리와 똑같다 해도.

윌프레드는 주먹을 쥐어 이마를 대고 고개를 숙였다.

"나도 이게 먼 옛날 일이었다면 참을 수 있어. 이게 역사로 회자될 뿐인 사건이라면 팀으로 살 수 있다고. 하지만 아니잖

아. 우리를 죽인 그 녀석은 아직도 멀쩡하게 살아 있고, 세상 엔 우리의 죽음을 기뻐하는 녀석들이 넘쳐나는데 그런 곳에 서 어떻게 살아가라는 거야! 나한테 윌프레드를 잊지 못하게 하는 건 그 녀석들이야! ……나는 그 녀석들 손에 윌프레드가 됐어. 그러니 그 책임을 지게 할 거야."

"너나 나나 이미 사라진 모형 정원의 유물이야. 우리는 이미 충분히 라이우스를 괴롭혔어. 영지와 영지민을 괴롭힌 해충 이었어. 라이우스를 마구 들쑤시고 말라비틀어지게 만들었 어. 그래서 없어진 거야. 그저 그뿐이라고."

"네가 잃은 건 남에게 받은 것뿐이니까 그렇게 말할 수 있는 거야. 나는 모든 것을 스스로 손에 넣었어. 그런데 그걸 빼앗 겼으니 다시 돌려받는 거야. 그뿐이지."

그런 짓을 저질렀다간 용서받지 못해.

나는 직접 말로 꺼내지는 않았지만, 얼굴을 든 윌프레드가 나를 보더니 그 대답을 정확히 간파해 냈다.

"그 녀석이 죽인 내가 다시 그 녀석을 죽인다. 그러면 이번 에는 그 녀석이 다시 태어나려나. 그리고 나는 또 그 녀석한테 죽을지도 모르지. 그런 일이 반복된다 해도…… 나는 너를 놓 지 않아. 너는 이쪽 사람이야. 당연하지. 너는 우리의 꽃이었 어. 우리의 머리 꼭대기에서 화려하게 핀 꽃이었다고."

"그 꽃은 이미 말라 죽었어. 나는 라이우스의 무성화였는걸. 열매를 맺지 못하고 철이 지나 버렸어."

"아니, 너는 여기 있어. 지금도 나와 함께 여기 있다고."

윌프레드는 그런 말로 자신을 타이르는 것처럼 보였다.

"싫어. ……외로워. 혼자는 외로워. 라이우스의 악마 윌프레드를 모르는 사람은 없어. 하지만 내가 월이라는 것을, 윌프레드라는 것을 아는 사람은 이제 너뿐이야. 그리고 나만이너를 알아. 이 세상에서 단 한 사람, 나만이 너와 같은 사실을공유해. 너만이 나와 같은 지옥을 살아가고 있는 거야."

윌프레드는 고개를 숙인 채 갑자기 손을 뻗더니 내 팔꿈치를잡았다. 그대로 깜짝 놀랄 새도 없이 끌려가 안겼다. 황급히 떼어내려고 했지만 내 손은 윌프레드의 어깨를 누르다 멈추었다.

마치 얼어붙은 듯이 떨리고 있었다. 허리에 감은 팔이, 가슴에 파묻은 이마가.

"……추워. 계속 춥고 또 추워서 못 견디겠어."

떨리는 체온이 내게 전해졌다.

"나는 사람으로서 무언가가 결여된 건가? 전생의 기억이 있다고 믿고 비뚤어졌을 뿐인가? ……그래도 좋아. 그래도 좋으니까 부탁이야…… 곁에 있어 줘. 부탁이니까 혼자 두지 말아 줘."

"……월, 부탁이니 놓아 줘."

"마음까지 허락해 달라고는 안 해. 하지만 내 것이 못 된다면적어도 다른 누구의 것도 되지 말아 줘."

"그럴 수는 없어, 너와는 갈 수 없어."

"도망치는 거야? 적어도 그 녀석 것이 되는 것만은 용서 못해! 무슨 일이 있든, 어디로 도망치든, 설령 둘 다 죽는다고 해

도 난 널 찾아내겠어!"

"윌!"

둘 다 울고 있었다. 하나는 울부짖으면서 벗어나려고 날뛰고, 다른 하나는 절규하면서 매달리려고 날뛰느라 마차가 세차게 흔들렸다.

머리핀이 빠졌다. 옷의 단추가 뜯어져 날아갔다. 둘 다 몸이 완전히 자라지 않은 나이라서 성인만큼 체격 차이가 나지는 않았다. 싸움에 익숙하지 않은 나의 힘으로도 체격 차이가 얼마 안 나는 덕분에 완전히 압도되지는 않았다. 서로 힘을 조절하지 않고 날뛰는 바람에 윌프레드도 나도 엉망이 되어 갔다.

내가 목덜미를 물려 고통스러운 나머지 신음한 순간 윌프레드가 힘을 뺐고, 나는 방심한 틈을 타 혼신의 힘을 다해 윌프레드를 걷어찼다. 좁은 마차 안에서 등을 부딪친 윌프레드가 숨을 삼키는 틈에 그 옆을 지나 마차 밖으로 달려나갔다.

비가 어느새 그쳤다.

아침노을을 보기에는 조금 늦은 하늘에서 두껍게 낀 구름이 빠르게 걷히고 있었다. 아직은 조금 강한 바람이 풀어진 머리와 흐트러진 옷자락을 가지고 놀다가 지나갔다.

뒤에 있는 마차에서 윌프레드가 뛰쳐나오는 듯한 소리가 들렸다. 하지만 나는 움직일 수 없었고 윌프레드도 내게 달려들지 못했다. 윌프레드는 멍하니 세상을 바라보다 튀어나가듯이 달리기 시작했다.

종이 울린다.

작은 시골 마을에 밤의 장막이 내려온다. 마을이, 세상이 검은색으로 뒤덮여 가는 모습을 멍하니 바라보았다. 오늘은 해방제다. 비 때문에 계속 넣어 두어 찌부러졌던 장식이 푸른 하늘에서 내려오는 빛을 받아 빛나야 하는 날이다.

그런데 한순간 밤이 왔나 싶었다. 하지만 하늘은 구름이 빠르게 흘러가며 기분 좋은 푸른빛을 띠고 있었다. 갑자기 종소리가 울려 퍼졌다. 아침 여섯 시를 알리는 종소리는 아까 울렸는데도 계속해서 울렸다.

이 검은색은 뭐지.

검은색 천이 바람에 흔들리고 있었다. 지붕 위에서 검은색 깃발이 흔들리고, 창문에서 검은색이 드리워졌다. 행인들은 얼굴을 가리고 고개를 숙인 채 눈물을 흘리며 검은 옷을 적셔 갔다. 축제로 들떠 있어야 할 사람들이 모두 고개를 숙였고, 검은색 애도의 물결이 마을을 흘러갔다.

나는 다리에 힘이 빠져서 질척한 땅에 무릎을 꿇었다.

그런 내 앞으로 윌프레드가 숨을 헐떡이며 돌아왔다. 방금까지 창백했던 안색을 마치 어린아이처럼, 팀처럼 상기시키고.

얼굴을 반짝반짝 빛내며 한층 더 천진난만하게 웃으면서.

"오늘 아침에 카이드 팔루아가 죽었어."

하늘이 활짝 갠 것을 알리듯이 그렇게 고했다.

후기

안녕하세요, 처음 뵙겠습니다.

이번에 '늑대 영주의 아가씨'를 구매해 주셔서 정말 감사합니다. 이 작품은 인터넷 소설 투고 사이트에서 연재했던 소설을 가필 수정해 서적으로 만든 것입니다.

본 작품은 1, 2권으로 구성될 예정으로, 서적화가 될 즈음 가장 고민한 것은 어느 부분까지를 1권으로 나누는가였습니다. 담당 편집자님과 상의할 때 "여기서 나누는 게 가장 좋다고 생각합니다!"라고 하니 "거기가 좋은 것 같긴 하지만 너무하는 걸요!"라는 대답이 돌아왔습니다. 2권에서도 잘 부탁드립니다.

이 작품은 난편을 목표로 쓰기 시작했습니다만, 그런 생각으로 작업을 시작한 과거의 제가 무모하게만 느껴집니다.

그것 말고는 거의 헤매는 일 없이 예정했던 흐름대로 이야기가 쭉 진행되었습니다. '보통은 이런 흐름에 이런 느낌으로 해 볼까'라고 생각해도 막상 그 지점에 이르면 이야기가 미세하게 벗어나 있거나 도착할 때까지 거치는 여정이 변경되기도 합니다. 하지만 이 작품에서만큼은 그런 일이 전혀 없이 앞으로 나아가기만 하면 되어서 아주 수월했습니다.

덧붙인 스토리도 즐겁게 읽어 주셨으면 좋겠습니다.

이 작품은 제가 아주 좋아하는 주제를 바탕으로 썼습니다. 너무 좋은 나머지, 실은 이 작품을 쓰기 전에도 같은 주제로 쓴 이야기가 있습니다. 마지막까지 어느 쪽을 먼저 쓸까 망설이다가 그때는 다른 이야기를 쓰고 '늑대 영주의 아가씨'는 창고에 넣어 두기로 했습니다만, 제 창고는 문을 닫을 수 없어 항상 열려 있기에 보관할 수 없었습니다.

그 덕분에 이렇게 책이라는 형태로 세상에 나오게 되었습니다. 늘 작가의 말에 무엇을 적어야 좋을지 몰라서 끙끙대는데 이러한 인연이나 계기란 정말 흥미롭고 고마운 것이라고 절실하게 느낍니다.

그리고 더욱 감사하게도 같은 주제로 쓴 또 하나의 작품 '천년의 어떤 사제'가 제15회 카도카와 빈즈 소설 대상에서 우수상을 받았습니다.

이 작품으로 2017년 겨울에 카도카와 빈즈 문고에서 데뷔할 예정입니다.

상과 관련된 모든 분들, 그리고 공모전에 도전할 용기를 주신 여러분, 정말 감사합니다.

앞으로도 열심히 하겠습니다!

담당자님. 항상 여러 가지 작업을 기초부터 꼼꼼하게 지도해 주셔서 정말 감사합니다.

SUZ 님. 정보량이 매우 적은 조잡한 캐릭터 설정을 바탕으로 멋진 일러스트를 그려 주셔서 감사합니다. 항상 대단하다, 멋지다, 기쁘다라는 말밖에 못하지만 언제나 기쁘고 즐거운 마음으로 일러스트를 보며 대단하고 멋있다는 생각을 합니다.

　독자 여러분. 늘 감사합니다. 읽었다, 샀다, 재미있었다는 말을 들으면 정말 기쁩니다. 독자 여러분 덕에 오늘도 열심히 살아갈 수 있습니다. 더욱이 스마트폰 유저가 된 지 얼마 안 된 탓에 아는 게 없어 전원 버튼조차 몰랐던 제게 이것저것 가르쳐 주셔서 감사합니다. 덕분에 멋지게 제힘으로 배경 화면을 바꿀 수 있을 정도로 성장했습니다.

　가족에게도 감사 인사를 전하고 싶습니다. 늘 버팀목이 되어 주셔서 정말 감사합니다. 행인두부가 먹고 싶으니 잘 부탁드려요.

　이 이야기가 완성되어 책이 되기까지 관련된 모든 분들께 진심으로 감사의 말씀을 올립니다.

　이 글을 쓰는 것은 6월이지만 발매되는 것은 8월이므로 한여름이리라 생각합니다.

　여러분, 부디 더위, 여름 감기, 열사병을 늘 조심하시어 즐거운 여름을 보내시기 바랍니다.

　2권에서도 만나 뵐 수 있기를 바랍니다.

모리노 이온

늑대 영주의 아가씨 1

2022년 06월 15일 제1판 인쇄
2022년 06월 20일 제1판 발행

지음 모리노 이온
일러스트 SUZ

번역 신동민

발행 영상출판미디어(주)
등록번호 제 2002-000003호
주소 21315 인천광역시 부평구 부평대로 283 A동 702호
전화 032-505-2973(代) | FAX 032-505-2982

ISBN 979-11-380-0267-7
ISBN 979-11-380-0266-0 (세트)

OKAMI RYOSHU NO OJO SAMA Vol.1
ⓒIon Morino, SUZ 2017
First published in Japan in 2017 by KADOKAWA CORPORATION, Tokyo.
Korean translation rights arranged with KADOKAWA CORPORATION, Tokyo.

녹왕의 방패와 한겨울의 나라

1~2

방패로 환생한 내가 눈을 뜬 곳은
일 년 내내 눈이 내리는 어느 왕국의 보물 창고.
하지만 휘황찬란한 보물이 즐비한 가운데,
나는 '지저분한 방패' 소리만 듣고 아무도 거들떠보지 않았다.
그러한 나에게 손을 내밀어 준 사람은 나처럼 고독했던 마음씨 착한 어린 왕자.
'나와 함께 살아가 줘.'라는 부탁에 나는 응했다. ──"내가 평생 지켜줄게!"
하지만 내게는 어떤 비밀이 숨겨져 있는 것 같은데──?!

푸니짱 지음 / 히하라 요우 일러스트

ROSY

악역영애 레벨 99
~히든 보스는 맞지만 마왕은 아니에요~
1~4

RPG 스타일 여성향 게임에서 엔딩 후에 엄청 강하게
재등장하는 히든 보스, 악역영애 유미엘라로 전생했다?!
그것도 모자라 초반부터 레벨업에 몰두해 입학 시점에서 레벨 99를 찍고 말았다!!
평화로운 일상은 바이바이~ 사람들은 무서워하고, 주인공 일행들은
아예 부활한 마왕이라고 의심하는데……?!

아무튼 내가 최강이니 아무래도 좋은 마이 페이스 전생 스토리!

Satori Tanabata, Tea
KADOKAWA CORPORATION

타나바타 사토리 지음 / Tea 일러스트

힘들게 현자로 전직했더니 레벨1로 게임 세계에 다이브?!
머리는 어른, 몸은 꾜마! 귀여운 현자님의 이세계 분투기!

꾜마 현자님, Lv.1부터 이세계에서
열심히 삽니다!
1~2

내 이름은 쿠죠 유리, 열아홉 살!
VRMMO〈엘리시아 온라인〉을 플레이 중, 겨우겨우 염원했던 현자로 전직했어!
그런데 전직 퀘스트를 마치고 '진정한 엘리시아로 가겠습니까?'라는 선택지가 떠서
얼떨결에 승락했더니, 게임 속 세계로 들어왔어!
그런데 외모는 아바타와 똑같은 어린아이(8세)?! 게다가 레벨은 1이라고?
흐에에에엥~ 대체 어쩌다가 이렇게 된 거야아아아!
정신까지 어려진 꾜마 현자님, 이세계에서 어떻게든 잘 살아 보겠습니다!

아야토 유메 지음 / 타케하나 노트 일러스트

영상출판
미디어㈜

슬라임을 잡으면서 300년,
모르는 사이에 레벨MAX가 되었습니다.
1~7

아이자와 아즈사, 사인, 괴로시.
여신님의 도움으로 불로불사의 마녀로 사는 두 번째 삶에선
슬라임만 잡으면서 느긋하게 지냈는데── 300년 후, 레벨99가 되었습니다?!
소문은 금방 퍼져 결투를 요청하는 드래곤,
급기야 나를 엄마라고 부르는 딸까지 찾아오는데요──.

슬라임만 잡는 이색 이세계 최강&슬로 라이프!
마음이 훈훈해지는 고원의 집으로 오세요!

만화 : 시바 유스케 / 원작 : 모리타 키세츠